OKSANA ROBSKI | Babuschkas Töchter

Das Buch

Drei Dinge ziemen sich nicht für die Witwe eines unvorstellbar reichen Oligarchen: schlecht über den Ehemann zu reden, eine eigene Geschäftsidee zu verwirklichen oder aber aus Rache einen Auftragskiller auf den vermeintlichen Mörder des Mustergatten anzusetzen. Doch nach dem ersten Schock sind der trauernden Witwe diese Benimmregeln egal. Sie trifft sich mit ihren besten Freundinnen bei Champagner und Mandarinensaft und lästert ausgiebig über die viel zu junge Geliebte ihres Mannes. Und sie entwickelt eine Beauty-Creme auf der Basis von Molke, mit der sie viel Neid und Missgunst in der von Männern dominierten Geschäftswelt Moskaus erregt. Doch als dann dem beauftragten Killer ein entscheidender Fehler unterläuft, wird auf Moskaus schicker Rubljowka-Chaussee das Pflaster selbst für die Witwe eines Oligarchen zu heiß.

Gnadenlos und mit dem geschärften Blick des Insiders seziert Oksana Robski das süße Leben auf Moskaus Nobelmeile, auf der das Hauptproblem der jungen Frauen ist, dass es jedes Jahr jüngere gibt.

Die Autorin

Oksana Robski weiß aus eigener Anschauung, worüber sie schreibt, denn sie gehört zu den Neuen Reichen Russlands, die in den Geschäften auf der schicken Rubljowka-Chaussee in Moskau ein und aus gehen. Und sie ist, wie ihre Heldin im Buch, Witwe, da ihr zweiter Mann vor ihrer Haustür erschossen wurde. Den dritten erwischte sie mit einer Blondine. Bevor Oksana Robski zur erfolgreichsten Autorin des modernen Russlands aufstieg, gründete sie eine Agentur für weibliche Bodyguards namens »Nikita« und eine angesehene Galerie für asiatische Möbel.

OKSANA ROBSKI

Babuschkas Töchter

Roman

Aus dem Russischen von Margret Fieseler

Diana Verlag

FSC
Mix
Produktgruppe aus vorbildlich bewirtschafteten Wäldern und anderen kontrollierten Herkünften
Zert.-Nr. SGS-COC-1940
www.fsc.org

Verlagsgruppe Random House FSC-DEU-0100
Das für dieses Buch verwendete FSC-zertifizierte Papier *München Super* liefert Mochenwangen.

Die Originalausgabe erschien 2005 unter dem Titel *Casual* bei Rosman, Moskau

3. Auflage

Redaktion: Anja Freckmann

Deutsche Erstausgabe 05/2006

Umschlagfoto | gettyimages
Umschlaggestaltung | Hauptmann & Kompanie Werbeagentur, München – Zürich, Teresa Mutzenbach
Printed in Germany 2006
Herstellung | Helga Schörnig
Satz | Leingärtner, Nabburg
Druck und Bindung | GGP Media GmbH, Pößneck
ISBN-10: 3-453-35131-2
ISBN-13: 978-3-453-35131-8

http://www.diana-verlag.de

»Schicksal und Gemüt sind Namen eines Begriffs.«

Novalis

I

Meine Hände zitterten, als ich das Schlafzimmer verließ, um meinem Mann zu sagen, was ich mir vorgenommen hatte zu sagen. Hinter uns lagen neun Jahre Ehe, eine achtjährige Tochter und eine blutjunge Blondine, mit der ich ihn eine Woche zuvor im Restaurant getroffen hatte.

»Am besten, wir trennen uns.« Ich blickte ihm ruhig in die Augen.

»Wie du willst.« Er nickte gleichgültig. Ich drehte mich um und ging zu Bett.

Hat die Eifersucht Sie schon einmal so gequält, wie sie mich quälte? Wäre ich Dante, dann käme diese Folter gleich nach den glühend heißen Bratpfannen. Oder sogar davor.

Ich konnte nicht schlafen, ich aß ohne Appetit, ich nahm ab ohne jegliche Diät. Sonderbar, aber wenn man ohne Diät abnimmt, sagen alle: »Sie ist ja geradezu krankhaft mager.«

Ich bot einen erbärmlichen Anblick, obwohl mir selber schien, ich würde mich tapfer halten.

Ich zerriss alle seine Fotos.

Am nächsten Tag klebte ich sie wieder zusammen. Legte sie auf dem Fußboden des Schlafzimmers aus und vergoss bittere Tränen. Versuchte, mir meinen Mann zusammen mit dieser Blondine in den intimsten Situationen vorzustellen. Aber irgendwie konnte ich es nicht. Mein Vorstellungsvermögen versagte: Offenbar beschützte es meinen labilen Verstand. Aber ich versuchte es trotzdem weiter. Und wenn ich plötzlich für einen kurzen Augenblick ein Bild vor mir sah, ertrug ich heroisch den Schmerz, den es mir verursachte. Ich war schon völlig mürbe, als plötzlich das Telefon klingelte.

Eine trockene Männerstimme sprach mich mit meinem Vor- und Vatersnamen an. Die Stimme teilte mir mit, mein Mann sei tot. Fünf Schüsse, zwei davon in lebenswichtige Organe: Lunge und Kopf. Im Treppenhaus unseres Moskauer Hauses. Der Chauffeur im Krankenhaus, in bedrohlichem Zustand. Ich möge bitte kommen, um auszusagen. Und herzliches Beileid. Ich antwortete höflich, ohne Hysterie. Legte wieder auf. Die Luft war so schwer geworden, dass meine Lungen sich weigerten, sie zu atmen.

Es war, als sei die Schnur, die mich mit der Welt verband, gerissen. Ich befand mich auf einer winzigen, schwankenden Insel, wo man mich mutterseelenallein zurückgelassen hatte.

Ich streckte meine Hand nach den Menschen aus. In der Hand lag das Telefon. Am anderen Ende der Leitung war meine Freundin Veronika. Ich sagte, mein Mann sei ermordet worden. Sie glaubte es nicht. Ich wiederholte es. Offenbar überzeugend. Sie japste auf und wusste ganz offensichtlich nicht, was sie sagen sollte. Was soll man auch einer Freundin sagen, die mit matter Stimme mitteilt, man habe ihren Mann erschossen?

Ich legte auf. Sie rief nicht zurück.

Ich ging zum Fenster. Das Oberlicht war geöffnet.

Ich machte einen weiteren Versuch, zur Außenwelt vorzudringen: Ich schrie. Nach einigen Sekunden, als mir die Luft in den Lungen schon knapp wurde, hörte ich meine Stimme. Ich schloss den Mund und klappte aus irgendeinem Grund das Oberlicht zu.

Kritisch musterte ich den Inhalt meines Kleiderschranks. Die Frau von Serge musste umwerfend aussehen. Sogar auf der Miliz. Ich zog eine rosa Seidenhose an, die mir mein Mann gekauft hatte.

Als ich das Haus verließ, sah ich mich um. Ich hatte Angst. Bevor ich losfuhr, verriegelte ich alle Türen. Die ganze Fahrt schaute ich in den Rückspiegel. Aber offenbar folgte mir niemand.

Das Milizrevier war in der Realität noch schäbiger, als man es aus den Fernsehserien kennt. Es roch nach Mäusen. Die Milizionäre waren nicht mehr jung, aber gut gelaunt.

Ich fragte, ob mein Mann sofort tot gewesen sei.

»Warum wollen Sie das wissen?« Der Einsatzbeamte kniff misstrauisch die Augen zusammen.

Ich konnte ihm keine Antwort geben. Hätte ich ihm erklären sollen, wie wichtig es ist, zu erfahren, ob es ein leichter Tod war? Leicht genug, damit einem nicht noch das Herz vor Mitleid bricht, wenn man denn schon weiß, dass der Mann tot ist? Das war mir zu dumm.

Die dritte Kugel hatte man in seinem rechten Arm gefunden. Ich stellte mir vor, wie er diesen Arm instinktiv vors Gesicht gehalten und für den Bruchteil einer Sekunde den Tod aufgeschoben hatte.

Mir wurde klar, dass ich für sie verdächtig war. Sie fragten mich nach Geld, Autos, Häusern, Wohnungen. Wieso wir nicht zusammenlebten. Was zwischen uns passiert sei. Und in welcher Beziehung ich zu unserem Chauffeur stünde.

Was hatte der Chauffeur damit zu tun?

Ich bat um Wasser, mir wurde angst.

Ich wäre gern nach draußen gegangen, aber sie fragten immer weiter. Hinter mir hackte jemand mit einem Finger meine Antworten in eine vorsintflutliche Schreibmaschine. In meinem Kopf schwirrten die aus dem Kino vertrauten Sätze über Anwälte: »Ich sage kein Wort mehr ohne meinen ...« Aber in diesem schäbigen Zimmer hätte das nur albern geklungen.

»Wissen Sie ...«, der Blick des Polizisten ließ auf den IQ eines Berufsschülers schließen; wahrscheinlich würde der Typ nicht mal Bestechungsgeld nehmen, was auf seinen Kollegen bestimmt nicht zutraf. »Wissen Sie, Ihre Nachbarn haben gesagt, Ihr Chauffeur kümmere sich sehr intensiv um Sie, und Sie hätten ein Verhältnis mit ihm.«

Ich schwieg. Vermutlich dachten sie, es hätte mir die Sprache verschlagen. Mir fiel tatsächlich nichts dazu ein. Um ihnen klar zu machen, dass ihre Vermutung völliger Schwachsinn war, hätte ich ihnen ein Foto von Serge zeigen und ihnen die Geschichte unserer Bekanntschaft erzählen müssen. Von unserer Liebe. Unserem Leben. Und von unserer wunderbaren Tochter. Dann hätten sie alles begriffen. Und hätten uns wahrscheinlich beneidet. So wie uns noch vor kurzem alle beneidet hatten.

Und wie dumm und albern würden ihnen dann diese Geschichten über mich und den Chauffeur vorkommen.

Aber ich schwieg.

Man brachte mir Wasser.

Drei Tage später wurde Serges Leiche offiziell freigegeben.

Ich saß auf dem Fußboden, die Arme um die Knie gelegt, und weinte.

Es wurde dunkel und langsam wieder hell.

Das Telefon klingelte, aber ich nahm nicht ab.

Das Leichenschauhaus befand sich praktischerweise ganz in der Nähe meiner Wohnung. Die Luft anhaltend, öffnete ich die Tür.

»Mein Mann liegt hier, ich würde ihn gern sehen.«

Die Frau hinter dem Büroschreibtisch blickte mich nicht einmal an.

»Ist nicht gestattet.«

Sie gab mir seine Uhr, seine Brieftasche und ein Foto. Das erste gemeinsame Foto von Serge und mir. Ich hatte nicht gewusst, dass er es bei sich trug. Auf der Rückseite stand von meiner Hand geschrieben: »Eines Tages ... werden wir um nichts mehr trauern. Nur umeinander.« Ich setzte meine Unterschrift in irgendeine Kladde. Wieder hätte ich am liebsten geheult. Serge hatte mein Foto bei sich getragen.

Im Flur begegnete mir ein kahlköpfiger Mann in weißem Kittel. Er roch intensiv nach Kölnisch Wasser. Ich hielt ihm Geld hin.

»Bitte helfen Sie mir. Ich muss unbedingt meinen Mann sehen.«

Er nahm das Geld und deutete, ohne eine Miene zu verziehen, mit dem Kopf auf die nächste Tür.

»Gehen Sie rein. Nummer siebzehn.«

Ich stieß die Tür auf.

Ich senkte den Kopf, um den Radius meines Gesichtskreises zu verengen. Bemühte mich, nur auf die Nummern zu sehen, die an den nackten Füßen angebunden waren. Zuerst die linke Reihe, dann die rechte.

Ich strengte mich nach Kräften an, zu vergessen, dass zu beiden Seiten nackte Leichen lagen.

Da war er. Nummer siebzehn.

Im Film hatte ich immer gesehen, wie die Leute sich schluchzend über die Körper ihrer verstorbenen Lieben warfen.

Ich stand wie versteinert.

Mein Mann, der immer so pingelig gewesen war, wenn es um sein Äußeres ging: frisch gebügeltes Hemd, blank geputzte Schuhe, perfekter Haarschnitt – konnte unmöglich in diesem grässlichen Raum liegen, auf diesem Tisch, mit einem Nummernschild am Fuß. Aber das war sein Körper. Sein Fuß.

Ich stürzte nach draußen und musste mich auf dem Hinterhof der Leichenhalle übergeben. Lange. Bis es dunkel wurde.

Die Freunde von Serge übernahmen die Organisation des Begräbnisses. Ich brauchte nur das Restaurant für das Essen und ein Trauerkleid auszusuchen. Die restlichen Tage bis zur Beerdigung verbrachte ich allein auf dem Sofa liegend. Ohne mit irgendwem zu sprechen.

Ich hätte auch niemandem erzählen können, was ich fühlte. Denn ich fühlte Erleichterung. Die Eifersucht quälte mich nicht mehr. Ich war Serge dankbar dafür, dass er gestorben war.

Natürlich tat er mir schrecklich Leid. Und ich hätte alles auf der Welt dafür gegeben, dass er einen schnellen Tod gehabt hatte. Keine Schmerzen und keine Angst hatte fühlen müssen.

Dann kam das Begräbnis. Und wieder Tränen. Und die Tränen unserer Tochter.

Und ein Trauerkleid mit dunkler Brille. Glockengeläut auf dem Wagankowskoje-Friedhof. Der Abschied der Witwe von dem Verstorbenen.

Ich küsste ihn. Umarmte ihn. Sagte ihm etwas. Er roch nach dem Rasierwasser, das ich auf Bitte des Bestattungsinstituts zusammen mit seinem Anzug und seinen Schuhen gebracht hatte. Der vertraute Duft vermischte sich mit dem

Geruch der Spezialschminke und noch etwas anderem, und ich wusste, dass ich diesen herben Geruch meiner Trauer niemals vergessen würde.

Ich nahm Abschied von ihm.

Später sagte mir jemand, ich hätte ihn so zärtlich umarmt, dass er eigentlich hätte zum Leben erwachen müssen.

Aber er wurde begraben.

Und ich kehrte zurück nach Hause.

Am nächsten Tag fragte ich Wika, ob ich sie besuchen dürfte.

Wikas Mann war drei Jahre zuvor ermordet worden. In Prag. Aus dem Fenster des ersten Stocks in ihrem Haus am Rand der tschechischen Hauptstadt hatte sie noch gesehen, wie ihr Fjodor zusammen mit seinen Arbeitskollegen ins Auto stieg. Danach sah sie ihn nicht mehr. Nach drei Tagen fand man seine Leiche und seinen Wagen. Ein Schuss ins Genick. Wika begrub ihren Mann und kehrte nach Russland zurück. Der Kredit für das Haus in Prag war nicht bezahlt, und nach ein paar Monaten wurde es von der Bank konfisziert. Wika machte es nichts aus. Alles in diesem Haus erinnerte sie an Fjodor.

In Moskau erwartete Wika der Bruder ihres Mannes, der ältere: Er war zwei Minuten vor Fjodor auf die Welt gekommen.

Er nahm Wikas Sohn auf wie seinen eigenen. Er wurde zu einem Teil von Wikas Leben. Zum wichtigsten Teil – denn außer diesem Schwager und ihrem Sohn war ihr nichts geblieben. Er unterstützte sie mit Geld, kaufte ihr ein Auto, brachte den Jungen in einem teuren Kindergarten unter. Er nahm höchst aktiv Anteil an der Erziehung des Kindes –

Wika konnte keine einzige Entscheidung ohne ihn treffen. Bald wurde ihr das lästig. Manchmal kam es ihr vor, als sei sie nicht Fjodors Witwe, sondern die Frau seines Bruders. Obwohl der selbst verheiratet war. Seine Frau mochte Wika nicht, musste sie aber dulden. Sie sprach abfällig über ihre Schwägerin und rechnete dauernd nach, wie teuer Wikas Unterhalt ihre Familie zu stehen kam.

Als Wika angeboten wurde, in die Nachbarwohnung umzuziehen, die hell und geräumig war, lehnte sie ab.

»Ich habe sowieso kein eigenes Leben«, sagte sie. »Er kontrolliert jede Bewegung, die ich mache. Natürlich, ohne sein Geld käme ich nicht über die Runden, aber trotzdem ...«

Drei Jahre nach Fjodors Tod lernte Wika einen jungen Mann kennen. Er war vierundzwanzig, studierte im letzten Semester an der Akademie für Tourismus und arbeitete als Barkeeper in einem Nachtclub, um sein Studium zu finanzieren. Sie zogen zusammen.

Der Bruder von Fjodor gab Wika nun kein Geld mehr. »Ich würde ja verstehen«, sagte er, »wenn sie sich einen normalen Mann gesucht hätte – bitte sehr, lebt in Freuden. Den hätte ich natürlich akzeptiert, vielleicht hätten wir uns angefreundet. Aber so einer ... Ein Milchbubi aus einem Striptease-Club! Ich verdiene mein Geld doch nicht, um es dem in den Slip zu schieben!«

Wika suchte sich eine Arbeit und gab ihr Kind in eine normale Schule. Sie fühlte sich wieder wie ein lebendiger Mensch mit einem eigenen Schicksal.

Sie öffnete mir die Tür in einem Morgenrock aus Trikotstoff mit einer Mickymaus auf dem Rücken, umarmte mich und schob mir einen Sessel hin. Ich brauchte gar nichts zu sagen. Sie wusste alles selbst.

Wir tranken Tee, ohne zu merken, wie er schmeckte. Wir sprachen, ohne auf unsere Tränen zu achten, die wir nur manchmal mechanisch von den Lippen leckten.

Ich stellte die Frage, wegen der ich gekommen war: »Wann hört das auf?«

»Nie«, antwortete Wika. »Aber nach ein paar Monaten wird es leichter.«

»Denkst du immer noch an ihn?«

»Natürlich. Ich nehme eine Tasse aus dem Schrank und denke: Das war Fjodors Lieblingstasse. Ich mache Aspik und denke daran, wie gern er das gegessen hat. Manchmal kaufe ich einen Pullover und überlege dabei: Hätte er Fjodor gefallen oder nicht?«

Ich betrachtete den Mickymaus-Morgenrock, die abblätternde Farbe an den Wänden und schwor mir, dass es bei mir anders sein würde. Ich wollte nicht in der Vergangenheit leben. Der Gedanke an Serge schmerzte, aber es war ein angenehmer Schmerz. Er ließ sich ertragen. Ich würde mir derartige Gedanken verbieten. In drei Jahren würde ich an etwas anderes denken, an etwas Wunderbares, das mein Leben erfüllte und mich glücklich machte. Ich würde ganz bestimmt wieder glücklich sein. Alle Tassen von Serge würde ich wegwerfen und auch kein Aspik mehr zubereiten. Na, vielleicht nicht wegwerfen, aber zusammenpacken und in den Keller stellen.

Ich verabschiedete mich erst weit nach Mitternacht von Wika, nachdem ich bei ihr noch einen sympathischen jungen Mann kennen gelernt hatte, der die ganze Zeit umhertänzelte und uns mit seinem strahlenden Zahnpastalächeln beglückte.

2

Man saß angenehm in diesem Café.

Die Sonne wärmte so fürsorglich das Gesicht und die nackten Schultern.

Träge rührte ich die Eiswürfel in meinem Mandarinensaft herum und lächelte zerstreut meinen alten Bekannten Wanjetschka an. Für alle anderen war er Joe. Denn Joe war Engländer. Und mein treuester Verehrer.

Er hatte sich vor zehn Jahren auf den ersten Blick in mich verliebt, und mittlerweile hatte ich mich an seine Liebe gewöhnt, hatte das Gefühl, dass sie mir zustand, und hielt sie in Reserve, für den Notfall. Für schlechte Stimmung oder wenn sonst niemand da war, der mir helfen konnte.

Unsere Beziehung war platonischer Art, aber trotzdem hatte ich sie vor Serge geheim gehalten. Übrigens das einzige Geheimnis in meiner Ehe. Sieht man von einigen finanziellen Extras ab.

Wanjetschka war ziemlich oft in Moskau, und wir trafen uns immer im selben Restaurant. Früher war dieses Restaurant mal sehr angesagt gewesen, und aus dieser Zeit hatte es seine gute Küche und seinen anständigen Service behalten. Nur kamen inzwischen immer weniger Leute. Also für heimliche Rendezvous genau das Richtige.

Die Kellner kannten uns.

Manchmal verzankte ich mich mit Wanjetschka. Dann war er beleidigt und tauchte ab. Auch schon mal für ein, zwei Jahre. Aber schließlich rief er doch wieder an, sagte, was für eine ungewöhnliche Frau ich sei und wie er sich nach mir gesehnt habe, und wir trafen uns in unserem Restaurant, die Kellner erkannten uns wieder und erzählten, was es Neues auf der Speisekarte gab.

Nach dem Tod von Serge sahen Wanjetschka und ich uns öfter. Seine Liebe und Aufmerksamkeit entschädigten mich für das Fehlen eines Mannes in meinem Leben.

Wanjetschka saß mir gegenüber und erzählte von seiner neuen Wohnung in London.

»Ich habe alle Wände dunkelbraun gestrichen. Sehr stilvoll. Durch die Glasfront im Wohnzimmer sieht man die ganze Stadt wie auf dem Präsentierteller.«

Wanjetschka sprach mit leichtem Akzent, beherrschte das Russische aber sehr gut und gab gern an mit Redewendungen von der Art »wie auf dem Präsentierteller«.

»Irgendwann musst du mal nach London kommen. Du wirst sehen, du willst gar nicht mehr zurück. Da bin ich mir ganz sicher.«

Ich dachte daran, dass es Zeit wurde, mir Botox unter die Augen spritzen zu lassen. Das ist ein Gift, das die Muskeln lähmt und Mimikfalten verhindert. Bei mir zeigten sie sich nämlich schon.

Irgendwo hatte ich gelesen, dass man mit Botox einen Menschen umbringen kann. Das Gift lähmt die Atemwege, und das Opfer erstickt bei vollem Bewusstsein.

An den Tod dachte ich jetzt ziemlich oft.

Nicht als an etwas Besonderes, sondern so wie an Kosmetik, an das Wetter, an meine Tochter.

Wanjetschka hatte inzwischen das Thema gewechselt und redete über seine Geschäfte.

Ich bestellte mir noch einen Saft.

Der Gedanke an die Botox-Spritzen hatte sich in meinem Kopf festgesetzt. Ich nahm mein Handy, sagte, ich käme gleich wieder, und zog mich in den Vorraum des Restaurants zurück.

Die Kosmetikerin konnte mir noch einen Termin für denselben Nachmittag geben, zwischen fünf und sechs. Ich musste mich beeilen.

Der Abschied von Wanjetschka fiel ziemlich überstürzt aus. Aber ich bemühte mich, ihn dafür mit meinem strahlendsten Lächeln zu entschädigen, denn ich wusste, dass viele, die mich liebten, mich eben für dieses Lächeln liebten.

Die Spritzen dauerten nicht lange und taten nicht weh. Ihre Wirkung setzte allerdings erst nach zwei Wochen ein. Schade. Ich wäre gern auf der Stelle jung und schön geworden.

Dafür hatte ich jetzt eine Beschäftigung: warten. Andere Beschäftigungen hatte ich nämlich nicht.

Ist man verheiratet, tut man vielleicht auch nichts anderes, als den ganzen Tag vor der Glotze zu hängen. Aber es liegt trotzdem ein Sinn darin, weil man eben nicht einfach nur vor der Glotze hängt, sondern auf den Abend wartet: Am Abend kommt der Ehemann von der Arbeit zurück und gibt einem das Gefühl, dass man nicht einfach die Zeit totgeschlagen, sondern einen weiteren vollwertigen Tag seines Ehelebens verbracht hat.

Aber ich stellte den Fernseher sowieso nie an. Ich hörte Musik.

Ich dachte, wenn man abends in irgendein beliebiges Haus gehen könnte, um zu sehen, was läuft – der Fernseher oder der CD-Player –, dann könnte man daraus schließen, ob in diesem Haus eine Familie oder eine alleinstehende Frau wohnt. Ich ging im Geiste alle meine Freundinnen durch und überzeugte mich von der Richtigkeit dieses Gedankens. Natürlich, es gibt Ausnahmen. Aber dann ist es eine Frau, die von einer Familie träumt. Oder aber die von gar nichts mehr träumt.

Ich merkte, dass ich mich langweilte.

Erneut rief Wanjetschka an.

Wir trafen uns im Restaurant.

Wanjetschka schaute mich mit verliebten Augen an und lauschte wie immer begierig auf jedes Wort aus meinem Mund.

Wenn man niemanden sehen will, ist der einzige Mensch, den man ertragen kann, ein verliebter Mann.

Wir sprachen über dies und jenes.

Ich erzählte, dass ich schon wieder ein Hausmädchen wegen Diebstahls entlassen hatte.

Wanjetschka riet mir, mich bei der Personalagentur zu beschweren. »Schmiede das Eisen, solange es heiß ist«, sagte er.

Ich erklärte, in unserem Land sei das zwecklos. Die Agentur würde einfach die Nächste schicken, und die würde genauso klauen wie ihre Vorgängerinnen.

Er erzählte von der für diese Jahreszeit ungewöhnlichen Wärme in London.

Wie immer lud er mich ein. Wie immer sagte ich zu.

Wanjetschka fing an, russische Witze zu erzählen. Diesen obligatorischen Teil unserer Treffen mochte ich nicht. Er verstand unseren Humor einfach nicht, wählte schlechte Witze aus und setzte falsche Pointen. Ich lachte niemals. Mit jedem neuen Witz hoffte Wanjetschka mich zu belustigen. Und das schon seit etlichen Jahren.

Ich wüsste gern, dachte ich, wie das wohl ist – Liebe mit einem Mann zu machen, der schon seit zehn Jahren davon träumt?

Übrigens hatte Wanjetschka ein stürmisches Privatleben. Sogar während unserer Treffen explodierte sein Telefon förmlich vor Anrufen, die er in meiner Anwesenheit meist nicht beantwortete. Wanjetschka war sehr sympathisch, hatte ein bezauberndes Lächeln, war großzügig und immer bereit, einer Frau etwas Nettes zu sagen.

Vor zehn Jahren hätte ich mich beinahe in ihn verliebt. Aber dann traf ich Serge und vergaß alles auf der Welt.

Wir bestellten den Nachtisch und verabredeten uns für den folgenden Tag im Yachtklub.

Wanjetschka brachte mich zum Auto und schenkte mir zum Abschied Blumen.

Ich legte sie auf den Rücksitz und holte sie erst am nächsten Tag heraus, als ich vor dem Yachtklub parkte. Ich versteckte sie im Kofferraum.

In dem kleinen Café an der Anlegestelle trafen wir uns mit Wanjetschkas französischen Freunden. Wir bestellten Champagner.

Manchmal ist es sehr angenehm, den Tag schon morgens mit Champagner zu beginnen. Auf diese Weise ist man von der Notwendigkeit befreit, bis zum Abend nüchtern zu bleiben. Allerdings darf man es nicht zu weit treiben, sonst schrumpft der Tag auf die Ausmaße eines in die Länge gezogenen Frühstücks.

Wir mieteten Boote, fuhren Wasserski und brieten Schaschlik.

Es war ein ungewohntes Gefühl, sich mit Wanjetschka in der Öffentlichkeit zu zeigen. Ohne die Angst, uns könnte jemand sehen.

In Gesellschaft seiner Freunde war Wanjetschka viel interessanter. Ich sah ihn mit ganz neuen Augen, nicht mehr als meinen Besitz.

Wir verbrachten den Tag angenehm und trennten uns, sehr zufrieden miteinander.

3

Man bestellte mich erneut zum Verhör.

Ich rief meinen Nachbarn an – er war Anwalt – und bat ihn, mich zu begleiten. Nach dem ersten Besuch bei der Miliz hatte ich begriffen, dass dies ganz und gar kein Ort war, an dem ich mich sicher fühlen konnte.

Diesmal verdächtigte man mich nicht mehr, Serge ermordet zu haben.

Man zeigte mir ein Phantombild – zur Identifizierung.

»Sehen Sie es sich genau an«, baten die Beamten und schoben mir das Bild eines Mannes hin, den Serge gekannt hatte. »Erkennen Sie ihn?«

»Nein.« Ich schüttelte den Kopf und verstand selbst nicht, warum ich das tat.

»Sehen Sie genau hin. Vielleicht sind Sie diesem Mann irgendwo begegnet?«

Im Restaurant. Er hatte mein Täschchen in der Hand gehalten und war ganz entzückt darüber gewesen, wie exquisit solche kleinen weiblichen Accessoires sein konnten. Deswegen erinnerte ich mich auch an ihn: Man trifft nicht jeden Tag einen Mann, den Damenhandtaschen beeindrucken.

Ich verabschiedete mich von meinem Anwalt und dankte ihm.

Er legte mir leicht den Arm um die Schultern. War das nun eine rein berufliche Geste?

Ich quälte mich durch die endlosen Moskauer Staus und dachte daran, dass ich einen Chauffeur brauchte. Und dass ich diesen Handtaschenfetischisten finden und töten musste. Um Rache für meinen Mann zu nehmen. Das war nur recht und billig. Warum hatte ich auf der Miliz nicht gesagt, dass ich ihn kannte? Ich hatte keine Lust, darüber nachzudenken.

Ich drehte den Spiegel zu mir herüber. Es war mir schon zur Gewohnheit geworden, in Erwartung des Botox-Effektes meine Mimik zu kontrollieren.

Ob ich mir eine Pistole kaufen sollte? Nein, einfacher wäre es mit einem Auftragskiller. Oder doch die Pistole?

Dann könnte ich auch gleich noch die Blondine aus dem Restaurant erschießen. Und den Milizbeamten. Den, der mich gefragt hatte: »Warum wollen Sie das wissen?«

Ich wollte so gern stark sein – weniger, um all das wirklich zu tun, ich wollte nur imstande sein, es zu tun.

Ich stoppte an einer Kirche. Eine Prozedur, die mir im letzten Monat zur Gewohnheit geworden war: eine Kerze fürs Seelenheil, die andere auf sein Wohl.

Ich wusste, wen ich anrufen würde.

Vor zwanzig Jahren, als in Moskau alles begann, kannte jeder von uns solche Leute wie Oleg. Besser gesagt, praktisch alle unsere Bekannten waren so wie er. Später wurden die meisten von ihnen dann Geschäftsleute, Abgeordnete, sogar Künstler – nur Oleg blieb, wer er war.

Ich rief ihn alle paar Jahre einmal an. Meine Telefonnummer gab ich ihm nie. Manchmal griff ich ihm finanziell unter die Arme. Das letzte Mal hatte ich ihn angerufen, als meine frühere Hausangestellte alle meine Pelzmäntel gestohlen hatte. Ihre Überlegung war einfach gewesen: Es war Sommer gewesen, und sie hatte gewusst, dass ich sie bis zum Winter nicht anrühren würde. Und im Winter arbeitete sie schon ein halbes Jahr lang nicht mehr für mich. Mir tat es Leid um meine Pelze. Serge glaubte, ich hätte sie in die chemische Reinigung gebracht und vergessen, in welche. Deshalb musste ich mich an Oleg wenden. Aber er erfand irgendeinen passenden Vorwand und übernahm den Fall nicht.

Serge kaufte mir sofort zwei neue Pelze, und allmählich vergaß ich die Sache.

Oleg erwartete mich im Restaurant, freudig lächelnd. Ich hatte den Verdacht, dass er Restaurants dieser Preisklasse nur in meiner Gesellschaft besuchte.

Im Auto hatte ich all meinen Schmuck abgenommen. Man kann solchen Leuten niemals vollständig vertrauen.

»Na, was gibt's? Hat das Kindermädchen deine Brillanten gemopst?« Oleg hatte es sich in einem Sessel bequem gemacht, ein Kellner zündete gerade eine Zigarre für ihn an.

Ich setzte ein weltläufiges Lächeln auf und wartete mit höflicher Grimasse ab, bis der Kellner uns allein ließ.

Dann erzählte ich Oleg alles, was ich über Serges Tod und über diesen Typen wusste.

Ich glaubte nicht an den Erfolg meines Vorhabens. Ich hatte ja nicht einmal ein Foto. Nur den Namen. Na, und noch die eine oder andere Information über seinen Bekanntenkreis.

Ich bot Oleg zehntausend an.

Er forderte fünfzigtausend.

Es kam mir vor, als würde ich das Andenken an Serge beschmutzen, wenn ich in diesem Fall feilschte. So wie ich auch nie nach dem Preis fragte, wenn ich Blumen für sein Grab kaufte.

Die Hälfte wollte Oleg im Voraus.

Ich dachte an das Leichenschauhaus zurück. An mein Gefühl der Hilflosigkeit. An den Moment, als ich begriff, dass ich nichts mehr tun konnte.

Aber jetzt konnte ich. Ich konnte etwas für Serge tun.

Ich sagte, ich würde das Geld am nächsten Tag bringen. Direkt zu ihm nach Hause.

Und so machte ich es. Ich fuhr zu seinem Haus und klingelte, damit er herunterkäme.

Ich mag alte Häuser nicht.

Offenbar war es ein Feiertag. Leute liefen hin und her, ohne mich zu beachten.

Auf einer Kinderschaukel im Hof saßen ein bildhübsches Mädchen in hellblauer Jeans und ein langhaariger junger Mann in enger Umarmung. Sie schwatzten ohne Unterlass und hörten nur auf, um sich zu küssen.

Er wandte seinen verliebten Blick nicht von ihr ab. Sie lächelte kokett und neckte ihn.

Die Leute konnten sich nicht satt sehen an ihnen und beneideten sie um ihre Jugend.

Und die beiden glaubten, so würde es ewig sein.

Ich wünschte mir, dieses Mädchen zu sein und auf der Schaukel zu sitzen und mich mit meinem Freund zu küssen.

Es ging nicht.

Wäre ich dieses Mädchen auf der Schaukel, so hätte es weder Serge noch Mascha gegeben. Mein ganzes Leben hätte es nicht gegeben. Ich müsste Oleg kein Geld geben, damit er den Fetischisten tötete. Aber wäre ich nicht hierher gefahren, um ihm das Geld zu bringen, dann hätte ich dieses Mädchen nicht gesehen und mir nicht gewünscht, sie zu sein.

Unsere Blicke begegneten sich. Der Blick des Mädchens erlosch. Sie hätte gern meine Kleider gehabt und in meinem

Haus gewohnt. Die Welt aus dem Fenster meines Wagens betrachtet.

Und ich hätte die beiden einfach gern irgendwohin gefahren. Den Chauffeur gespielt und ihrem kindischen Geschwätz gelauscht.

Aber die Rolle hätte mir sowieso keiner abgenommen.

Oleg trat aus dem Haus. Ich gab ihm das Geld. Dann trat ich aufs Gaspedal.

Im Rückspiegel sah ich das Gesicht des Mädchens. Sie sagte aufgebracht etwas zu ihrem Freund.

Vielleicht hatte er zu lange zu mir herübergesehen? Ich lächelte meinem Spiegelbild zu. Als Antwort grinste mir höhnisch das Botox entgegen.

Abends traf ich mich wieder mit Wanjetschka. Es war sein letzter Tag in Moskau. Am nächsten Tag flog er nach Hause.

Wie immer war er am letzten Tag besonders liebevoll zu mir.

Ich fühlte mich wie eine Königin, die Gunstbeweise verteilt. Ich schenkte ihm mein Lächeln und kokettierte sogar ein bisschen.

Wir trafen uns auf dem alten russischen Gutshof Zarizyno. Wanjetschka geht dort gern reiten. Ich habe Angst vor Pferden. Aber es gefällt mir, bei einer Tasse Kaffee in der Sonne zu sitzen und ihre graziösen Bewegungen zu beobachten.

Wanjetschka hatte sich eine braune Stute namens Fliege ausgesucht. Er nannte sie Moskito. Die Stute wollte nicht hören und schlug mit den Hinterbeinen aus. Wanjetschka hielt sich gut im Sattel. Es gibt Menschen, die machen alles gut.

Schließlich begriff Fliege, dass sie mit ihm nicht fertig wurde, und trabte gehorsam in Richtung Wald.

Zu meinen Füßen hatte es sich eine rote Katze bequem gemacht. Merkwürdig, aber es gibt keinen Pferdehof, auf dem nicht eine riesige Anzahl von Hunden, Katzen und allem möglichen sonstigen Getier herumlungert.

Neben mir striegelte ein junges Mädchen, eine Angestellte des Gestüts, mit einer harten Bürste die Mähne eines schönen, weiß gefleckten Rappen.

Wie gut dieses Mädchen es hat, dachte ich. Jeden Tag kommt sie hierher, öffnet die Ställe, begrüßt die Pferde wie ihre besten Freunde, gibt ihnen Zucker, und am Ende des Monats bekommt sie ihr Gehalt und fährt nach Hause, vermutlich mit der Metro. Unterwegs kauft sie eine Krawatte als Geschenk für ihren Freund oder vielleicht auch ein Hemd. Zum Abendessen bereitet sie ein halbes Hähnchen zu und sieht vorm Schlafengehen noch einen Film im ersten Programm. Im ersten, weil der Direktor des ersten Programms ein guter Bekannter von mir ist und ihm viel daran liegt, dass die Leute die Sendungen auf seinem Kanal gucken.

Wanjetschka kehrte nach rund zwanzig Minuten zurück – erregt, mit brennenden Augen.

Ich hätte ihn gern geküsst. Aber er war verschwitzt und ging unter die Dusche. Ich folgte ihm fünf Minuten später in seine Kabine.

Ich bin sicher, nichts auf der Welt hatte er weniger erwartet.

Alles geschah keineswegs so, wie ich es mir vorgestellt hatte. Niemand starb vor Glück.

In den Nachbarkabinen wuschen sich Männer. Ich weiß nicht, ob irgendeiner mich bemerkte, als ich, mich eilig abtrocknend, herauskam.

Ich setzte mich in meinen Wagen und fuhr nach Hause.

Am folgenden Tag flog Wanjetschka zurück. Ich dachte mit Erleichterung daran. Ich konnte mir nicht vorstellen, wie ich mich hätte benehmen sollen, wenn wir uns noch einmal getroffen hätten.

Ich hoffte, diese Episode würde in Vergessenheit geraten, während er in London war, und ich könnte so tun, als wäre nichts passiert.

Ich frühstückte im Bett. Gegen drei Uhr wurde mir bewusst, dass Wanjetschka nicht angerufen hatte. Seitdem er mich am Vortag zum Wagen begleitet hatte, nicht ein einziges Mal.

Ich kontrollierte, ob mein Telefon funktionierte. Dann rief ich selber ihn an. Er antwortete nach dem sechsten Klingelton.

Ich legte auf.

Ihm war nichts passiert. Er war gesund und munter, er rief nur einfach nicht an.

Wieso hatte ich angerufen? Er würde sich denken können, dass ich das gewesen war. Hoffentlich dachte er es nicht. Sicher gab es einen Haufen Mädchen wie mich, die ihn anriefen und dann den Hörer auflegten.

Also war ich jetzt eine aus dem Haufen seiner Mädchen.

Ich biss die Zähne zusammen, um nicht vor Wut mit ihnen zu knirschen.

Ich vergrub mich bis über den Kopf unter der Bettdecke, um nie wieder herauszukriechen.

Das Telefon im Haus klingelte.

Ich raste wie angestochen hin und überlegte unterwegs, wie ich mich Wanjetschka gegenüber geben sollte: am besten ein wenig verschlafen, ein wenig nachlässig; ich würde sagen, er solle mich heute Abend noch mal anrufen. Oder morgen. Oder ich würde selber zurückrufen, sobald ich eine freie Minute hätte.

Es war meine Mutter.

Sie wollte wissen, ob bei mir alles in Ordnung sei.

Natürlich, bei mir war alles bestens. Ich hatte nur Sehnsucht nach ihr und nach Mascha. Sie hätten auch Sehnsucht. Und würden bald kommen. Und ich müsste mich dringend um Maschas Garderobe kümmern. Das Mädchen habe in diesem Sommer einen ordentlichen Schuss getan.

Ich legte den Hörer auf und schaute in den vor mir hängenden Spiegel.

Das Botox begann zu wirken.

Gott sei Dank, die Warterei war furchtbar gewesen.

Meine Falten waren verschwunden. Die Muskeln stillgelegt. Ich hatte das Puppengesicht eines kleinen Mädchens mit blauen Augen. Aber wenn ich lächelte, sah ich aus wie der Kinderschreck Fantomas: mühsam auseinander gezogene Lippen und starre gläserne Augen.

Augenblicklich vergaß ich Wanjetschka und rief schleunigst meine Kosmetikerin an.

Sie teilte mir mit, ich hätte es selbst so gewollt und das Botox-Wunder würde drei bis sechs Monate anhalten. Ich zog den Schluss, dass ich – bei meinem Glück – im nächsten halben Jahr besser gar nicht mehr lächelte.

Ich schluchzte bitterlich und verschmierte die Tränen im Gesicht. Meine Augen im Spiegel blieben starr. Mein Gesicht ähnelte dem Gesicht eines Toten unter der Dusche. Ob einer kalten oder heißen, war egal.

Der Sommer ging zu Ende.

Manche Leute betrachten das Leben aus der Perspektive des Konsumenten. Manche betrachten es als Heldentat. Andere wie einen Becher, den man austrinken muss. Bis zum Grund. Ich betrachte das Leben als Partner. In einem spannenden Spiel.

Die ganze Welt – ein Spielfeld. Den ersten Zug macht immer das Leben. Ich mache den zweiten und warte gespannt auf seinen nächsten.

In diesem Spiel gibt es keine Regeln. Das ist ein bisschen unheimlich, aber mit der Zeit habe ich mich daran gewöhnt. Und Sieger gibt es auch keine. Anfangs habe ich versucht, den Spielstand aufzuschreiben, aber ich habe es schnell gelassen. Niemals habe ich einen Zug verpasst. Wenn ich am liebsten aufgegeben hätte, habe ich eine Auszeit genommen. Das Leben hatte immer einen Joker in der Hinterhand. Er tauchte an völlig ungeahnten Orten auf und verlieh dem Spiel Würze. Es war auch unmöglich vorherzusagen, in welcher Gestalt er jeweils auf dem Spielfeld auftauchen würde. Es kam darauf an, so zu leben, als ob der Joker nicht existierte. Ich spielte auf Glück.

4

Wahrscheinlich hätte ich erstaunt tun sollen, als dieses Mädchen aus dem Restaurant mich anrief. Übrigens war ich tatsächlich erstaunt. Sie stellte sich genauso vor: »Hier ist das Mädchen, das Sie im Restaurant getroffen haben. Mit Serjosha. Wissen Sie noch?«

Ich nahm gerade ein Wannenbad mit drei Tropfen Jasminöl.

Um mein klopfendes Herz wenigstens etwas zu beruhigen, hätte ich tief Luft holen müssen, aber stattdessen erstarrte ich für einen Moment und fragte dann gleichgültig: »Wann?«

»Hm, also ...« Das Mädchen geriet in Verwirrung. »Eine Woche vor ... bevor ... bevor Serjosha ... gestorben ist ... Im Pinocchio am Kutusowski-Prospekt.«

»Ah!« Das rief ich geradezu freudig in den Hörer hinein.

Wahrscheinlich entstand so der Eindruck, ich hätte erst befürchtet, es handle sich um das Mädchen aus dem Restaurant Hongkong in der Twerskaja. Zum Beispiel.

»Ich muss Sie sprechen.« Es hörte sich an, als wolle sie gleich losheulen.

»Wieso?«, fragte ich sehr ernst.

In diesem Moment hasste ich in ihrer Person alle Frauen. Wenn es diese Frau gegeben hatte, so argwöhnte ich, hatte es auch andere gegeben.

»Am Telefon geht es nicht.«

Jetzt hätte ich auflegen müssen. Aber vermutlich gibt es keine Frau auf der Welt, die es ablehnen würde, die Geliebte ihres Mannes zu treffen.

Ich legte mich aufs Bett und rollte mich zusammen. Die Kissen und die Kleider von Serge bewahrten seinen Geruch. Früher, als er noch lebte, hatte ich nicht darauf geachtet. Dafür spürte ich ihn jetzt besonders intensiv.

Das Mädchen hieß Swetlana. Wir hatten uns im Pinocchio verabredet, eine Stunde nach ihrem Anruf. Im Pinocchio am Kutusowski-Prospekt.

Sie kam in einem alten VW. Hätten sie sich schon länger gekannt, hätte sie bestimmt einen Mercedes gefahren, so wie ich. Na, oder vielleicht eine Nummer kleiner.

Ich trug eine Sonnenbrille, obwohl es im Restaurant ziemlich dunkel war. Ich hatte keine Lust, der Geliebten von Serge meine Mimik in all ihrer Schönheit vorzuführen. Außer wenn es mich jucken sollte, sie zu erschrecken. Dann würde ich die Brille hochschieben und eine gruselige Grimasse ziehen.

Gekleidet war sie nicht übel. Ganz nach dem Geschmack meines Mannes. Das heißt, nach dem Geschmack, den ich ihn gelehrt hatte: schick, aber nicht provozierend.

Sie setzte sich und zündete sich sofort eine Zigarette an. Ich saß regungslos und machte auch keine Anstalten, ein Gespräch anzuknüpfen.

Offenbar war sie sehr nervös, und deshalb blieb ich ruhig und fühlte mich überlegen. Allerdings wusste ich vorläufig nicht, worin diese Überlegenheit bestand. Der Kellner erschien.

Ich bestellte eisgekühlten Mandarinensaft. Sie nahm Mineralwasser.

Die Speisekarte lehnte ich ab, bat nur darum, mir einen

leichten Salat zu bringen. Sie sagte, sie habe keinen Hunger.

»Sie wollten nicht, dass ich zur Beerdigung komme«, stotterte sie, ohne mir in die Augen zu sehen.

Gott sei Dank, dachte ich. Bei der Vorstellung, sie hätte auf dem Friedhof neben mir stehen können, überschwemmte mich eine neue Welle von Hass.

Aber ich behielt mein mitfühlendes Lächeln bei.

»Wer wollte das nicht?« Ich hätte mich nicht gewundert, in meiner Stimme einen Unterton von Entrüstung zu hören.

»Serjoshas Freunde. Veronika und Igor. Sie kennen sie sicher?«

Natürlich. Meine Freundin Veronika. Gut, dass ich die Sonnenbrille aufhatte. Wer wohl sonst noch davon gewusst hatte?

»Ja. Aber nicht besonders gut.« Ich seufzte sogar bedauernd auf. »Waren Sie mit ihnen befreundet?«

Im Gespräch mit Swetlana hatte ich mir einen gönnerhaften Tonfall zugelegt.

»Ja.« Sie senkte den Blick und flüsterte kaum hörbar: »Ich bin schwanger.«

Ich stand auf und ging. Es war mir ganz egal, wohin, aber plötzlich befand ich mich am Ausgang. Auf der Straße blieb ich stehen und lehnte mich an die Mauer. Das war zu viel. Wäre meine Geduld ein Luftballon gewesen, wäre er augenblicklich geplatzt.

Am meisten wünschte ich mir, Serge wäre am Leben. Ich würde ihm eine schallende Ohrfeige verpassen, ihn dann rausschmeißen und ihm seine Sachen hinterherwerfen.

Nein, gut, dass er tot war. Denn so konnte er nie mehr zu mir kommen und sagen: »Verzeih, aber ich liebe eine andere. Wir werden ein Kind haben.« Schon deshalb hatte er sterben müssen, damit ich diese Worte niemals zu hören brauchte.

Ein Schild am nackten Fuß. Die Nummer siebzehn.

Für die niemals mehr irgendwer irgendetwas tun konnte.

Den Sinn des Wortes »niemals« begreift man erst im Leichenschauhaus. An allen anderen Orten ist der Gebrauch dieses Wortes eine glatte Profanierung.

Ich kehrte ins Restaurant zurück.

»Und? Werden Sie das Kind bekommen?« Ich nahm die Brille ab und fixierte sie.

Sie nickte.

Und ich begriff, dass ich sie beneidete. Ich hätte mir auch gewünscht, meinen Serge noch unterm Herzen zu tragen. So lockenköpfig und so blauäugig.

Ich winkte den Kellner herbei und verlangte die Rechnung.

»Ich habe kein Geld«, sagte Swetlana.

»Ich bezahle.« Zu meiner Schande muss ich gestehen, dass ich das mit unverhohlener Arroganz sagte.

»Ich habe überhaupt kein Geld.«

Ich war verwirrt.

»Und wie willst du dann das Kind bekommen?«

»Ich hatte gehofft, Sie würden mir helfen.«

»Ich?«

Mein Gott, so fühlen sich also Männer, wenn eine Frau ihnen sagt, dass sie schwanger ist. Sie fühlen sich gefangen, in der Falle. Ich hörte geradezu das Klicken. Die Falle ist zugeschnappt. Einen Weg zurück gibt es nicht. Oder doch?

»Im wievielten Monat bist du?«

»In der zehnten Woche.«

»Dann hast du noch zwei Wochen Zeit für eine Abtreibung. Ich besorge dir einen Termin in einer guten Klinik, mein Arzt ist der beste von ganz Moskau.«

»Es geht nicht.« Sie blickte mich ergeben an. »Es ist meine erste Schwangerschaft, und der Arzt hat gesagt, eine Abtreibung sei zu riskant.«

»Lass dich erst mal von meinem Arzt untersuchen.« Ich gab nicht auf.

Sie nickte zustimmend.

»Gut. Aber ich will das Kind sowieso bekommen. Ich wünsche mir so sehr einen Sohn von Serjosha. Und meine Mutter weiß auch schon Bescheid. Sie ist einverstanden.«

Ich schrieb mir ihre Telefonnummer auf.

»Werden Sie mir helfen?«, fragte mich Swetlana zum Abschied.

Ich würdigte sie keiner Antwort.

5

Ich hielt vor einem Haushaltswarengeschäft in Mnevniki. In Mnevniki war ich zufällig gelandet, als ich dem Stau auf der Rubljowka ausgewichen war. Ein derart nostalgisches Geschäft mit dem sowjetischen Schild »Haushaltswaren« hatte ich schon lange nicht mehr gesehen.

Als ich aus dem Wagen stieg, blickte ich mich um. Die Gegend wirkte düster und war kaum belebt. Auf dem Bürgersteig standen nur wenige Autos.

Das Geschäft »Haushaltswaren« gefiel mir. Ich kaufte bunte Wäscheklammern (damit konnte man prima alle möglichen Sachen an den Weihnachtsbaum hängen), einen runden mechanischen Wecker, sehr hübsche Gardinenhalter, eine neue Deckenlampe für das Kinderzimmer in Form einer großen Festtagstorte und noch viele andere notwendige Kleinigkeiten. Alles war sehr billig. Bestimmt dreimal so billig wie das, was ich sonst kaufte. Als ich unsicher war, welche Putzmittel ich für das neue Hausmädchen kaufen sollte, halfen mir netterweise die Leute aus der Schlange. Die Verkäuferin suchte für mein Gästezimmer fünf Zahnbürsten in verschiedenen Farben aus. Ich bedankte mich herzlich. Als ich mit drei riesigen Einkaufstüten bepackt zum Ausgang ging, erkundigte sich eine sympathische Oma im Rüschenkleid, ob ich auch mit dem Auto da sei, wo ich doch so viel zu schleppen hätte.

Meinen Wagen hatten zwei Tadschiken mit ihrem Shiguli derart zugeparkt, dass ich nicht mehr herauskonnte. Sie wechselten gerade ein Rad. Ich stellte die Tüten auf den Kofferraum und ging auf sichere Distanz zu meinem Wagen.

Eine Freundin von mir hatte man unter ähnlichen Umständen aus dem Auto geworfen, eine andere erschlagen. Mit einem Axthieb auf den Kopf. Den Wagen und 200 Dollar aus ihrer Handtasche nahmen die Mörder mit. Sie war vierundzwanzig Jahre alt gewesen. Ihr Mann hatte ihr den Mercedes zum Geburtstag geschenkt.

Die Tadschiken hantierten schon etwa fünf Minuten herum; mir gefiel das alles nicht. Weit und breit war weder ein Verkehrspolizist noch ein Milizionär zu sehen. Ich hielt meine Schlüssel in der Tasche fest umklammert, bereit, sie im Notfall ins Gebüsch zu werfen.

Die Tadschiken legten den Wagenheber beiseite, setzten ihn wieder an, fummelten an den Schrauben herum. Mit dem Telefon in der Hand ging ich auf sie zu und sagte: »Verschwindet von hier, oder ich rufe meinen Leibwächter.«

Sie nickten erschrocken, warfen ihr Werkzeug in den Kofferraum, setzten sich ins Auto und fuhren fünf Meter weiter.

Ich drückte das Handy ans Ohr und redete laut mit einem fiktiven Gesprächspartner. Ich beschrieb den Ort, an dem ich mich befand, und diktierte das Kennzeichen der Tadschiken. Mit der Fernbedienung entriegelte ich die Autotüren. Immer weiter redend, stellte ich die Tüten auf den Rücksitz. Hauptsache, mir näherte sich niemand von hinten.

Ich öffnete die Fahrertür. Einer der Tadschiken kam auf mich zu. Ich machte einen Schritt zur Seite, streckte den Arm vor und schrie gellend: »Halt! Stehen bleiben, hab ich gesagt!«

Der Tadschike blieb stehen, ich setzte mich schnell ins Auto und verriegelte sämtliche Türen.

Lohnt ein »Haushaltswarengeschäft« in Mnevniki derartige Scherereien? Zehnmal nein! Wie hätte Wanjetschka gesagt: »Wer sich vorm Wolf fürchtet, darf nicht in den Wald gehen.«

Nachts rief ich Swetlana an.

»Wusste Serge, dass du schwanger bist?«

»Nein, ich bin nicht dazu ...«

Ich legte auf, ohne sie ausreden zu lassen.

6

Meine Masseurin wohnt im Souterrain meines Hauses. Sie hat kräftige Hände und einen diebischen Blick. Das ist typisch für Leute, die gewohnt sind, von Trinkgeldern zu leben.

Ich hatte nie gezielt nach einer Masseurin gesucht, die bei mir im Haus wohnen sollte, sie war mir einfach vor einem Jahr, als ich gerade mal wieder eine neue Hausangestellte suchte, von einer Freundin empfohlen worden.

In Donezk, wo sie geboren war, entspricht das Monatseinkommen einer Masseurin dem Preis für zwei Portionen California Rolls im Slawjanskaja oder für eine Maniküre im Wella-Salon oder dem Trinkgeld im Casino Golden Palace.

Die Masseurin – sie hieß Galja, wobei ihre Aussprache des Buchstabens »G« zum »Ch« tendierte – hatte sich entschlossen, zusammen mit einer Freundin nach Moskau zu gehen und sich dort eine Arbeit zu suchen. So landete sie bei mir, als Hausmädchen. Sie putzte mittelmäßig und kochte scheußlich. Ich stellte eine andere ein. Aber ich hatte mich an die jederzeit verfügbare Massage gewöhnt und trennte mich deshalb nicht von Galja. Zumal ihr Lohn mich nicht halb so viel kostete wie meine früheren Besuche im Kosmetiksalon.

Ich fuhr für einige Tage auf unsere Datscha.

Die Apathie, die in den letzten Tagen von mir Besitz ergriffen hatte, hätte mich kaum aufs Land getrieben. Und das Haus selbst, das seit Serges Auszug deprimierend verlassen wirkte, hatte ebenfalls nichts Verlockendes.

Aber die Masseurin wohnte dort. Und das war ein ausgezeichneter Anlass, sich auf den Weg dorthin zu machen.

Das Erste, was mir ins Auge stach, als ich das Haus betrat, waren die Schrubber, Eimer und Putzlappen auf Schritt und Tritt.

Die neue Hausangestellte war der Ansicht, ein Haus sei ein Objekt, das permanenter Reinigung bedürfe. Um zehn Uhr abends ließ sie alles liegen, wie es war, und ging zu Bett – um am nächsten Morgen aufzuwachen und sofort weiterzuputzen.

Wenn ich ein paar Tage lang nicht kam, war sie gekränkt, weil niemand etwas schmutzig machte: Das brachte sie aus dem Rhythmus.

Ich durchquerte das Wohnzimmer, bemüht, nicht nach rechts und links zu schauen, und stieg nach oben zu mir.

Ich ließ ein Wannenbad ein und fügte drei Tropfen Jasminöl hinzu.

Dann zündete ich Kerzen an und legte eine CD von PINK ein.

Vor dem Spiegel stehend, zog ich mich aus.

Wozu hatte ich eigentlich ein Abo im Fitnessclub?

Ich legte mich in die Wanne und schloss die Augen. Bald würde meine Tochter nach Hause kommen.

Gewöhnlich spreche ich bei der Massage nicht und mag es auch nicht, wenn andere reden.

Aber an diesem Tag hörte ich meiner Masseurin zu und gab ihr sogar hin und wieder Antwort. Aus irgendeinem Grund war sie fest entschlossen, mir sämtliche Salatrezepte, die sie kannte, mitzuteilen.

Alle ihre Salate hatten Namen. »Mimose«, »Schildkröte« und der, wie sie sich ausdrückte, »stussigste« Name war »Tadsch Mahal«.

Ich lauschte geduldig, was man in welchem Verhältnis in die Salate tat.

Ich selber kann nicht kochen und habe mich noch nie in meinem Leben für Rezepte interessiert.

Aber jetzt hörte ich ihrem monotonen Geplapper über »zwei Löffel Mayonnaise und geraspelte Möhren« zu, und es gefiel mir sogar.

Ich hätte ihr auch gern irgendein Rezept gegeben. Mir fiel sogar eins ein. Aber ich war zu faul zum Sprechen. Bei der Kopfmassage wäre ich beinahe eingeschlafen.

Es gab absolut nichts zu tun.

Ich ging nach unten in den Keller. Dort suchte ich den Koffer mit den Babysachen heraus. Alles, was einem Neugeborenen passen konnte, legte ich zu einem ordentlichen Stapel zusammen.

Im zweiten Kellerraum war die Birne durchgebrannt. Ich nahm eine Taschenlampe und schaute nach, in welchem Zustand Maschas Kinderwagen war. Er sah noch sehr passabel aus. Und hier fand ich auch den Kindersitz fürs Auto.

Das Hausmädchen hatte für mich im Esszimmer den Tisch zum Abendessen gedeckt. Alles war schön arrangiert, die Servietten hatte sie in silberne Ringe gesteckt und Kerzen angezündet.

Ich machte Musik an.

Appetit hatte ich keinen.

Ich nahm eine Flasche Rotwein und ging hinüber auf die Veranda.

Ich liebe mein Haus. Es liegt gut, nicht weit von Moskau, und ist riesengroß und schön.

Auf der Veranda sammelte das Hausmädchen offenbar alle möglichen Plastikbehälter.

Ich starrte den Stapel von Einwegplastikbechern auf dem Tisch an. Da ich vergessen hatte, ein Weinglas mitzunehmen, ging ich zurück in die Küche. Nahm mir ein Glas und bat das Hausmädchen, die Becher wegzuräumen. Sie presste beleidigt die Lippen zusammen. Ich erlaubte ihr, sie am nächsten Morgen wieder zurückzustellen. Obwohl ich sie auch morgens nicht auf meiner Veranda haben wollte. Immerhin wurde das Hausmädchen wieder etwas munterer, schielte aber missbilligend auf den Wein in meiner Hand.

Ich dachte mir schleunigst eine Aufgabe für sie aus. Das Jasminöl hinterlässt Flecken in meiner Badewanne. Sie stürzte sich fast unter Kampfgeheul darauf.

Um sechs Uhr morgens wachte ich auf.

Schlenderte durchs Haus. Verirrte mich ins Ankleidezimmer. Sachen von Serge gab es dort so gut wie keine: nur zwei, drei Jacketts, die er selten getragen hatte, und Kartons mit Winterschuhen. Ich musste das alles wegräumen lassen. Gegen zehn schlief ich wieder ein.

Ich erwachte vom Klingeln des Telefons.

Meine Freundin Veronika war aus Spanien zurück.

»Liebes, besuch mich doch. Ich bin so böse auf mich, dass ich dich hier allein gelassen habe. Das ist ja alles so schrecklich. Als du angerufen hast, habe ich den ganzen Tag geweint! Komm so schnell du kannst!«

Veronika hat ein Haus in der Nachbarschaft und ist eine typische Bewohnerin dieses Dorfes. Eine von denen, über die meine Kosmetikerin sagt: »Die Armen, sie können sich einfach nicht entspannen! Sogar während der Behandlung haben sie die Hand noch an seinem Puls.« Am Puls des

Ehemannes. Denn wenn er noch nicht zu einer jüngeren Geliebten auf und davon ist, so kann er es doch jeden Moment tun. Die Furcht vor der potentiellen Nebenbuhlerin lässt diese Frauen noch mit vierzig zwei Universitätsabschlüsse machen, fünf Fremdsprachen lernen und zwei Stunden vorm Musée d'Orsay in der Schlange ausharren, um eine Ausstellung amerikanischer Impressionisten zu sehen.

Ihnen haben wir es zu danken, dass unsere Gärtner und Hausmädchen die Ungleichheit der Klassen so deutlich spüren. Aufgrund unserer offensichtlichen intellektuellen Überlegenheit.

Ich packte eine Napoleon-Torte ein und fuhr zu Veronikas weißem Haus.

Auf der Chaiselongue vor dem Rasen saß ihre sechzehnjährige Tochter und rauchte mit sichtlichem Genuss.

»Deine Eltern sind wohl nicht zu Hause?«, vermutete ich.

»Nö.« Sie blickte mir in die Augen, als suche sie darin nach Verständnis, dann zog sie, nachdem sie es offenbar gefunden hatte, ein weiteres Mal an ihrer Zigarette. »Papa ist in Moskau, aber Mama kommt gleich wieder. Irgendwas ist ihr ausgegangen, Brot oder Creme, ich weiß nicht so genau.«

»Und wie geht es dir?«

»Gut.«

»In welcher Klasse bist du jetzt? In der zehnten?«

»In der elften.«

»Da bist du ja schon richtig groß.«

»Ja. Früher habe ich die aus der Elf angeschaut und gedacht: Wie erwachsen sie schon sind! Seltsam.«

»Was ist seltsam? Dass du schon in der elften Klasse bist, aber dich noch immer nicht erwachsen fühlst?«

»Mhm.«

»So wird es auch bleiben.« Ich merkte, dass ich im Tonfall meiner Mutter sprach. »Du wirst dich immer wie ein Kind fühlen. Irgendwann einmal, wenn du dreißig oder fünfzig bist, begreifst du plötzlich, dass du schon längst erwachsen bist.«

Sie schaute mich verstehend an.

Wir schwiegen eine Weile.

Das automatische Tor öffnete sich, und Veronikas Wagen rollte herein.

Manche Mercedes-Modelle ähneln Haien.

Veronika stürzte auf mich zu und umarmte mich stürmisch. In ihren Augen standen Tränen.

Das ist immer angenehm.

Auch ich vergoss ein paar Tränchen.

Veronikas Tochter ebenfalls.

Wir tranken Tee und aßen die Torte.

Veronika erzählte von Marbella. Das Wasser kalt, die Preise hoch und überall Araber. Im nächsten Jahr wollte sie wieder hinfahren. Ob ich nicht Lust hätte mitzukommen? Ich hatte Lust. Wunderbar, Igor wird sich sehr freuen. Er mag dich und Serge so gern. Armer Serge.

»Ja. Und die Geliebte von Serge mag er auch?«

Veronika verstummte und sah mich erschrocken an. Eine Sekunde lang.

»Du kennst sie?«

»Nicht so gut wie du.«

»Liebes, du musst das verstehen. Ich war dagegen.«

»Natürlich.«

»Das waren die Männer. Und ich konnte doch nicht zulassen, dass Igor sich ohne mich mit den beiden traf. Sie hätte ja noch eine Freundin anschleppen können.«

»Natürlich.«

»Sei nicht böse. Du bist viel besser als sie. Das haben alle gesagt.«

Wir lagen auf den Sofas im Wohnzimmer. Die Klimaanlage lief, man spürte nichts von der Hitze draußen.

»Ging das schon lange mit ihr?«

»Ein halbes Jahr. Hast du wirklich nichts gemerkt?«

»Nein.«

Ich hatte etwas gemerkt. Er war viel aufmerksamer geworden. Brachte mir oft Blumen und machte mir Geschenke.

»Hat er sie geliebt?«

»Wo denkst du hin? Er hat nur dich geliebt.«

»Ist er überall mit ihr hingegangen und hat sie mit allen bekannt gemacht?«

»Also, mit allen nicht ... Ach, ich wünschte, du hättest gar nichts davon erfahren!«

Das wünschte ich mir auch. Aber die Füße hatten mich wie von selbst in dieses Restaurant getragen. Ich war ja nicht einmal hungrig gewesen.

»Wo haben sie sich kennen gelernt?«

»Bei der Eröffnung unseres Geschäftes. Weißt du noch, du bist damals nicht gekommen?«

Ja, und es hatte gar keinen besonderen Grund dafür gegeben. Ich war bloß gerade hier auf der Datscha gewesen. Und zu bequem, mich anzuziehen und nach Moskau zu fahren. Außerdem war das Auto eingeschneit. Und Serge war auch nur für eine halbe Stunde dort gewesen, weil ich ihn zum Abendessen erwartete.

»Es ist blöd, seinen Mann ständig zu begleiten.«

»Aber unerlässlich, wenn man seine Ehe schützen will.«

Ich fühlte mich schuldig.

»Das war Verrat – Umgang mit der Geliebten meines Mannes zu pflegen.«

»Hör auf. Was hättest du denn an meiner Stelle getan?«

»Dich angerufen und dir alles erzählt.«

»Ich wusste nicht, ob du es erfahren wolltest.«

»Würdest du es erfahren wollen?«

»Ich weiß nicht. Wahrscheinlich ja. Vielleicht sollten wir das besser jetzt gleich absprechen? Wenn du meinen Igor mit so einer Tussi siehst, dann sagst du mir das sofort. Abgemacht?«

Wir einigten uns. Allerdings war die Absprache jetzt einseitig. Veronika versteht es immer, das Beste für sich herauszuholen.

Igor kam nach Hause.

Er begrüßte mich schon vom Wohnzimmer aus. Im Garten angekommen, umarmte er mich fest und hielt mich einige Minuten lang.

Ich tat mir selbst schrecklich Leid. Wieder kamen mir die Tränen. Vermutlich die Nerven.

Ich wäre gern bei Veronika geblieben. Hätte zusammen mit der Familie ferngesehen. Pläne fürs Wochenende geschmiedet. Wäre ein Teil ihrer Feierabendroutine gewesen. Ihre einzige Zerstreuung am heutigen Abend.

Ich fuhr nach Hause.

Der Himmel war so sternenklar, dass er unecht wirkte.

Wenn man etwas wirklich Hässliches sieht, zweifelt man niemals an der Echtheit.

Ich schlief direkt auf der Veranda ein. Zum ersten Mal in dieser ganzen Zeit träumte ich von Serge. Er sah blendend aus, war völlig lebendig, und ich spürte ihn fast physisch.

Ich erwachte beim Morgengrauen und wollte weder schlafen noch aufstehen.

Die Vögel zwitscherten neben meinem Korbsofa.

Wenn man die Augen schloss, konnte man sich vorstellen, im Wald im Gras zu liegen.

Aber wieso die Augen schließen und sich etwas vorstellen? Ich war ja wirklich im Wald, um mich herum standen Kiefern, das ganze Haus ertrank buchstäblich im Grün.

Ich rief Galja, sie sollte mir den Körper mit Kokos-Scrub einreiben.

Gut, dass es Galja gibt, so hat man immer eine Beschäftigung.

Nach dem Peeling ging ich unter die Dusche und schmierte mir einen grünlich braunen Brei ins Gesicht. Er nannte sich »Schönheitsmaske mit Soforteffekt«. Auf den Soforteffekt musste man zwanzig Minuten warten und durfte solange nicht sprechen. Ich schloss die Augen, und Galja hielt einen Monolog zum Thema: Warum gibt es in Moskau keine Molke zu kaufen?

Wie sich herausstellte, kann man sie in Donezk an jeder Straßenecke kaufen, und die Leute machen daraus Bliny. Wie man aber in Moskau Bliny machen soll, ist unerfindlich. Und die Schweine? Galja konnte absolut nicht begreifen, wie man es in Moskau schafft, ohne Molke Schweine zu halten. Molke ist viermal so billig wie Milch. Man kann sich das Gesicht damit waschen und die Haare spülen.

Als Galja mir die Maske vom Gesicht wusch, dachte ich bereits ernsthaft darüber nach, warum es in Moskau keine Molke zu kaufen gab.

Viermal so billig wie Milch – das heißt, so was würde jeder kaufen. Für alle Fälle erkundigte ich mich bei meinem Hausmädchen. Jeder? Das Hausmädchen lächelte verträumt. Jeder. Die Haltbarkeit von Molke betrug eine Woche, das heißt, eine Familie würde durchschnittlich vier Packungen pro Monat kaufen. In Moskau gibt es rund fünf

Millionen Familien. Man braucht natürlich ein gutes Vertriebsnetz. Vielleicht konnte ich mit Leuten zusammenarbeiten, die mit Lebensmitteln handelten. Ich hatte Bekannte in dieser Branche.

In den meisten Fällen wird die Molke nach der Herstellung von Quark einfach weggeworfen; das heißt, für das Produkt selbst fallen keine Kosten an. Geld braucht man nur für die Werbung und die Verpackung. Das macht etwa zwanzig bis fünfundzwanzig Prozent des Verkaufspreises aus. Plus Transport.

Ich musste mit einem der Männer darüber sprechen. Ich rief ein paar meiner Bekannten an. Wirklich, warum sollte ich nicht Moskau mit Molke versorgen?

Ich traf mich im Palace Hotel mit Oleg. Er trank Kaffee, rauchte eine Zigarre und redete Unsinn. Viel Geld brauche er nicht, sagte Oleg, eine Million würde ihm vollauf genügen.

»Genügen wofür?«, fragte ich von oben herab.

»Zum Leben. Ein Haus an der Rubljowka, einen Mercedes 220, nicht zu reden von einem Maserati, eine Uhr von JVC – das hab ich mir alles schon mal gekauft und sofort wieder verkauft.«

»Warum?«

»Das Geld war ausgegangen, aber ich hatte mich schon ans gute Leben gewöhnt.«

»Ich brauche kein Haus an der Rubljowka.«

»Vorläufig nicht. Aber wenn man erst mal eine Million hat, sieht alles anders aus.«

»Also brauchst du zwei Millionen.« Ich zuckte die Schultern.

»Noch besser zehn«, meinte er.

Für Oleg mit seinen Eisenzähnen sind zehn Millionen Dollar eine ebenso abstrakte Ziffer wie zehn Kilo Knochen für einen streunenden Hund.

Er kam auf einen seiner Mitschüler zu sprechen.

»Ich hab sein Bild in der Zeitung gesehen. Er sitzt im Vorstand irgendeiner Nickelgesellschaft. Die haben sich eine Fabrik im Ural unter den Nagel gerissen, die komplette Verwaltung zum Teufel gejagt und die eigenen Leute reingesetzt.«

Oleg sprach mit Hochachtung von ihm. So wie man über Verwandte spricht, die es zu etwas gebracht haben. Und als ob auch Oleg an seinen Erfolgen einen Anteil hätte.

Als sie Kinder waren, hatte Oleg ihn verprügelt. Weil er Brillenträger nicht ausstehen konnte. Aber seitdem er selbst sein linkes Auge durch ein Glasauge ersetzen musste, war er physischen Defekten gegenüber erheblich toleranter geworden.

»Du siehst traurig aus«, sagte Oleg. Ich lachte laut auf.

»Und dein Lachen wirkt unnatürlich.«

Ich erzählte ihm von dem Botox.

Nicht jedem Mann kann man so etwas erzählen.

Oleg begriff das offensichtlich, aber es störte ihn nicht. Das ist der Vorteil, wenn man sich schon seit zwanzig Jahren kennt.

»Ich habe deinen Fetischisten gefunden«, sagte er und lehnte sich im Sessel zurück.

Ich nickte. Ein kalter Hauch wehte mich an.

Als sei der Mörder meines Mannes irgendwo hier im Raum.

Ich hatte Angst. Musste mich mit aller Kraft zusammenreißen. Die Worte wollten mir nicht über die Lippen.

Oleg sah sich müßig in der Gegend um, scheinbar völlig desinteressiert an dem, was in mir vorging.

»Wie machen wir ihn kalt?« Schließlich blickte Oleg mir direkt in die Augen.

In dieser Situation fühlte er sich überlegen, und das bereitete ihm sichtliches Vergnügen.

»Was denkst du denn darüber?«

Oleg begann tatsächlich nachzudenken.

»Man könnte ihn einbetonieren.«

Ich schielte zum Kellner hinüber. Der Kellner schielte zu uns herüber.

Ich bestellte noch einen Mandarinensaft.

»Man kann ihn auch auf dem Friedhof eingraben. Bis zum Hals. Für zirka drei Tage. Du kannst ja kommen und gucken.«

Olegs Augen funkelten nicht vor Erregung, wie das bei einem Verrückten zu sein pflegt. Er sprach ruhig und geschäftsmäßig, so wie meine Galja über ihre Salate.

»Oder wie wäre das: Wir nehmen dein Botox und jagen es ihm in die Gurgel.«

Das fand auch ich nicht übel.

»Man kann ihn natürlich auch einfach erschießen. Dann gebe ich dir ein Foto.«

Das Foto des toten Fetischisten werde ich in mein Familienalbum kleben. Es hat noch viele leere Seiten. Vielleicht trage ich es sogar bei mir.

»Man könnte ihn erhängen, ertränken, erwürgen.« Oleg bog nachdenklich die Finger um.

Die ungeheuere Menge an Varianten beruhigte mich. Die Vorstellung, aus einem Dutzend möglicher Verbrechen nur eins auszuwählen, machte das Verbrechen in meinen Augen weniger schlimm.

»Man könnte ihn vom Dach stürzen oder mit Auspuffgasen vergiften ...«

Oleg improvisierte jetzt offensichtlich. Ich wollte mir auch etwas ausdenken, aber mir fiel nichts ein.

»Also, such dir was aus. Und setz den Zeitpunkt fest.«

Ich überlegte.

Versuchte mir die Situation aus der Perspektive eines Unbeteiligten vorzustellen.

Das mache ich immer, wenn die Realität mir nicht zusagt.

Ein Schurke tötet den schönen, guten Prinzen. Die Prinzessin ist tief betrübt. Sie setzt eine Belohnung auf den Kopf des Täters. Der gemeine Verbrecher wird gefangen. Ihr bleibt nur noch, die Art der Todesstrafe zu wählen.

»Vierteilen«, sagte ich, und Oleg verschluckte sich am Rauch seiner Zigarre.

»Du meinst, ihn zerstückeln?«

Übelkeit stieg in mir hoch.

»Nein.« Ich seufzte. »Bring ihn einfach um.«

»Wie?«

»So, dass er weiß, weshalb.«

Oleg nickte.

»Okay. Er wird es erfahren.«

»Hat er Kinder?«, fragte ich.

In Olegs Augen stand eine Frage.

Er meinte, ich hätte etwas gegen die Kinder des Fetischisten.

Ich schüttelte den Kopf.

»Schon gut. Nicht wichtig.«

»Wann?«

»Entscheide das selbst. Ich will den genauen Zeitpunkt nicht wissen.«

»Gut, abgemacht.«

»Wie erfahre ich, dass er tot ist?«

»Ich habe dir ein Foto vorgeschlagen.«

»Nein. Ich erfahre es aus der Zeitung. Denk dir was aus, damit es in die *Kriminalchronik* kommt.«

»Gut.«

Ich verlangte die Rechnung. Wir verabschiedeten uns. Ich konnte nicht glauben, was ich getan hatte.

7

Es war Sauna-Tag.

Mittwoch. Genau der richtige Tag dafür.

Am Anfang der Woche muss man erledigen, was sich übers Wochenende angesammelt hat.

Am Ende der Woche möchte man ins Restaurant gehen oder durch die Clubs ziehen.

Aber am Mittwoch kann man sich mit seinen Freundinnen treffen und die Sauna anheizen.

Ich hatte eine türkische Sauna.

Es kam Veronika. Ihr Mann Igor hatte sich erkältet, saß unter der Aufsicht seines Bodyguards und des Hausmädchens zu Hause, und sie konnte sich entspannen, brauchte sich keine Sorgen zu machen, wo er war und mit wem.

Es kam Lena. Ihr Mann hatte sie vor zwei Jahren wegen seiner Sekretärin verlassen. Sie hatte falsche Brillanten in den Ohren, aber niemandem in unserem Dorf wäre es in den Sinn gekommen, dass ihre Brillanten unecht waren. Genauso wie in dem Haushaltswarengeschäft in Mnevniki niemand auf die Idee gekommen wäre, dass das runde Glasstückchen an meinem Finger mehr kostete als der ganze Laden.

Es kam Katja. Ihr Freund Mussja, ein in ganz Moskau bekannter Partylöwe und Homosexueller, wartete geduldig darauf, dass Katja es aufgab, nach einem Ehemann zu suchen und sich stattdessen endlich – denn in ihrem Alter tickte ja schon die biologische Uhr – bereit erklärte, ein Kind von ihm zu bekommen. Von seinen attraktiven, muskelbepackten Liebhabern konnte ihm aus naheliegenden Gründen keiner diesen Gefallen tun.

Wir zündeten Kerzen an, hüllten uns in Badetücher, und Galja servierte einen Tee, den sie nur mittwochs aufbrühte – eine spezielle Mischung aus Gräsern und Blumen. Niemand erwähnte Serge. Katja erzählte von einer außergewöhnlichen weisen alten Frau, einer Wahrsagerin, die Träume deuten konnte. Die Frau sprach den ganzen Tag Gebete, und als Resultat erhielt sie nachts im Traum die Antworten auf die Fragen, die ihre Besucher beunruhigten.

Die Frage, die Katja beunruhigte, war eigentlich immer die gleiche. Die Wahrsagerin sah Katja nachts im Traum am Meeresstrand stehen und kleine Ozeanfische mit Brotkrumen füttern.

Das bedeutete Schwangerschaft.

Katja war mit der Wahrsagerin sehr zufrieden. Der einzige Nachteil war, dass man bei jedem Besuch bei ihr riskierte, irgendwelche Bekannte zu treffen. Denn zu dieser Wahrsagerin ging ganz Moskau.

Ich hätte gern gewusst, was die alte Frau wohl von mir geträumt hätte. Irgendwer hat mir mal gesagt, dass man erst dann zu einer Wahrsagerin gehen dürfe, wenn man nichts mehr zu verlieren habe.

Ich hatte mich noch nie an eine gewandt.

Veronika kam aus dem Dampfbad und sprang kreischend ins Kaltwasserbecken.

Galja empfing sie mit einem riesigen flauschigen Badetuch, in das Veronika sich fest einwickelte, um es sich dann auf einer weichen Liege bequem zu machen.

Galja trug ihr eine himmelblaue Gesichtsmaske mit Erfrischungseffekt auf.

Es gibt Frauen, die sehen sogar noch mit einer Gesichtsmaske attraktiv aus.

Lena, der seit kurzem ein sympathischer BMW-Fahrer den Hof machte, zermarterte sich den Kopf mit der Frage nach seinen Finanzen.

»Was würde deine weise Frau denn träumen, wenn man sie fragen würde, wie viel Geld er hat?«

»Bei zehn Millionen von zwei Haien.« Katja ließ sich massieren. »Bei fünfzig Millionen von drei.«

»Fünfzig Millionen, das ist ja ein Jackpot«, amüsierte sich Veronika, obwohl man mit einer Schönheitsmaske auf dem Gesicht eigentlich nicht sprechen soll. »Stellt euch dieses Weiblein vor, wie sie vom Jackpot träumt und gar nicht weiß, was das ist, weil sie noch nie in einem Spielcasino war.«

Galja nahm an unseren Gesprächen nicht teil. Ich hatte ihr das strengstens untersagt.

Nach dem zweiten Gang ins Dampfbad war ich an der Reihe, massiert zu werden.

Veronika saß bei einer Tasse Tee, Katja und Lena plätscherten im Kaltwasserbecken.

Wir kannten einander schon lange. Rund fünfzehn Jahre. Mehrere Male hatten wir uns schon zerstritten und getrennt. Eine Zeit lang war ich mit Lena befreundet und wir beide mit Katja verfeindet gewesen, und Veronika war mit keiner von uns befreundet. Oder wir nicht mit ihr? Einmal hatte Katja mich mit Lena und Veronika entzweit, danach hatte sie mich verraten. Aber sie machte damals eine schwierige Zeit durch, und nach einem Jahr verzieh ich ihr. Jetzt waren wir wieder alle miteinander befreundet und genossen diese Zeit, denn wir ahnten, sie würde nicht lange dauern. Man kann nicht sagen, dass wir uns besonders liebten. Aber wir wussten voneinander mehr als unsere Eltern und Ehemänner zusammengenommen. Wir wussten, was wir voneinander erwarten durften; wir hatten uns mit unseren wechselseitigen Fehlern ausgesöhnt, und wir brauchten nicht besser zu scheinen, als wir waren; wir konnten uns erlauben, ganz wir selbst zu sein. Wir fühlten uns behaglich miteinander, so behaglich wie in einem Kinderzimmer.

Lena erzählte von ihrem missglückten Date mit einem Verehrer, zu dem sie gemeinsam mit Katja gegangen war.

»Ich hab Katja vorher gesagt, wenn er mir gefällt, sage ich ›Ich habe Kaugummi‹, wenn nicht, ›Ich habe kein Kaugummi‹.«

Sie waren in ein Café am Roten Platz gegangen und hatten sich auf die Plastikstühlchen gesetzt. Es war zwei Uhr mittags gewesen; der Verehrer war betrunken. Er bestellte Kognak für alle.

»Hast du Kaugummi?«, fragte Lena Katja.

»Ich weiß nicht. Vielleicht, vielleicht auch nicht.«

Der Verehrer trank den Kognak aus.

Wieder sprachen sie über Kaugummi.

»Vermutlich habe ich doch welches. Im Auto«, sagte Katja. »Und du?«

»Ich eher nicht.«

»Also, ich glaube, ich eigentlich auch nicht.«

»Soll ich euch Kaugummi kaufen, Mädels?«

»Nein! Nein!« Sie schüttelten wild die Köpfe.

Nach ein paar Minuten fingen sie wieder an.

»Na, was ist?«

»Nein, ich hab keins.«

Der junge Mann bat den Kellner, Kaugummi zu bringen. Er bestellte noch eine Runde Kognak. Wunderte sich, dass sie nichts tranken. Schlug ihnen vor, etwas zu essen. Trank selber den Kognak in einem Zug aus. Ein Mädchen in modischen Jeans aus der neuesten Kollektion von Lagerfeld tauchte auf, begrüßte den jungen Mann mit einem Kuss. Offenbar eine gute Bekannte.

»Vielleicht habe ich doch Kaugummi«, sagte Katja, »aber mit Süßstoff.«

»Du meinst diese kleinen Kissen?«, fragte Lena.

Katja nickte bedeutungsvoll, obwohl sie gar nicht verstand, was Lena damit sagen wollte.

Der junge Mann verabschiedete sich von dem Mädchen und bestellte wieder Kognak. Fragte, wohin sie anschließend wollten. Schlug ihnen vor, zu ihm nach Hause zu fahren.

»Hundertprozentig mit Zucker«, erklärte Lena, und ihr Verehrer blickte die beiden mit unverhohlenem Misstrauen an.

»Weißt du was«, Katja stand auf und schob polternd ihren Stuhl zurück, »ich habe mich damit abgefunden, dass wir kein Kaugummi haben und heute auch keins mehr kriegen werden. Gehen wir!«

Wir lachten schallend, und Veronika sagte, beim nächsten Mal wolle sie unbedingt mitkommen.

Dann berichtete Katja von ihrer Verjüngungskur. Teuer, aber wirkungslos. Sie hatte sich vier Behandlungen für insgesamt 730 Dollar unterzogen und die Kur dann abgebrochen.

Ich erzählte von der schwangeren Swetlana.

Veronika war Mutter von zwei Kindern und Swetlanas Freundin.

»Vielleicht können wir ihr alle gemeinsam helfen!«, rief sie begeistert.

Ich wusste, wie das aussehen würde. Zuerst würde Veronika ihr Geld geben. Zur Geburt des Kindes würde sie Spielzeug kaufen. Auf den ersten Geburtstag würde sie sich lange vorbereiten und hin und her überlegen, was man dem Kind schenken könnte. Aber dann würde sie nicht einmal telefonisch gratulieren. Beim zweiten Geburtstag würde sie mit ihren Freundinnen im Restaurant sitzen und sich bittere Vorwürfe machen, was für ein schlechter Mensch sie war, weil sie sich gar nicht mehr um Swetlana und das Kind kümmerte. Und sie würde davon fantasieren, wie sie bald, sehr bald einen ganzen Wagen voll nützlicher Dinge, Spielsachen und Kleider kaufen, damit bei Swetlana erscheinen und deren überströmenden Dank mit einem großmütigen Lächeln abwehren würde. Aber höchstwahrscheinlich würde nichts von alledem je passieren.

»Diese falsche Schlange wollte dir deinen Mann wegnehmen! Und jetzt hat sie die Dreistigkeit, dir in die Augen zu sehen!« Lena redete von Swetlana, dachte dabei aber an die Frau, zu der ihr eigener Mann gegangen war. »Soll sie doch vor Hunger krepieren, wir werden ihr nicht helfen!«

»Man muss ihr Geld für eine Abtreibung geben«, sagte Katja und blickte mich an.

Ihr Geheimnis kannte nur ich allein.

Vor sieben Jahren hatte sich Katjas Bräutigam, einer der reichsten Männer Russlands, in eine andere verliebt. Nachdem sie eine Weile über die Treulosigkeit ihres Liebsten geweint hatte, überlegte die praktisch veranlagte Katja, wie sie ihren Unterhalt sichern könnte. Solange er zu ihr nichts von Trennung gesagt hatte, konnte man sich noch etwas ausdenken. Und wir dachten uns etwas aus. Katja erklärte, sie sei schwanger. Sie hörte sogar auf zu rauchen. Nach ein paar Monaten begann sie zu klagen, sie habe eine Toxikose. Sogar mir gegenüber. Zu diesem Zeitpunkt war die Affäre ihres Oligarchen mit einer anderen bereits allgemein bekannt. Katja verlangte eine Erklärung. Er ging türenschlagend davon. Am folgenden Tag hieß es, Katja habe eine Fehlgeburt erlitten und könne als Folge davon keine Kinder mehr bekommen. Bald darauf trennte der Oligarch sich von der anderen. Katja aber war er bis zum heutigen Tag freundschaftlich verbunden und überwies jeden Monat zehntausend Dollar auf ihr Konto.

Kinder hatte Katja also keine. Länger währende Verhältnisse auch nicht. Es ist nicht einfach für eine wohlversorgte Frau, einen Mann zu finden.

»Und was denkst du?«, fragte Veronika. Ich dachte, dass sie wahrscheinlich Swetlanas Telefonnummer hatte.

»Ich denke daran, ihr die Augen auszukratzen«, antwortete ich.

»Und das Kind?«, warf Lena ein.

»Das muss sie erst noch beweisen, dass es von Serge ist!«

»Da hast du Recht«, stimmte Katja mir zu.

»Geht aber nicht. Es ist nichts da für eine DNA-Analyse. Es sei denn ... Aber ich weiß nicht ...«

Doch, ich wusste. Es sei denn, man öffnete sein Grab und entnahm eine Strähne von seinem Haar.

Ich hätte Serge schrecklich gern wiedergesehen. Ich hatte große Sehnsucht nach ihm. So wie man sich nach einem lebendigen Menschen sehnt. Manchmal schien mir, er sei irgendwohin gefahren und ich brauchte ihn nur zu rufen, dann würde er sofort zurückkommen. Ich war bereit, ihn zu rufen!

Aber ich war wohl kaum bereit, ihn unter derartigen Umständen wiederzusehen.

»Mädels, lasst uns von was anderem reden«, bat ich.

Und wir erörterten die Diebereien unserer Hausangestellten.

Veronika hatte im Keller einen zusätzlichen Kühlschrank für Lebensmittelvorräte.

Sie kaufte ein Kaninchen und legte es in der Annahme, dass sie es so bald nicht essen würde, in den unteren Kühlschrank. Höchstpersönlich. Drei Tage später bekam sie Appetit auf Kaninchenbraten und bat, bevor sie morgens wegfuhr, das Hausmädchen darum, das Kaninchen zuzubereiten. Abends kehrte sie zusammen mit Igor zurück, der Tisch war schon gedeckt, zum Abendessen wartete auf sie im Backofen gedünstetes Rindfleisch mit Käse und Mayonnaise.

»Kaninchen war nämlich keins da«, erklärte das Hausmädchen. Veronika lief empört in den Keller und musste feststellen, dass das Mädchen Recht hatte: Es war kein Kaninchen mehr da.

»Ich bin doch keine Idiotin«, versicherte Veronika in halb fragendem Ton. »Ich hatte es eigenhändig in den Kühlschrank gelegt!«

Katja sagte, es sei natürlich schade um das Kaninchen, aber um ihre Seidentücher tue es ihr noch mehr Leid. Sie lagen in einem ordentlichen Stapel in Katjas Kleiderschrank, und das Hausmädchen stahl sie einzeln, eins nach dem anderen. Sie dachte, Katja würde sich nicht an alle erinnern. Nach dem Verschwinden des zweiten Tuchs wurde Katja misstrauisch, und beim Diebstahl des dritten erwischte sie die Angestellte auf frischer Tat. Sie zog ihr Tuch aus der Handtasche des Hausmädchens, machte ihr bittere Vorwürfe und verlangte auch die beiden anderen zurück.

»Ich geb sie nicht her«, sagte das Mädchen und ging stolz zur Tür. »Sie haben auch so genug.« Sie schlug die Tür zu, und Katja blieb noch lange sitzen und hatte Angst, sie könnte zurückkommen, um sich noch mehr zu holen.

»Kennst du ihre Adresse?«, fragte Lena. »So was muss bestraft werden. Sonst macht sie es bei der nächsten Stelle wieder so.«

»Ja, die kenne ich.«

Veronika übernahm die Initiative.

»Gib sie mir. Ich bitte Igor, unseren Borissytsch zu ihr zu schicken. Dann wird sie garantiert nie wieder klauen.«

Borissytsch war früher Major bei der Miliz, Abteilung Organisierte Kriminalität, gewesen. Er stand auf Igors Gehaltsliste für den Fall, dass es nötig war, jemandem Angst einzujagen. Wenn zum Beispiel das Reisebüro Geld kassierte, aber kein Visum ausstellte, oder wenn man eine defekte Ware gekauft hatte und das Geschäft wollte sie nicht zurücknehmen. In so einem Fall ließ Borissytsch das Geschäft oder das Reisebüro von einem Trupp schwarz maskierter Elitekämpfer umzingeln, ging selber hinein, befahl den Angestellten, sich auf den Boden zu legen, und löste alle anstehenden Probleme im Handumdrehen.

Wir sprachen noch über dies und das, und Veronika packte ihre Sachen zusammen, um nach Hause zu fahren. Katja und Lena hatten es nicht so eilig; wir gingen nach oben ins Wohnzimmer, machten eine Flasche Beaujolais auf, lagen auf den weichen Sofas und schwatzten träge.

Gegen Mitternacht kehrten auch sie in ihre Häuser zurück.

8

Ich rief Swetlana an und sagte, Geld könne ich ihr nur für eine Abtreibung geben.

Das war meine Entscheidung.

Sie erklärte, sie wolle das Kind bekommen. Sagte etwas über ihre Liebe zu Serge. Und dass sie auf irgendwelchen krummen Wegen eine Stelle als Buchhalterin bei der Sberbank bekommen hätte, und die seien jetzt verpflichtet, ihr den Schwangerschaftsurlaub zu bezahlen. Und sie wolle sich ausschließlich ihrem Kind widmen.

Das war ihre Entscheidung. Sie hatte ein Recht darauf.

Ich bog in die Rubljowo-Uspenskoje-Chaussee ein. Die Autos standen in langer Reihe im Stau. Mechanisch wechselte ich auf die Gegenfahrbahn und fuhr um die Schlange herum. Am Verkehrskontrollpunkt in Rasdory stürzten mir uniformierte Männer entgegen; sie trillerten auf ihren Pfeifen, schwenkten ihre Gummistöcke und machten mir irgendwelche Zeichen. Ich sah mich um und merkte, es war gar kein Stau. Die Präsidentenlimousine war unterwegs, und deshalb hatte man alle anderen an den Straßenrand getrieben. Ich stellte mich an die Spitze der Schlange und suchte nach meinen Papieren. Die Verkehrspolizisten bauten sich in Habtachtstellung auf, und die Wagenkolonne des Präsidenten brauste vorbei. Eine Minute später setzte der Verkehr sich wieder in Bewegung. Ein erboster Posten trat auf mich zu.

»Die Papiere!«

Ich hielt ihm meine Papiere hin, und er verschwand mit ihnen in seiner Bude, ohne ein Wort zu sagen. Unerlaubtes Fahren auf der Gegenfahrbahn, Missachtung von Befehlen, Gefährdung anderer Verkehrsteilnehmer – auf all das stand bestimmt der Entzug des Führerscheins.

Ich ging in die Bude und begann laut zu schreien: »Wo sind meine Papiere? Wie lange soll ich noch warten?«

Die Verkehrspolizisten starrten mich verblüfft an und sagten irgendwas vom Präsidenten.

»Ich hab's eilig!«, brüllte ich. »Was ist los, ihr habt hier wohl nichts Besseres zu tun?!«

Einer von ihnen forderte mich auf hinauszugehen und begann, die Daten aus meinem Fahrzeugschein zu notieren. Er erklärte, er müsse meinen Führerschein einziehen.

»Aber bitte schnell!«, sagte ich. »Tut, was ihr nicht lassen könnt! Aber das wird der letzte Führerschein sein, den ihr hier eingezogen habt!«

Ich wandte mich zum Ausgang. Auf Erfolg hoffte ich schon nicht mehr.

Der Verkehrspolizist warf voller Wut meine Papiere auf den Tisch.

»Na bitte, es geht doch.« Ich verabschiedete mich und ging hinaus.

Ich spürte körperlich, wie dieser Männer mich hassten. Und alle anderen auf dieser Chaussee auch. Aber ihre Stelle wollten sie nicht riskieren. Ich könnte ja sonst wer sein, die Enkelin von Jelzin zum Beispiel. In unserem Dorf ist jede irgendwessen Enkelin oder Ehefrau.

Ich fuhr nach Moskau. Nach unseren Polizisten kamen mir die in Moskau wie Flegel und Spitzbuben vor. Selbst wenn ich wirklich die Enkelin von Jelzin gewesen wäre, sie hätten mir nicht geglaubt.

Ich hatte einen Geschäftstermin, bei dem es um Molke gehen würde.

In Ljuberzy hatte ich eine Molkerei gefunden, die bereit war, mir Molke zu verkaufen. Den Liter zu fünfundzwanzig Kopeken. Plus Verpackungskosten. Sie schlugen mir drei Rubel pro Packung vor, aber das war mir zu teuer. Wenn dieses Geschäft Sinn haben sollte, durfte die Verpackung nicht mehr als zwei kosten. Plus Transport. Die Molke wurde lose im Tankwagen verkauft, in einen Wagen passten 3,118 Tonnen. Ein Wagen mit einer Trennwand in der Mitte. Ich stellte ihn mir so ähnlich vor wie den Wagen in dem Film *Gentlemen des Erfolgs,* in dem die »Gentlemen« aus dem Lager fliehen.

Jetzt fuhr ich zu einer Werbeagentur. Es galt zu besprechen, wie das neue Produkt auf dem Markt eingeführt werden könnte. Ein Markenkonzept musste entwickelt und eine Werbekampagne geplant werden.

Zu dritt saßen wir zusammen und dachten uns einen Werbeclip aus. Ich, Irma, die Kreativdirektorin der Agentur, und Lada, die Geschäftsführerin.

Das Wort ergriff Irma: »Eine Frau bringt ihren Mann, der eine Dienstreise ins Ausland macht, zum Flughafen. Sie bittet ihn, ihr eine Wundercreme fürs Gesicht und ein Wundershampoo für die Haare mitzubringen.

Er kommt zurück. Flughafen Scheremetjewo. Ein Wagen mit Chauffeur. Der Ehemann ruft seine Frau an: Liebling, ich bin wieder da. Sie bittet ihn, unterwegs Molke für Bliny zu besorgen. Ein Supermarkt. Der Ehemann sieht aus dem Autofenster zu, wie sein Chauffeur eine ganze Kiste Molke herbeischleppt. Der Chauffeur setzt sich ins Auto und sagt zufrieden: So billig, ich hab für mich auch gleich welche gekauft. Ich esse wahnsinnig gern Bliny.

Nächste Szene. Es klingelt an der Tür. Freudig begrüßt die Frau ihren Mann. Und wo ist die Gesichtscreme und das Haarshampoo? Er hat es vergessen. In der Hand hat er nur die Molke. Er gibt ihr die Packung. Liebling, im Ausland nehmen das alle Frauen für ihre Schönheit. Schnitt. Neue Szene.

Sie setzen sich zu Tisch. Die Bliny dampfen. Ihr Gesicht ist glatt, ihr Haar seidig. Sie sagt: ›Liebling, die Molke war das schönste Geschenk für mich‹.«

Lada wurde lebendig: »Und jetzt der Slogan: Der Wolf ist satt und das Lamm ist heil.«

»Nicht schlecht«, nickte ich, »aber das lässt sich nicht in dreißig Sekunden erzählen. Und in fünfzehn erst recht nicht. Außerdem sieht man das Produkt zu wenig auf dem Bildschirm. Höchstens die halbe Zeit. Und überhaupt, wir müssen aufpassen, dass wir unser Produkt nicht zu altbacken präsentieren, sondern ihm ein modernes Outfit verpassen.«

Irma ließ sich nicht aus der Ruhe bringen und fuhr ohne lange nachzudenken fort: »Ausgezeichnet. Der Bildschirm ist vertikal in zwei Hälften geteilt. Links sieht man ein überarbeitetes Hausmuttchen, rechts eine moderne junge Ehefrau. Text: Sowohl Olja wie Julia haben beschlossen, ihrem Mann Bliny zu backen. Olja hat Milch genommen und sie über Nacht draußen stehen gelassen, damit sie sauer wird. Julia hat im nächsten Geschäft Molke gekauft. Dabei sieht man auf dem Bildschirm, wie eine verschlafene Olja aus dem Kühlschrank ihre Milch holt und sie vors Fenster stellt. Rechts im Bild amüsiert sich Julia in der Disco. Text: Um zwei Uhr wollen die beiden Frauen mit den Bliny anfangen. Auf dem Bildschirm in Großaufnahme: Links Olja, die betreten an der Milch schnuppert; rechts Julia mit der Molke, sie hat die Beine auf den Tisch gelegt und sieht fern. Text: Aber was ist das? Die Ehemänner von Olja und Julia haben beschlossen, ihre Frauen zum Essen ins Restaurant einzuladen! Das Bild dazu: Olja schaut betrübt auf den Preis der sauer gewordenen Milch: 20 Rubel; Julia auf den Preis der Molke: 5 Rubel. Olja seufzt bekümmert, Julia schmiert sich die Molke ins Gesicht und spült sich damit das Haar. Schnitt. Die unscheinbare Olja und die hinreißend aussehende Julia treffen sich vorm Haus. Olja fragt: Hast du ein neues Kleid? Julia antwortet: ›Das ist nicht neu, nur ein altes, das in Vergessenheit geraten ist.‹ Und blinzelt dabei den Zuschauern zu. In Großaufnahme auf dem Bildschirm – Molke.«

»Nicht schlecht«, stimmte ich zu.

»Und wir brauchen dafür kein großes Budget«, meinte Lada aufmunternd. »Keine Außenaufnahmen, alles im Studio. Das drehen wir mit einer einzigen Kamera und bearbeiten es anschließend am Computer.«

»Und das Etikett?«, fragte ich.

Irma hatte auf alle Fragen eine Antwort.

»Irgendwas, das sich vom optischen Einheitsbrei abhebt. Aber so, dass der Kunde glaubt, das ist was Reelles. Keine fliegenden Kühe. Vielleicht einfach ein appetitlicher Berg Bliny. Und eine reizende Omi. Oder ein Kind. Und dazu in Großbuchstaben: MOLKE.«

»Und der Name?«

»Leckerle. Oder Knubbelchen. Nein, das ist nur ein Scherz. Über den Namen müssen wir noch nachdenken.«

»Vielleicht ›Morgen‹?«, schlug ich vor.

»Vielleicht«, stimmte Irma zu.

»Oder ›Großmutters Blintschiki‹.«

»Ein bisschen lang. Aber assoziativ.«

»Ich finde es nicht übel. Wenn es etwas Kurzes gäbe, das denselben Sinn hat – das wäre der Hit.«

»Dann geht nur ›Omas Bliny‹«, sagte Lada.

Wir verabredeten, uns in ein paar Tagen wieder zu treffen.

Wanjetschka rief an.

Fragte, wie es mir ginge. Sagte, er hätte schon längst anrufen wollen, aber immer wäre ihm was dazwischengekommen. Und fügte aufrichtig hinzu, er habe Sehnsucht.

Ich erwiderte, ich hätte keine Zeit: Nachbars Kuh kriegt Kälbchen und kann nicht länger warten. Ich würde zurückrufen. Dann legte ich auf und bedauerte, dass ich auf seinen Anruf nicht vorbereitet gewesen war, dann hätte ich mir etwas Geistreicheres ausdenken können.

Schon lange hatte ich keinen so erfreulichen Vormittag mehr erlebt.

Was würde er jetzt wohl von mir denken? Eine fremde Seele ist wie ein tiefer Brunnen? Oder – *Oh, those Russians!?*

Heute würde mir bestimmt alles gelingen.

Eine Telefonnummer rief ich jeden Tag an. Und immer erhielt ich die gleiche Auskunft: »Der Zustand des Kranken ist unverändert.« Seit fast drei Monaten lag Serges Chauffeur im Koma. Koma – das bedeutet, der Mensch ist schon tot, aber die Hoffnung noch lebendig.

Er lag, durch eine Vielzahl von Röhren und Leitungen ans Leben angeschlossen, im Sklifossowski-Institut.

Ich besuchte ihn nicht.

Als ich drei Tage nach Serges Tod zu ihm fuhr, begegnete ich dem hasserfüllten Blick seiner Mutter. Ihr Sohn hatte für uns gearbeitet, und wir hatten ihn getötet. Ich gab ihr einen Zettel mit meiner Telefonnummer, aber ich war sicher, sie würde ihn wegwerfen, sobald sich die Tür hinter mir geschlossen hatte.

Ich brauchte damals selbst zu sehr Trost, als dass ich mich vor ihr hätte rechtfertigen können.

Und wofür auch eigentlich?

Ich suchte den Oberarzt auf und ließ ihm eine finanzielle Unterstützung zukommen.

Als mir diesmal eine dienstlich klingende Stimme am Telefon mitteilte, der Kranke sei schon seit vierundzwanzig Stunden wieder bei Bewusstsein, war mir, als sei Serge lebendig geworden und nach Hause zurückgekommen.

Ich lief durch die schäbigen Flure des Sklifossowski-Instituts, vorbei an übelriechenden vernickelten Rollwägelchen und abgezehrten Männern in Krankenhauspyjamas, die derart verblichen und verwaschen waren, dass sie aussahen, als würden sie nie gewaschen. Ich schaute auf die Nummern an den Türen und hätte am liebsten vor Kummer geschluchzt und vor Glück gelacht. Mir schien, als liefe ich zu Serge.

Sein Chauffeur, aus jener Welt zurückgekehrt, war die Brücke zwischen uns.

Aus seinem Hals ragte ein Röhrchen.

Es war ein Durchschuss gewesen, die Kugel hatte teilweise seine Atemwege verletzt.

Ich wollte mich ihm an die Brust werfen, und nur die Furcht, ihm Schmerz zuzufügen, hielt mich zurück.

»Serge ist tot«, flüsterte ich sehr leise und wandte den Blick von seinem Gesicht ab. »Du siehst prima aus.«

Er wirkte, als müsse er sich mit Gewalt zwingen, die Augen offen zu halten.

»Du wirst wieder gesund werden. Unbedingt. Jetzt kann nichts mehr passieren.«

Enttäuscht und entmutigt blickte ich mich um. Neben mir stand seine Mutter, aber sie bot mir nicht einmal einen Stuhl an. Vor mir lag unser Chauffeur, sehr schwach, kaum am Leben. Er konnte nicht sprechen. Ich schaute ihn an, aber ich erfuhr und begriff nichts Neues. Vielleicht hatte ich ein Wunder erwartet, wo keins sein konnte.

Ich hatte mich mit dem Wort »niemals« immer noch nicht abgefunden.

Der Chauffeur sah mich an, aber wahrscheinlich starrte er einfach nur geradeaus.

Ich dachte, er hätte sich auch schützend vor Serge werfen können. Ein egoistischer Gedanke.

Eine Krankenschwester trat ein und bat die Verwandten des Patienten mit freundlichem Lächeln zum behandelnden Arzt.

Die Mutter warf mir einen misstrauischen Blick zu, zögerte einen Moment und ging dann hinaus, die Tür sorgfältig hinter sich schließend.

Wenn Serge vor dem Tod noch etwas gesagt hat, dann hat er es gehört, dachte ich.

Für mich war es sehr wichtig zu erfahren, woran Serge im letzten Augenblick seines Lebens gedacht hatte. Daran, wessen Hand die Kugel auf ihn gelenkt hatte? Daran, ob er noch eine Chance hatte, sich zu retten? An seine Mutter? An Mascha? Oder an mich? Doch hoffentlich nicht an dieses Mädchen aus dem Restaurant? Oder hielt ihn nur einfach Angst, die nackte Angst vor dem Tod, gepackt, und er hatte an niemanden mehr denken können, weder an mich noch an sonst jemanden?

Ich nahm einen Kugelschreiber aus meiner Handtasche, legte ihn dem Chauffeur in die Hand und schloss seine Finger darum.

»Hilf mir. Versuch zu schreiben. Bestimmt gibt es etwas, was ich wissen muss.«

Ich nahm vom Nachttisch das Blatt mit den Medikamentenverordnungen und schob seine andere Hand darunter.

Den Blick auf die Tür gerichtet, hielt ich die Hand mit dem Kugelschreiber.

Er war sehr schwach. Langsam, mit großen Pausen und mich dabei immer noch starr anblickend, malte er Buchstabe um Buchstabe: »R-A-T-T-E«.

Ich faltete das Blatt sorgfältig zusammen und steckte es in meine Handtasche.

Er schloss die Augen. Ich erschrak – war er gestorben? Ich berührte sein Gesicht. Seine Lider zuckten.

Ratte – so nennt man einen Mann, der seine Kameraden verraten hat.

Ich weiß nicht wieso, aber alle Chauffeure lieben den Gefängnisjargon und Ganovenlieder.

»Wir werden ihn bestrafen«, versprach ich pathetisch, ohne dass es mir peinlich war. »Und mit dir wird alles wieder gut werden.«

Seine Mutter kam zurück. Aufmerksam schaute sie ihren Sohn an, mich nur flüchtig.

»Jetzt wird dir nichts mehr passieren.«

Ich wusste nicht, hörte er meine Worte oder schlief er längst wieder.

Seine Mutter drängte mich ohne viele Umstände mit ihren mächtigen Hüften vom Bett weg.

Ich legte einen Packen Geldnoten auf den Nachttisch. Sie schaute nicht einmal hin.

»Rufen Sie mich an.« Ich bemühte mich, sehr sanft zu sprechen. »Ich möchte Ihnen helfen. Haben Sie meine Telefonnummer? Am besten, wir engagieren eine Pflegerin.«

Sie antwortete nicht, blickte mich nur vernichtend an. Ich seufzte.

»Auf Wiedersehen. Ich rede noch mit dem Arzt.«

Ich war überzeugt, ihr wurde, nachdem ich gegangen war, leichter ums Herz.

Mich mit dem Arzt über Sonderbedingungen für meinen Chauffeur zu einigen war nicht schwer. Aber wie ich eine Rund-um-die-Uhr-Bewachung garantieren sollte, wusste ich vorläufig noch nicht. Am besten, ich rief bei Serges Freunden an.

Die Molke zeigte Wirkung.

Wenn ich jetzt aufwachte, führte ich keine endlosen Selbstgespräche mehr, die sich um Serge drehten: Zu viele Fragen musste ich vom frühen Morgen an klären, zu viele Informationen prasselten auf mich herab.

Die Werbeagentur hatte ihre klar definierte Aufgabe, die sie gut meistern würde. Jetzt galt es, ein Vertriebsnetz aufzubauen. An Wimm-Bill-Dann konnte ich mich nicht wenden, die würden die Molke selber verkaufen wollen. Ich brauchte einen Freund, auf den ich mich verlassen konnte.

Ich ging das Nummernverzeichnis an meinem Telefon durch und überlegte, wer dafür in Frage käme. Stopp. Ein Kumpel von Serge, Mitinhaber der Lebensmittelkette Raswilka, und dessen Geschäftsfreund Vitali, der die Kette aufgebaut hatte. Wir hatten uns alle letztes Jahr auf Serges Geburtstag kennen gelernt. Ich wählte die Nummer des Kumpels. Das Gespräch wurde automatisch in seine Firma weitergeleitet. Seine Sekretärin meldete sich. Sie fragte höflich dreimal nach und notierte sich meinen Namen und meine Bitte um Rückruf.

Ich musste warten. Vielleicht war das ja der richtige Weg.

Dann brauchte ich noch eine Verpackung. Die Molke sollte in Ein-Liter-Packungen abgefüllt werden. Eine Lösung für diese Frage hatte ich vorläufig noch nicht.

Serges Bekannter meldete sich nicht. Serge hätte schon hundertmal zurückgerufen, dachte ich und rief selber an. Wieder nahm die Sekretärin ab. Ihre Höflichkeit machte mir Mut. Ich stellte mir vor, wie mein Bekannter neben ihr stand und ihr Zeichen machte, was für ein netter Mensch ich sei und wie gern er mit mir sprechen würde. Aber leider hatte er jetzt eine Konferenz.

Spätabends nahm er selbst ab. Wahrscheinlich hatte er begriffen, dass ich nicht locker ließ.

»Hallo.« Ich stellte mich vor.

Er tat erfreut, doch nur mit Worten. Die Stimme freute sich nicht.

Wenn man mit solchen Männern redet, muss man seine Bedürftigkeit demonstrieren, darf aber nicht um Hilfe bitten.

»Ich bin gerade dabei, ein Projekt einzufädeln. Ich will etwas verkaufen ...«

»Ja?« In diesem »ja« lag alles Mögliche, nur nicht der Wunsch zu kaufen.

»Ja, irgendwas muss man ja tun ...«

»Brauchst du etwas?«

Zu gern hätte ich geglaubt, ich müsse nur sagen, ja, ich brauche etwas, und er würde mir helfen. Wobei ich an Geld dachte.

»Nein. Vorläufig ... Aber ich habe ein Kind ... Also, verstehst du ... Ich möchte eine Firma gründen. Mit Freunden zusammen.«

»Mit wem?«

»Du kennst sie nicht. Und im Zusammenhang damit brauche ich Vitali. Seine Ladenkette, meine ich. Er hat Serge damals auf der Geburtstagsfeier seine Telefonnummer gegeben, aber wo kann ich ihn jetzt finden?«

Er war offensichtlich unschlüssig.

»Ich glaube, zurzeit ist er im Ausland.«

»Aber er hat doch bestimmt ein Handy mit Roaming. Und die Witwe eines Bekannten wird er ohne triftigen Grund nicht abweisen.«

»Im Moment befasst er sich aber gar nicht mit seinen Läden.«

»Ist nicht schlimm. Ich muss ihn nur ein paar Dinge fragen.«

»Also, was willst du eigentlich?«

»Seine Ladenkette mit einem neuen Produkt beliefern.«

»Interessant. Und wie geht es dir sonst?«

»Sonst? Das wollte ich dich gerade fragen. Du warst nicht bei der Gedenkfeier für Serge?«

»Entschuldige. Wir waren den ganzen Sommer über verreist, und es ist so schwierig, kurzfristig Tickets zu kriegen ...«

Ich schwieg.

»Ich gebe dir Vitalis Telefonnummer.«

Er diktierte mir die Nummer.

»Grüß deine Frau von mir. Sag ihr, ich habe sie sehr gern.«

»Danke.«

»Bis dann.«

Zu weiteren Anrufen hatte ich keine Lust.

Ich ging zum Spiegel und tuschte mir die Wimpern. Ich lächelte: Botox. Ich machte ein ernstes, nur ganz klein wenig kokettes Gesicht.

Dann wählte ich die Nummer.

Sachlich und ohne falsche Töne, so musste ich reden. Damit Vitali mir von gleich zu gleich antworten konnte und sich wohl in seiner Haut fühlte. Erst zum Schluss, vorausgesetzt, meine Frage war zufriedenstellend gelöst worden, würde ich mich erkundigen, wie er den Sommer verbracht hatte, was die Kinder machten, was mit dem Haus war.

Wir vereinbarten, uns am nächsten Tag zu treffen. Ich sollte zu ihm ins Büro kommen. Um zwei. Ausgezeichnet. Übrigens stellte sich heraus, dass er keine Kinder hatte.

Ich bin schon in allen möglichen Büros gewesen.

Nicht sehr teuren, aber sehr schicken – solche wie sie Architekten, Künstler, Geschäftsfrauen (nicht alle) haben.

Nicht sehr teuren, aber sehr protzig aussehenden – solche haben Leute, die Fenster, Türen, Ausstattungsmaterialien verkaufen.

Billigen, mit abgebrochenen Stuhlbeinen – in solchen war ich schon sehr lange nicht mehr gewesen.

Riesigen, mit Eichenmobiliar – solche hatten fast alle mir bekannten Männer.

Mit zwei Türen und einer kleinen Kamera vorm Eingang – man geht hinein, und die Tür zum Büro öffnet sich erst, wenn die erste Tür hinter dir mit einem Klicken zugeschlagen ist. Aus Sicherheitsgründen. So was haben die Oligarchen.

Ein Besitzer von Lebensmittelketten lässt sich, nahm man Vitali zum Maßstab, seine Büros von denen einrichten, die selber nicht sehr teure, aber dafür schicke Büros haben. Bei anderen sorgen diese Leute für schickes und teures Mobiliar.

Vitali erklärte sich bereit, mir fünfzig seiner Läden für meine Molke zur Verfügung zu stellen. Er bestellte den zuständigen Manager für diese Produktsparte zu sich ins Büro.

Nun musste nur noch der Transport geregelt werden.

Ich studierte die Bedingungen, die für solche Transporte gelten, und fuhr wieder nach Hause, um mich von dort mit der Molkerei in Verbindung zu setzen. Die Molkerei verfügte über eigene Autos. Aber ich wusste nicht, ob sie eine Fahrerlaubnis für die Moskauer City hatten. Und ob solche Wagen diese Erlaubnis überhaupt brauchten.

9

Meine Tochter kam.

Meine Mutter brachte sie in ihrem gebrauchten Mitsubishi. Sie steuerte den Wagen sehr flott und beklagte sich ständig über die schlappe Klimaanlage, die abgeschabten Ledersitze, das fehlende ABS-System, die fehlende automatische Sitzpositionierung, die fehlende elektrische Spiegeleinstellung ... Aber einen CD-Spieler hatte sie.

Meine Mutter stammte vom Dorf.

Ich selbst war in einem fünfstöckigen Mietshaus in einem ärmlichen Bezirk Moskaus aufgewachsen. Ich genierte mich dafür sogar vor den Taxifahrern, die mich nach Hause brachten.

Ich glaubte, man müsse in einer luxuriösen Wohnung leben, obwohl ich so eine Wohnung nie zu Gesicht bekommen hatte. So was kannte ich nur aus Büchern und aus dem Kino.

Bei meiner Tochter war alles ganz anders. Dass eine Köchin das Essen machte und eine Putzfrau aufräumte, war für sie so selbstverständlich wie die Tatsache, dass jeden Morgen die Sonne aufgeht.

Mama lud geschäftig Taschen aus dem Kofferraum und hielt mir gleichzeitig eine Predigt: »Bitte schone Maschas Psyche. Das alles hat sie ganz schön schwer mitgenommen.«

»Das alles« – damit meinte sie den gewaltsamen Tod ihres Schwiegersohnes. Seltsam – ich war nur ein Jahr jünger gewesen als Mascha, als mein Vater bei einem Autounfall ums Leben kam.

Meine Mutter hätte mich jetzt eigentlich besser als jeder andere Mensch verstehen sollen.

Ich dachte über die mystische Ähnlichkeit unserer Schicksale nach. Wie konnte man die unselige Spirale beenden und eine Wiederholung in Maschas Leben verhindern?

Obwohl es einen gewissen Fortschritt ja schon gab. Im Unterschied zu meiner Mutter war ich nicht geschieden.

»Am besten redest du mit ihr gar nicht über dieses Thema«, sagte meine Mutter, ohne Mascha zu beachten. »Als wäre gar nichts gewesen.«

Das war das Grundprinzip ihrer Erziehung: »Als wäre gar nichts gewesen.«

Ich war zur Datscha gefahren, um Mascha und Mama zur Beerdigung von Serge abzuholen.

Die ganze Fahrt über ermahnte ich mich: Reiß dich zusammen. Als Mascha mein Auto sah, rannte sie mir über den Feldweg entgegen und hüpfte dabei vor Freude auf einem Bein. Als sie sah, dass ich allein war, fragte sie, wo der Papa sei. Ich fiel vor ihr auf die Knie und brach in Tränen aus. Hielt ihre Hände und sagte, der Papa ist tot. Ein Unglück ist geschehen. Meine Mutter kam aus dem Haus gelaufen, war sofort im Bilde und brachte Mascha fort. Sie sprach beruhigend auf sie ein: »Weine nicht, sei ganz ruhig, nimm den Teddy, ich gebe dir gleich einen Apfel, ja, so ist es gut.«

»Weine!«, wollte ich schreien, als ich sah, wie meine Tochter mit erschrockenem Gesicht in den Apfel biss. »Weine! Und denke dein ganzes Leben lang an diesen Tag! Dein Papa hat es verdient, dass du dich an ihn erinnerst!«

Ich dachte zurück an den Tag, als meine Mutter mir vom Tod meines Vaters erzählt hatte. Genauer, an die Minute. Wir gingen gerade an einem Parkplatz vorbei. Mama hielt mich an der Hand. Ich war sieben Jahre alt.

»Er ist tot. Mit dem Auto verunglückt«, sagte Mama.

Ich dachte an diesen Parkplatz und an meine Verwirrung, als ich in Mamas Gesicht schaute, das völlig emotionslos war. Eine Minute später erzählte sie mir, was es zum Abendessen geben würde.

Seit dieser Zeit habe ich ein großes Problem mit Emotionen. Ich bin nicht immer sicher, ob ich angemessen auf Ereignisse reagiere. Manchmal habe ich Lust zu lachen, weiß aber nicht, ob es angebracht ist. Und manchmal möchte ich weinen ... Obwohl mit dem Tod von Serge alles wieder an seinen Platz rückte. Ich möchte weinen, und ich weiß genau, dass ich das Recht dazu habe.

Mascha und ich hielten uns umarmt und winkten Mama nach, bis ihr Auto um die Ecke bog und verschwand.

Meine Tochter hatte mir zärtlich den Arm um die Taille gelegt. Ich schaute von oben auf sie hinab und dachte, jetzt sind wir zu zweit.

Wir saßen uns am Tisch gegenüber und unterhielten uns.

Mascha schaute mir zärtlich und aufmerksam in die Augen.

»Du hättest mich mitnehmen sollen.«

»Ja. Aber die Oma war dagegen.«

Sie schwieg verständnisvoll.

»Warum ist Papa umgebracht worden? Ich dachte, nur die Bösen werden umgebracht.«

»Du kennst dich doch in der Geschichte aus. Alle Könige wurden umgebracht.«

»Wie, war er denn ein König?«

»Ja«, sagte ich. »Er war ein König. Von königlichem Blut, so viel ist sicher.«

»Wirklich?«, fragte Mascha.

»Bestimmt. Nur haben es nicht viele gewusst. Aber er hatte Neider. Sie haben ihn getötet, um seinen Platz einzunehmen.«

Mascha war so klein und gleichzeitig so erwachsen. Manche Dinge begriff sie besser als ich.

»Das heißt, ich bin eine Prinzessin?«, fragte sie nach fünfminütigem Nachdenken.

»Jede Lüge zieht eine neue Lüge nach sich«, pflegte meine Mutter mir in der Kindheit zu sagen.

»Natürlich. Du bist eine Prinzessin.«

Sie nickte würdevoll.

Wir redeten bis in die Nacht. Und schliefen gemeinsam auf dem Sofa ein, uns umarmend. Gegen Morgen trug ich sie hinüber in ihr Zimmer und zog ihr ihren rosa Pyjama an. Obwohl Prinzessinnen ja eigentlich Nachthemden tragen sollten.

Am nächsten Tag wollte sie sich mit ihrem Freund Nikita, Veronikas Sohn, treffen. Wir luden die beiden zu uns ein und zusammen mit ihnen auch unsere Nachbarin Olga. Ihre Tochter Polina war im selben Alter wie Mascha.

Die Kinder plantschten ausgelassen im aufblasbaren Schwimmbecken herum, wir saßen in den Liegestühlen, blinzelten ins Licht, nahmen unser letztes Sonnenbad in dieser Saison und schlürften aus Strohhalmen Mojito. Der ideale Cocktail für den Altweibersommer – erfrischende Minze, Bacardi und ein Glas voller Eiswürfel mit schäumendem Soda. In meiner Küche verstanden sie sich darauf.

Die Kinder bewarfen sich mit Gummibällen, kreischten und spritzten. Polina hatte ein Fläschchen Seifenlauge mitgebracht und sie ins Bassin gegossen, und nun schäumte das Wasser und warf schillernde Blasen.

Wir stritten, wer den dümmsten Chauffeur hätte.

Vorläufig lag der von Olga an der Spitze. Sie hatte erzählt, wie er einmal Obst gekauft hatte.

Olga legte ihm abends einen Einkaufszettel hin: Ein Bündel Bananen, fünf Pfirsiche, drei Kiwi, zwei Mangos, eine Ananas, Weintrauben. Das alles sollte er am nächsten Morgen besorgen und ihr zum Frühstück auf den Tisch legen – Olga hatte gerade mit einer Obstdiät angefangen. Als sie am folgenden Tag aufwachte, beschloss sie gut gelaunt, das Frühstück auf dem Balkon einzunehmen. Sie ging in die Küche, um ihren Obstkorb zu holen, und erblickte auf dem Tisch ein Bündel Bananen, fünf Pfirsiche, drei Kiwi, eine Ananas, Weintrauben und zwei Auberginen. »Und wo sind die Mangos?«, fragte Olga. »Gab's nicht«, antwortete der Chauffeur und breitete schuldbewusst die Arme aus.

Veronika sagte, ihr Chauffeur wäre noch viel dümmer.

Jeden Morgen kommt er und geht mit ihrem Spitz Cedric spazieren, bringt das Hausmädchen zum Markt, und wenn sie zurückkommen, steht Veronika auf und macht den Tagesplan: die Kinder wegbringen, zur chemischen Reinigung fahren, die Schuhe zur Reparatur bringen usw. An diesem Tag war das Hausmädchen krank. Der Chauffeur kam, ging mit dem Hund spazieren, die verschlafene Veronika drückte ihm eine Einkaufsliste in die Hand und schickte ihn ins Geschäft Siebter Kontinent an der Krylatskoje-Chaussee.

Auf der Liste stand:

2 Kilo Tscherkisow-Würstchen,

1 Becher Sahne,

2 Gläser Mayonnaise,

5 Kilo Kartoffeln,
Vanish für farbige Textilien,
Fairy-Geschirrspülmittel,
Fleisch für Cedric (Suppenfleisch).

Sie gab ihm diese Liste und legte sich wieder schlafen. Nach einer Stunde klingelte das Telefon. Der Chauffeur: »Veronika Andrejewna, ich hab die Würstchen, die Sahne, die Mayonnaise, die Kartoffeln, das Vanish, das Fairy und das Suppenfleisch, aber Fleisch für Cedric hab ich nicht bekommen.«

»Was?« Veronika, noch nicht richtig wach, verstand nicht.

»Ich hab die Würstchen, die Sahne, die Mayonnaise, die Kartoffeln, das Vanish, das Fairy und das Suppenfleisch, aber Fleisch für Cedric hab ich nicht bekommen.«

»Das Suppenfleisch hast du gekauft?«

»Ja. Aber Fleisch für Cedric hab ich nicht bekommen, ich habe überall gefragt, aber so was gab es nicht.«

»Hör mal.« Veronika machte eine Pause und bedachte ihn in Gedanken mit verschiedenen Adjektiven. »Cedric heißt der Hund, den du jeden Morgen spazieren führst. Und das Suppenfleisch ist für ihn.«

Veronikas Chauffeur belegte den ersten Platz. Dem Chauffeur von Olga beschlossen wir einen Trostpreis zu geben.

Ich fragte Veronika, ob sie was von Swetlana gehört habe. Veronika richtete sich halb aus ihrem Liegestuhl auf und sah mich erstaunt an.

»Denkst du noch an sie?«

»Nein.« Ich zuckte die Achseln. »War nur so eine Frage.«

10

Ich habe schon oft bemerkt: Wenn man ein schönes Abendkleid anzieht, sich perfekt schminkt und im besten Salon der Stadt die Haare frisieren lässt, braucht man auf romantische Abenteuer nicht zu hoffen. Die Männer schauen mit suchendem Blick umher, aber durch dich hindurch, und nur in den Augen der Frauen wirst du finden, was dich für diese ganze Mühe belohnen könnte.

Schon seit zwei Minuten hupte ich verzweifelt. Ich stand mit meinem Auto an der Tankstelle. Niemand kam, um Benzin einzufüllen. Aber mein Tank war leer, und ich konnte nicht weg.

Mit zwei Fingern den Tankstutzen fassend, schob ich ihn schlecht und recht in die Öffnung. Dann warf ich Geld ein und drückte auf den Knopf.

Seit der Zeit, wo ich noch selbst meinen Wagen zu betanken pflegte, hatte es auf diesem Gebiet sichtliche Fortschritte gegeben. Man brauchte nichts mehr selbst zu halten und nichts stank.

Ich gab Gas und fuhr vorsichtig auf die Straße. Im Rückspiegel sah ich einen rennenden Mann. Er hüpfte und winkte mit den Armen. Offensichtlich meinte er mich.

Ich dachte, ich hätte vielleicht vergessen, den Stutzen aus dem Tank zu ziehen.

Ich schaute nach. Nein, alles in Ordnung.

Ich wollte weiterfahren, aber er kam eilig angerannt, kahlköpfig und freudig.

»Uff, ich hatte schon Angst, ich hole Sie nicht mehr ein.«

»Was ist?« Im gleichen Ton verlangt eine Lehrerin eine Erklärung von einem Schüler, der zum achtundzwanzigsten Mal in einem Monat zu spät kommt.

»Sie gefallen mir.«

»Das kommt Ihnen nur so vor.« Ich wollte die Tür zuschlagen, aber er hielt sie fest.

»Vielleicht. Aber so was ist mir schon lange nicht mehr passiert.«

»Mein Beileid.«

»Geben Sie mir Ihre Telefonnummer.«

»Sagen Sie irgendwas, das mich dazu veranlassen könnte.« Ich lächelte dreist.

Er wunderte sich.

»Hören Sie. Ich bin seit gut zehn Jahren keiner Frau mehr hinterhergelaufen. Und als ich es noch getan habe, war ich überzeugt, das allein reicht völlig aus.«

»Vielleicht irgendwo in einem Sportstadion ...«

»Aber nicht in einem so teuren Wagen?«

»Wie, schon erschrocken?«

»Nein! Wie heißen Sie? Darf ich Sie zum Essen einladen?«

»Wohin?«

»Sagt Ihnen das Schokoladniza zu?«

»Nein.« Der Snobismus einer reichen Frau.

»Vielleicht irgendwo draußen vor der Stadt? Kennen Sie das Restaurant Veranda u Datschi? Ist gleich neben meinem Haus. Dort könnten wir zu Mittag essen.«

»Sie hatten nur eine Chance. Die haben Sie nicht genutzt.«

Ich schlug die Tür zu.

Er warf sich nicht vor die Räder.

Es kränkt einen, wenn man so schnell fallen gelassen wird. Das liegt am Botox, dachte ich und beruhigte mich.

Wir saßen im Bazar, einem neuen kleinen Restaurant nicht weit von meinem Haus. Von der offenen Veranda im ersten Stock konnte man alles, was unten vor sich ging, beobachten. Autos fuhren vor und setzten ihre Insassinnen vor dem Supermarkt ab; gesetzte Ehepaare betraten das Restaurant; Halbwüchsige sausten vergnügt auf Quadricycles herum; alte Frauen verkauften Piroggen und erzählten den Single-Männern unter den Käufern, was ihre Enkelinnen für tolle Sachen konnten. In den geöffneten Kofferräumen der Autos drängten sich winselnd winzige, flauschige Welpen zusammen – auch sie wurden hier verkauft, teuer und in gute Hände. Mit einem Wort, das Leben brodelte wie üblich, und Lena und ich schauten träge zu, während wir Pappardelle mit weißen Pilzen auf die Gabeln wickelten.

»Guck mal.« Lena stach mit der Gabel in die Luft. »Dort ist Wika. Du wolltest doch, dass Mascha schwimmen lernt.«

Hinter der Glastür des Supermarkts verschwand eine sportgestählte junge Frau mit kurzen Haaren.

»Wollte ich«, stimmte ich zu. »Wieso?«

Lena wischte sich den Mund mit einer Serviette ab und wählte gleichzeitig eine Telefonnummer.

»Hallo, Wika! War das nicht dein glotzäugiger 624-TN, der eben auf der Rubljowka an mir vorbeigebraust ist? Mit zwei dunkelhäutigen Männern auf den Vordersitzen?«

Lena schob enttäuscht die Lippen vor. Offenbar hatte sie erwartet, einen entsetzten Aufschrei »Diebe!« zu hören und die Freundin in Panik nach draußen stürzen zu sehen.

»Ah ... dann habe ich mich wohl geirrt ... Wir machen hier gerade ein Päuschen in dem neuen Restaurant, hast du nicht Lust, rüberzukommen und einen Tee zu trinken und Pasta zu essen? Gut, gut, Liebes. Wir warten.«

»Danebengegangen«, konstatierte Lena fröhlich. »Bei ihr im Auto sitzen tatsächlich zwei Männer. Sie bringt sie jetzt schnell nach Hause und kommt dann zu uns.«

»Und was hat das alles mit Maschas Schwimmstunden zu tun?«

Lena schnitt ein geheimnisvolles Gesicht. »Das wirst du schon noch sehen.«

Wir bestellten den Nachtisch. In diesem Restaurant gab es einen fantastischen Apfelstrudel. Es war auch gerade die richtige Jahreszeit dafür – Spätsommer. Im Mai oder April musste man auf derlei Nachtisch leider verzichten – damit man sich nicht schon am Anfang der Saison die Figur ruinierte. Aber jetzt durfte man wieder.

Wika erschien. Neben ihr schritt, ohne den entzückten Blick von ihr abzuwenden, ein hochgewachsener junger Mann mit prächtigen Muskeln und teurem Haarschnitt.

»Darf ich vorstellen«, sagte Wika etwas von oben herab in ihrem singenden Tonfall. »Das ist Denis.«

Sie küsste erst mich und dann Lena, dann tat Denis es ihr nach. Er rückte einen Stuhl für Wika heran, und sie setzte sich, nachdem sie dem vorbeieilenden Kellner noch rasch eine vorwurfsvolle Bemerkung nachgerufen hatte.

»Ich glaube, die Klimaanlage ist nicht richtig eingestellt.«

Wir erörterten die Mängel der Restauranteinrichtung und befassten uns dann mit der Speisekarte. Wobei Wika nicht nur für sich, sondern auch für Denis bestellte.

Er sagte: »Du machst das sowieso besser als ich. Es ist so angenehm, wenn es einen Menschen gibt, dem man alles überlassen kann.«

Er war so ehrlich begeistert von Wika, und sie nahm seine Begeisterung so selbstverständlich hin, dass den beiden der Neid aller Anwesenden garantiert war.

»Wika sagte mir, Sie sind Schwimmtrainer?« Lena begann das Gespräch ganz *comme il faut*: erst in dem Moment, als er zu Ende gekaut hatte.

»Ja. Und internationaler Champion.« Er sagte das so schlicht und mit so einem Stolz, als ob die Rede von Ölfördertürmen wäre.

Die Situation wurde langsam klarer.

»Tatsächlich international?«, fragte Lena entzückt. »Das heißt, Sie sind schon ins Ausland gereist, als wir alle noch irgendwo in Dagomys Urlaub machten?«

»Nein«, sagte Wika im gleichen Tonfall wie Lena. »Als wir Urlaub in Dagomys machten, fuhr Denis mit seiner Kindergartengruppe ins Ferienlager. Und trug noch Pampers.«

Denis versagte sich fades Süßholzgeraspel vom Typ: Du übertreibst, Liebling, bestenfalls war ich damals noch Student.

Lena stichelte weiter: »Ja, sogar Ihre Kleidung hat einen sportlichen Stil. Welche Marken bevorzugen Sportler eigentlich? Nike? Adidas?«

Wika warf Lena einen unfreundlichen Blick zu. Denis trug weiße Shorts von Brioni.

»Ich mag Adidas.« Denis lächelte und zeigte makellose weiße Zähne. »Aber für diesen Ort ziehe ich etwas Klassischeres vor.«

Wika war sichtlich zufrieden mit ihrem Protégé. Sie wuschelte ihm mit der Miene einer stolzen Besitzerin durchs Haar.

»Wo habt ihr euch eigentlich kennen gelernt?« Das heuchlerisch-süße Lächeln wich nicht von Lenas Gesicht.

Arme Wika, dachte ich, wie viele Bosheiten du für diese Mesalliance ertragen musst! Aber Wika sah gar nicht so arm aus.

»In meinem Fitnessclub.« Sie schaute Denis wohlgefällig an. So betrachtet man seine Souvenirs, die man von einer Reise in ein exotisches Land mit nach Hause gebracht hat. »Denis arbeitet dort als Trainer.«

Lena öffnete den Mund, um zu fragen, ob Wika mit ihm trainiert habe, aber ein Blick von Wika stoppte sie.

»Er kam mir auf der Straße zu Hilfe. Ich hatte in einer Hand meine Tasche, in der anderen die Sportschuhe und versuchte gerade, die Autotür zu öffnen, um alles hineinzustopfen, denn in dem Moment klingelte auch noch mein Handy. Furchtbar. Er war mir behilflich und ist dann wieder gegangen. Aber ich fing an, mir über ihn Gedanken zu machen.«

Denis lachte vergnügt auf.

»Ich sehe die schönste Frau der Welt in so einer dummen Situation. Aus ihrer Tasche kullert irgendwas raus, ihr Telefon schrillt, und sie versucht vergeblich, das Auto aufzubekommen.«

Sie fühlten sich wohl miteinander.

Niemand konnte etwas dafür, dass er kein Geld hatte, und sie war nicht mehr jung. Er liebte den Sport, und Sportler sind keine reichen Leute. Sie war dreimal verheiratet und dreimal geschieden; aus den beiden letzten Ehen hatte sie Kinder. Ihre Ex-Ehemänner sorgten für sie, und ihr fehlte nichts. Nur solch ein entzückter Blick und solche muskulösen Arme. Nach vier Wochen Bekanntschaft war Denis in Wikas Haus gezogen, in ein gemütliches Zimmer im Souterrain neben der Sauna. Dort gab es auch einen Swimmingpool, in dem er Wikas Kindern Schwimmstunden gab.

Die beiden genossen ihr Zusammensein so offensichtlich, dass Lena und ich uns überflüssig vorkamen.

Wir machten Anstalten aufzubrechen, aber Wika bat uns inständig zu bleiben, und so blieben wir und bestellten sogar noch eine Flasche Wein.

Hin und wieder wechselte ich mit Lena einen Blick und versuchte mich zu erinnern, ob das Abo für meinen Fitnessclub noch gültig war. Ich hatte Lust, mal wieder hinzugehen und zu trainieren.

Und Lena auch, ihrem Gesichtsausdruck nach zu urteilen.

Ich lag faul auf dem Sofa vor dem Fernseher. Zappte mit der Fernbedienung im Sekundenrhythmus von einem Kanal zum anderen.

Ich wollte mir sämtliche Werbespots und alle wichtigen Sendungen auf allen Kanälen ansehen, um zu entscheiden, wie ich meinen Werbeclip am besten platzieren konnte. Bis jetzt war nichts dabei, was mir gefiel. Obwohl die Menschen, die in naher Zukunft aus meiner Molke Bliny backen sollten, vermutlich mexikanische Telenovelas guckten. Und russische Seifenopern auch. Die Titelmusik der Quizsendung *Wer kennt die Melodie* ertönte. Sie hatte Superquoten, da musste mein Clip auf jeden Fall rein. *Prinzip Domino* – hm, vielleicht. Besser, ich beriet mich noch mit jemandem. Auf dem dritten lief die *Kriminalchronik*. Die sehen auch viele. Mord mit Bliny als Beilage.

Mir stockte der Atem.

Auf dem Bildschirm erschien in Großaufnahme ein Foto des Fetischisten. Er war tot.

War das Wirklichkeit?

Saß ich tatsächlich auf diesem Sofa, und die abgehackte Stimme aus dem Fernseher berichtete von einem neuen brutalen Mord?

»Interne Abrechnungen zwischen Gangstern« nannte der Moderator diesen Fall. Das Opfer, Name Soundso, 32 Jahre, ledig, hatte auf der bundesweiten Fahndungsliste gestanden und war wegen Mordes gesucht worden, außerdem wegen bewaffneten Raubüberfalls, Betrugs und verschiedener Finanzdelikte, Artikel Sowieso, Paragraph Soundso. Er war mit ausgeklügelter Grausamkeit getötet worden.

Übelkeit würgte mich, ich konnte sie nicht unterdrücken. Aber ich lief nicht ins Bad. Wie hypnotisiert starrte ich auf den Bildschirm, voller Angst, auch nur ein Wort zu verpassen.

Ich übergab mich in die eigenen Hände und wischte sie an der Wolldecke ab.

Ich stand unter der heißen Dusche. Die Tränen vermischten sich mit dem Wasser und schmeckten weniger salzig. In meinen Ohren schrie es, in meiner Brust hämmerte es und drängte mit Macht nach draußen. Aber ich ließ es nicht heraus, denn ich wusste – dann wäre alles vorbei. Ich könnte nicht weiterleben. Nicht mit meiner Tochter spielen, keinen Mojito mehr trinken, keine Spritztouren mit dem Auto machen oder in der Sonne liegen, weil das Bewusstsein, eine Mörderin zu sein, mein Glück zerstören würde. Und deshalb würde ich es drinnen halten, ganz tief in meinem Innern, und weiterleben. Lange und glücklich.

Das Telefon klingelte. Auf dem Display leuchtete die Nummer von Oleg. Ich nahm ab, ohne ein Wort zu sagen.

»Du hast es also gesehen?«, fragte Oleg fröhlich.

»Ja«, sagte ich dumpf. Mir kam es vor, als hätte ich gerade erst sprechen gelernt und dies sei mein erstes Wort.

»Na bitte. Lief doch wie geschmiert. Und man hat ihm gesagt, weshalb, wie verabredet.«

Ich legte auf. Dann rief ich zurück.

»Danke«, sagte ich.

»Na, also weißt du!«, wunderte sich Oleg.

Lange und glücklich. Wie geschmiert. In dieser Nacht konnte ich nicht einschlafen. Am nächsten Morgen kaufte ich mir ein Schlafmittel.

II

Ich rief Swetlana an.

»Wie geht's?«

»Danke. Die Toxikose ist überstanden. Aber die Ärzte befürchten eine Frühgeburt.«

Ich wollte ihr nur eine einzige Frage stellen. Aber ich konnte mich nicht entschließen. Sie freute sich offenbar über meinen Anruf und redete ohne Unterbrechung.

»Bei dem Kind bildet sich gerade der Geruchssinn heraus. Ich bemühe mich, nirgends zu sein, wo es schlecht riecht. Dumm, nicht wahr?«

»Dumm«, stimmte ich zu.

»Weißt du, es ist jetzt schon etwa sechzehn Zentimeter groß. Man hat ein Ultraschallbild von ihm gemacht. Ein Porträt. Serjosha, wie er leibt und lebt. Entschuldige ... vielleicht ist dir das unangenehm.«

»Nein, alles okay.«

Ich stellte meine wichtigste Frage: »Es ist also ein Junge?«

»Ja. Das steht fest. Auf dem Bild kann man alles gut erkennen.«

»Wie willst du ihn nennen?«

Ich wollte eigentlich auflegen, zum Teufel mit alldem, aber ich konnte es nicht. Ich redete mit ihr und hasste mich selbst dafür.

»Serjosha. Seinem Vater zu Ehren. Oh, jetzt hat er mich getreten. Er reagiert jedes Mal auf seinen Namen.«

»Hast du Geld?«

»Ich bekomme mein Gehalt. Natürlich reicht das nicht.«

»Ich bringe dir Geld. Gib mir deine Adresse.«

Sie wohnte in der Babuschkinskaja. Der Straßenname sagte mir nichts. Ich notierte die Adresse und legte auf.

Ich hatte noch einen weiteren Anruf zu erledigen. Um meine Schuld zu bezahlen.

Ich wählte die Telefonnummer von Oleg. Seit der Sendung im Fernsehen war eine Woche vergangen.

»Heute kann ich mich nicht mit dir treffen«, sagte er reichlich affektiert. »Und morgen auch nicht. Vielleicht Ende der Woche ...« Es hörte sich an, als ob er den Terminkalender in seinem Notebook durchging. »Ja, lass uns nächsten Montag nehmen, ruf mich aber vorher noch an. Ich schreibe dich vorläufig schon mal für zwei Uhr auf. Abgemacht?«

Ich war verblüfft. Wo hatte er dieses Benehmen plötzlich her? Wahrscheinlich kam er sich mit meinen fünfundzwanzigtausend in der Tasche sehr wichtig vor. Spielte jetzt den Oligarchen. Bis Montag hatte er wahrscheinlich auch noch eine Sekretärin. Lachhaft.

Swetlanas Haus zu finden war nicht einfach. Der Stadtteil Chamovniki kam mir vor wie Manhattan im Vergleich zur Babuschkinskaja. Eine verrückte Alte stach auf dem Fußgängerüberweg mit ihrem hölzernen Krückstock in meinen Scheinwerfer und drohte mir, sich umwendend, mit der Faust. Ich war nicht sicher, ob der Scheinwerfer heil geblieben war, traute mich aber nicht, auszusteigen und es zu kontrollieren. Und selbst wenn, was konnte ich mit der Alten schon machen? Ihr höchstens noch Geld geben. Einmal hatte ich von einer Oma, die vorm Supermarkt stand, drei vertrocknete Büschel irgendwelcher Kräuter gekauft.

Die Oma war so rührend; sie hatte die Sträußchen mit einem Band umwickelt und behauptete, das sei eine spezielle Gewürzmischung für eingelegte Gurken. Ich stellte mir vor, wie sie das Zeug im Hof hinter ihrem Haus sammelte und sich dabei den Kopf zerbrach, was sie noch hinzufügen könnte – an den Zweigen der Bäume schnupperte und in Gedanken ausrechnete, wie viel Geld sie dafür bekommen würde. Ich hatte noch niemals Gurken eingelegt und auch nicht die Absicht, es zu tun. Ich kaufte alle drei Sträußchen, zu zehn Rubel das Stück, ohne zu feilschen. Ich legte sie auf den Rücksitz, um sie nicht vor ihren Augen in den Mülleimer zu werfen. Fuhr dann zweihundert Meter weiter und hätte am liebsten geheult. Wendete wieder und fuhr zurück, um die Alte zu suchen. Sie ging die Straße hinunter, zufrieden mit sich und ihrer Geschichte. Ich lief auf sie zu: »Hier, nehmen Sie bitte« – und drückte ihr Geld in die Hand. Sie bedankte sich und starrte mir noch lange nach, erstaunt und hilflos.

Swetlana wohnte im vierten Stock ohne Aufzug. Außer ihr schien niemand dieses halb verfallene Haus zu bewohnen.

»Was du nur hast«, sagte sie. »Das ist doch ein sehr gutes Haus, sieh mal: fließendes Wasser.«

Und sie führte mir vor, dass aus dem Hahn tatsächlich Wasser kam. Wir saßen in der Küche, das heißt, nur ich saß, mit dem Vorrecht des Gastes, denn einen zweiten Schemel gab es nicht. Einen Tisch gab es. Aber in anderer Umgebung hätte ich ihn nicht als Tisch bezeichnet.

Links von der Eingangstür befand sich das Wohn- und Schlafzimmer, aber die Tür dazu war geschlossen, und ich hoffte sehr, dass sie es bleiben würde.

Swetlana schenkte Tee ein und schüttete Gebäck auf einen schmucklosen weißen Teller. Sie trug einen Jeansanzug und ein leuchtend orangefarbenes T-Shirt. Die zu einem langen hellblonden Pferdeschwanz zusammengebundenen Haare verliehen ihr Ähnlichkeit mit einem schwangeren Känguru.

»Möchtest du mal fühlen?«, bot sie mir an und führte meine Hand an ihren Bauch.

»Nein.« Ich lächelte höflich, um nicht grob zu erscheinen.

Ich war mir sicher, hier war Serge niemals gewesen.

»Wo hast du meinen Mann kennen gelernt?«, fragte ich kalt.

Swetlana schwieg einen Moment, dann schüttelte sie störrisch den Kopf.

»Entschuldige«, sagte sie mit großer Würde, »über dieses Thema will ich nicht sprechen, ich denke, Serjosha hätte das auch nicht gewollt. Und ich bin nicht sicher, ob du dann besser über ihn denken würdest. Von deiner Warte aus könntest du vielleicht sogar schlecht über ihn denken. Nein, das kann ich nicht. Denn ich liebe ihn ja.« Sie verstummte und kreuzte mit der typischen Geste aller Schwangeren die Arme über dem Bauch.

Du Biest stand wahrscheinlich deutlich auf meinem Gesicht geschrieben, denn sie wandte den Blick ab.

Ich war außer mir vor Wut. Was nahm sich diese dämliche Kuh heraus, diese billige Nutte?

»Natürlich.« Irgendwie brachte ich ein Lächeln zustande. Das hätte noch gefehlt, hier eine Szene zu machen. »Der Tee schmeckt ausgezeichnet.«

Ich dachte an Katharina die Große. Wenn ihre Höflinge sie zur Weißglut brachten, pflegte sie Wasser in den Mund zu nehmen. Um nicht loszubrüllen. Oft tat sie das auch schon vor Beginn einer Audienz. Aber die Fürstin Tarakanowa hatte sie in der Festung Petropawlowsk zu Tode schmachten lassen. Eine Schwangere ...

»Jasmintee.« Swetlana zeigte mir die Packung.

Genau den gleichen Tee kaufte ich mir auch immer. Eine teure Sorte, aber vom Aroma her mit keiner anderen zu vergleichen.

»Wann ist der Termin?«

»In vier Monaten.«

Ich nahm aus meiner Handtasche ein Bündel Geldnoten.

»Hier, nimm. Und such dir eine andere Wohnung, ja? Hierher kannst du das Kind unmöglich bringen.«

Das Kind von Serge, meinte ich damit.

Sie hätte mir fast die Hände geküsst. Ich fand es etwas peinlich, aber nicht unangenehm. Ich beeilte mich zu gehen, aber beim Abschied lächelte ich sie herzlich an. Versprach, nächste Woche anzurufen.

Gott sei Dank, meinem Auto war auf ihrem Hof nichts passiert.

Ich hob den Kopf, in der Erwartung, im Fenster Swetlanas Bauch zu erblicken. Die Fenster waren leer. Nicht einmal Gardinen gab es.

Am Montag rief ich Oleg an. Erstaunlicherweise nahm er selbst ab. Ist das Spiel wohl schon wieder leid, dachte ich.

Wir verabredeten uns für zwei am gewohnten Ort.

Ich verspätete mich um zwanzig Minuten, und er hielt es für nötig, mir die Leviten zu lesen.

Er hatte sich verändert. Wenn ich ihn nicht schon so viele Jahre gekannt hätte, hätte ich gedacht, vor mir sitzt ein erfolgreicher Geschäftsmann. Es war etwas Neues an ihm, im Detail schwer zu beschreiben, aber insgesamt sehr stimmig, etwas, das der Umwelt den Eindruck von Erfolg und Selbstbewusstsein vermittelte.

Ich ergötzte mich aufrichtig an Olegs Verwandlung. Sogar seine Zähne wirkten, als seien sie nicht mehr aus Eisen.

Er schien meine Gedanken zu lesen.

»Von Donnerstag an lasse ich mir die Zähne neu machen«, sagte er und klapperte mit seinem Eisenmaul. »Vorher hatte ich einfach keine Zeit.«

»Was hattest du denn zu tun?« Ich verbarg den Spott nicht. »Mord en gros?«

»Ich hab einen Mitschüler von mir getroffen, Koljana.« Oleg ignorierte meine Frage. »Für den arbeite ich jetzt.«

»Als was?«

»Weiß ich selbst noch nicht richtig. So ein Mittelding zwischen Bodyguard und persönlichem Assistenten ... Jeder braucht Leute, auf die er sich verlassen kann, verstehst du?«

Ich verstand. Die hätte ich auch gebrauchen können. Aber woher nehmen?

»Ist das der Mitschüler aus der Zeitung?«, erriet ich.

»Ja. Ein toller Bursche. Aber um sich herum hat er alles mögliche Pack. Alle wollen nur auf seine Kosten leben.«

»Ah ...« Ich nickte verständnisvoll.

Oleg reichte mir die Speisekarte: »Was soll ich dir bestellen?«

Ich akzeptierte die neuen Regeln ohne Vorbehalt.

»Für mich Mandarinensaft. Und Avocadosalat mit Krabben.«

Oleg winkte dem Kellner und bestellte.

»Und wo hast du ihn gefunden, deinen Mitschüler?«

»Oh, das ist eine lange Geschichte. Zuerst habe ich bei ihm im Büro angerufen. Aber man hat mich nicht mit ihm verbunden. Fünfmal habe ich es bestimmt versucht. Es ging um ein Klassentreffen, das ich organisieren wollte. Von fast allen habe ich die Telefonnummern ausfindig gemacht. Weißt du, viele von uns haben noch Kontakt zueinander. Aber die Hauptsache war – ich habe ihre Telefonnummer rausbekommen.«

»Ihre – von wem redest du?«

Ich hätte Oleg gar nicht so viel Unternehmungsgeist zugetraut.

»Sonja Petrowa. Sie war seine große Liebe. Gleich nach dem zehnten Schuljahr hat sie geheiratet, einen Typ aus der Parallelklasse. Und mein Kumpel hat noch fünf Jahre geschmachtet, die ganze Uni-Zeit hindurch. Ich habe Sonja beschwatzt, ihn anzurufen. Sie ist zwar auch nicht mit ihm verbunden worden, aber er hat sie sofort zurückgerufen. Fünf Minuten später. Sie hat ihn gefragt, ob er nicht bei der Organisation des Klassentreffens helfen könnte. Er wäre vielleicht gar nicht gekommen, wenn wir ihn nur einfach so eingeladen hätten. Aber ihr konnte er die Bitte nicht abschlagen. Na, und so haben wir drei alles organisiert. Für einen richtig zünftigen Abend. Er hat eine riesige Yacht gechartert. Ich wusste gleich, das ist alles nur für Sonja. Hab ihm geholfen, aber mir nichts anmerken lassen. Und das hat er eben gewürdigt.«

»Und dann«, fragte ich, scharf auf eine Love-Story, »nachts auf dem Schiff, im Sternenschein, hat er ihr seine Liebe gestanden?«

»Nein. Er ist schon eine halbe Stunde nach Beginn der Feier wieder an Land gegangen, nachdem er sich seine Mitschüler angesehen und kapiert hatte, was daraus bei all dem Whisky und Rum werden würde. Ich bin mitgegangen. Aber sie ist geblieben. Sie war schon ziemlich betrunken und meinte, ihr würde sonst womöglich was entgehen, die dumme Gans. Wir haben in seinem Auto angestoßen, und er hat selbst gesagt: ›Eine dumme Gans, oder täusche ich mich da.‹«

»Recht hat er«, pflichtete ich bei. »Sieht er vielleicht abstoßend aus?«

»Viel besser als die anderen!«, sagte Oleg empört.

»Schon gut.« Ich musste lachen. Oleg schaute auf die Uhr.

»Hast du es eilig? Ich wollte noch einen Kaffee trinken.«

»Nein, ist schon okay. Ich habe nur gleich noch einen Termin. Er macht nämlich in Wohltätigkeit. Überweist jeden Monat Geld. Ich muss noch ein paar Konten überprüfen. Wird schon alles sauber sein. Aber vorsichtshalber ... Es gab mal so einen Zwischenfall ... Aber das ist erledigt, die Schuldigen haben ihre Strafe bekommen.«

»Daran zweifle ich nicht.«

Ich schob ihm die Zellophantüte mit dem Geld hinüber.

»Hier. Fünfundzwanzig.«

Er nickte.

»Wenn du wieder mal Hilfe brauchst, ruf an«, sagte er.

»Gut.«

Geld verdirbt die Menschen erst mit der Zeit, dachte ich. Anfangs macht es sie besser. Obwohl verdorbene Menschen wahrscheinlich nichts mehr verderben kann.

»Hör mal, kennst du eigentlich einen gewissen Wowa Ratte?«, fragte Oleg mich plötzlich.

»Nie gehört.« Ich zuckte die Achseln. »Sollte ich das?«

»Nein, nein.«

Das Restaurant betrat ein seltsames Pärchen: Er im Matrosenhemd, sie behängt mit Brillanten. Vielleicht ist ihr Mann auch tot, dachte ich.

»Irgend so ein Proll«, konstatierte Oleg. »Nicht von hier.«

Der Typ im Matrosenhemd bestellte sich Whisky, Blue Label. Unwahrscheinlich, dass er auf ihre Kosten trank. Fetzen ihres Gesprächs drangen zu uns herüber. Mehrere Male wurde Tschetschenien erwähnt.

»Wahrscheinlich ist er aus dem Krieg zurückgekommen«, vermutete Oleg. »Von da kommen alle total verdreht wieder.«

Ein Chauffeur riss die Tür von Olegs neuem Mercedes auf. Oleg nickte mir zum Abschied zu, warf zuerst die Tüte mit dem Geld ins Auto und stieg dann selbst ein. Die Fenster hatten abgedunkelte Scheiben, aber ich konnte mir gut vorstellen, wie er sich eine Zigarre zwischen die Lippen schob und die Knöpfe der Fernbedienung für den Fernseher drückte. Oder hatte er gar keinen Fernseher im Auto?

12

Die Werbekampagne für »Omas Blintschiki« umfasste zwölf 30-Sekunden-Spots pro Tag auf vier Kanälen, davon liefen fünf zur Prime-Time auf ORT, RTR und DTW. Als eine Art Bonus wurde noch auf jedem Kanal zweimal täglich ein 15-Sekunden-Spot gezeigt – die Miniversion. Für die Außenwerbung wurden vierzig Reklameflächen an allen Hauptstraßen der Stadt gekauft. Dreißigtausend Aufkleber wurden gedruckt und in den Einkaufszentren verklebt. Im *Kommersant-Daily* und in der *Wetschernjaja Moskwa* wurden ganzspaltige Anzeigen bestellt. Die Molke »Omas Blintschiki« wurde offizieller Sponsor von drei Folgen des Verbrauchermagazins *Auf Vorrat.* Das Budget der auf drei Monate ausgelegten Werbekampagne betrug eine Million US-Dollar.

Mit der Ladenkette Raswilka wurde ein Vertrag über die Lieferung der Ware ab Werk und ihren Verkauf geschlossen.

Mit der Molkerei in Ljuberzy wurde ein Vertrag über den Ankauf von zehn Tonnen Molke täglich geschlossen, außerdem ein Pachtvertrag für eine Stellfläche von sechshundert Quadratmetern.

Ein Abfüllband wurde gekauft und auf der gepachteten Fläche der Molkerei installiert.

Fünfzig Mitarbeiter wurden eingestellt. Ein Technologe wurde damit beauftragt, an der Verlängerung der Haltbarkeitsdauer zu arbeiten, um so die Kosten um dreißig Prozent senken zu können.

Mein Haus wurde an die Bank verpfändet, zu einem Jahreszins von zwölf Prozent, denn über Geld in solcher Menge verfügte ich nicht.

Frühmorgens verließ ich das Haus und kehrte zurück, wenn bereits der nächste frühe Morgen anbrach.

Ich war derartig müde, dass ich mich eines Tages auf der Ringstraße verirrte. Ich stand mit meinem Wagen am Straßenrand und weinte, weil ich nicht wusste, wie ich nach Hause kommen sollte.

Alle meine Gedanken drehten sich ausschließlich um Molke, und ich bemerkte selbst nicht, dass ich immer seltener an Serge dachte. Einmal dachte ich einen ganzen Tag lang nicht an ihn. Und begriff das erst nachts, als ich meinen Kopf auf das heiß ersehnte Kissen bettete. Ich werde wieder heiraten, dachte ich. Und Zwillinge bekommen. Aber das träumte ich vielleicht auch schon.

Der Arbeitsprozess musste ständig kontrolliert werden. Tag für Tag wurden zehn Tonnen Molke etikettiert und in die Geschäfte transportiert. Lieferscheine mussten ausgestellt und Unmengen bürokratischer Papiere überprüft werden. In regelmäßigen Abständen musste jemand nach Birjuljowo oder in irgendein anderes Kaff fahren, um einen Wagen loszueisen, den die BBW, die Behörde zur Bekämpfung von Wirtschaftsverbrechen, festhielt. Verluste mussten verkraftet werden, wenn die Waren nicht ausverkauft, aber die Haltbarkeitsdauer abgelaufen war. Und am nächsten Morgen fing alles wieder von vorne an.

Nach drei Wochen wachte ich eines Morgens nicht auf. Ich wachte auch tagsüber nicht auf. Erst am Morgen des folgenden Tages erwachte ich. Der Schreck, den ich bekam, war nur mit dem über die Wirkung des Botox vergleichbar. Ich stürzte zum Telefon. Man berichtete mir, alles liefe normal, Zwischenfälle habe es keine gegeben. Ich setzte mir feste Arbeitszeiten – von acht Uhr morgens bis sechs Uhr abends. Nicht länger. Samstag und Sonntag frei. Und fuhr ins Büro. Es war ein Donnerstag.

Ich saß auf dem selbst gezimmerten Bänkchen am Grab von Serge.

Ich schaute hinauf, dorthin, wo die Fichten aufhören und der Himmel anfängt. Wo unser Leben endet und ein anderes beginnt.

Ich berührte seine Lippen auf dem kalten Stück Marmor, und die Einsamkeit lähmte mich.

Niemals – bedeutet Tod.

Ich habe Sehnsucht nach dir, Serge, flüsterte ich wie ein Gebet.

Ich habe Sehnsucht nach dir, Serge!, schrie ich so laut ich konnte, und jedes Grab antwortete mir mit einem Echo.

Ich habe Sehnsucht nach dir, Serge! – und alles in meinem Inneren riss, zerbarst und flog fort, dorthin, wo die Bäume aufhörten.

Es gab noch manches. Wichtiges. Zwischen ihm und mir. Ich habe dich gerächt, flüsterten meine Lippen fast lautlos.

Wir waren einander wieder nah. Sogar nachdem er gestorben war, hielten unsere Seelen sich noch bei den Händen.

Ich setzte mich mechanisch wieder in mein Auto. Genauso gut hätte ich mich auch auf eine Wolke oder ein Kamel setzen können.

In meiner Tasche bewegte sich mein Handy, dann begann es zu klingeln.

Veronikas Nummer löste keinerlei Gefühl in mir aus. Aber das Handy zirpte hartnäckig weiter.

»Hallo.« Es kam etwas heiser heraus. Aber man darf vorm Leben nicht davonlaufen und sich in seinem Kummer vergraben.

»Wo bist du?«, fragte Veronika misstrauisch.

»Auf dem Wagankowskoje-Friedhof. Ich fahre gerade wieder weg.«

Sie schwieg eine Weile, im Gedenken an Serge.

»Und ich sitze zu Hause ...«

»Stimmt was nicht bei dir?« Ich erriet es an ihrem Tonfall.

»Ja ... Igor hat schon seit drei Tagen nicht mehr zu Hause übernachtet.«

Wieder, dachte ich.

»Hat er angerufen?«

»Ja. Hat mit dem Hausmädchen gesprochen und irgendwelchen Blödsinn erzählt. Von einem weißen Diplomatenkoffer. Vielleicht war er bekifft, ich weiß nicht.«

»Und was hat er darüber gesagt?«

»Hol mir meinen weißen Diplomatenkoffer aus dem Heizungskeller, hat er gesagt, und meinen Skipullover. Pack alles zusammen, ich komme und hole es ab.«

»Was für ein weißer Diplomatenkoffer?«

Ich wendete meinen Wagen und fuhr aus der Stadt heraus, zu Veronika nach Hause.

»Woher soll ich das wissen? Er hat in seinem ganzen Leben noch keinen weißen Diplomatenkoffer besessen!«

»Sachen gibt's!« Ich war belustigt. »Aber du hast doch vorsichtshalber im Heizungskeller nachgesehen?«

»Natürlich!«, schrie Veronika. »Soll er doch kommen! Dann kann er sich seinen weißen Diplomatenkoffer und seinen Skipullover sonst wohin stecken!« Sie schluchzte ein-, zweimal auf, aber dann riss sie sich zusammen. »Furchtbar! So ein Idiot!«

Ich traf gleichzeitig mit Nikita vor Veronikas Haus ein. Der Chauffeur brachte den Jungen gerade aus der Schule.

»Wie geht's?«, fragte ich Maschas Kameraden.

»Gut. Ich zeig dir mal, was wir heute gemalt haben.« Er langte im Gehen in seine Schultasche, Hefte rutschten heraus, er wollte sie aufheben, aber da fiel auch noch der Beutel mit den Schuhen zum Wechseln in eine Pfütze.

»Schnell, heb alles auf!«, rief mir Nikita zu. »Ich lenke Mama inzwischen ab!«

Ich sammelte seine Sachen vom Boden auf und ging ins Haus.

In der großen Diele stand meine Freundin und las ihrem Sohn die Leviten. Wie sich herausstellte, war er eine Dreiviertelstunde zu spät dran und kam jetzt nicht mehr rechtzeitig zum Englischunterricht.

»Ich musste meine Schultasche suchen«, verteidigte sich Nikita. »Die blöden Trinen hatten sie versteckt.«

»Das heißt Mädchen, nicht Trinen!«, schrie Veronika.

»Schon gut, Mädchen ...« Er beeilte sich, in die Küche zu kommen, an den gedeckten Tisch.

»Deine ganze Familie sucht heute irgendwas, der eine seine Schultasche, der andere seinen Koffer«, bemerkte ich.

»Furchtbar.« Veronika verdrehte theatralisch die Augen. »Diese Irren.«

Wir schlossen uns im Arbeitszimmer ein, um vor den Stürmen des häuslichen Lebens sicher zu sein.

»Furchtbar«, sagte Veronika noch einmal und zog die Vorhänge zu.

»Was wirst du tun?« Ich eröffnete den konstruktiven Dialog.

»Ich weiß nicht.« Sie setzte sich in einen Sessel und starrte auf ihre Schuhe.

»Ihn rauswerfen?«

»Ja. Mir reicht's. Soll er alles mitnehmen, ich brauche nichts.«

Das bekam ich ungefähr alle drei Monate zu hören. Aus dem gleichen Grund und im gleichen Tonfall. Sie lebten schon fünfzehn Jahre zusammen. Sie liebte ihn, und er wusste das.

»Im Grunde liebt er dich doch ...«, sagte ich.

»Ich brauche nichts. Weder seine Liebe noch sonst was.« Sie fing nun doch an zu weinen. »Wenn du nachts nicht weißt: Wo ist er? Bei wem ist er? Wann ist das alles zu Ende?«

Ich streichelte ihr über den Kopf und sagte eine Banalität nach der anderen.

»Er lässt mich ja nicht gehen«, schluchzte Veronika. »Er nimmt mir die Kinder weg. Alles wird er mir wegnehmen ...«

»Weil er dich liebt. Und du ihn ... Wie oft hast du ihm schließlich schon verziehen?«

»Es reicht. Ich hab's satt!«

Sie heulte nun laut, ohne sich darum zu kümmern, dass man sie im Haus hören konnte.

Meine Augen wurden bereitwillig feucht. Ein konstruktiver Dialog kam nicht zustande.

»Und was ist das für ein weißer Diplomatenkoffer?« Veronika konnte sich nicht beruhigen. »Was für ein Skipullover? Was soll das Ganze? Er hat absichtlich um sechs Uhr morgens angerufen, weil er wusste, dass dann nur das Hausmädchen ans Telefon geht ... Vielleicht will er verreisen?«

»Genau. In die Berge zum Skilaufen. Mit einem weißen Diplomatenkoffer, den er vorher im Heizungskeller versteckt hat. Und der Koffer wurde gestohlen – darin befand sich ein Plan mit den schwarzen Pisten ... Veronika, das ist doch Blödsinn!«

Das Telefon auf dem Schreibtisch klingelte. Ich blickte meine verweinte Freundin an, sie schüttelte den Kopf.

»Ich bin nicht da. Geh du ran.«

Ihre älteste Tochter war am Apparat. Sie bat mich, ihrer Mutter auszurichten, alles sei in Ordnung und sie sei im Friday's. Ich richtete es aus.

»Stell dir vor«, Veronika schnäuzte sich laut die Nase, »ihr Mitja, das ist der Junge, mit dem sie geht, ist der Sohn eines Abgeordneten, aber samstags und sonntags arbeitet er als Kellner im Friday's.«

»Ernsthaft?« Das fand ich amüsant.

»Ja, und jetzt hängt meine Kleine auch ständig dort herum, hilft ihnen den Umsatz zu steigern.«

»Und wo ist sein Bodyguard?«

»Weiß ich nicht.« Veronika überlegte. »Wahrscheinlich bewacht er den Laden.«

»Und wozu das alles? Schließlich arbeiten die Kinder von Abgeordneten gewöhnlich nicht als Kellner.«

»Vielleicht, um Stimmen zu gewinnen?«, vermutete Veronika.

»Na, ich weiß nicht. Höchstens, wenn diese Geschichte öffentlich bekannt wird.«

»Möchtest du Tee?«

»Gern.«

Veronika öffnete die Tür ein Stückchen und schrie durch den Spalt: »Oljetschka! Bring uns Tee!«, schlug die Tür sofort wieder zu und kroch in ihren Sessel zurück.

»Willst du ihn nicht anrufen?«, fragte ich.

»Nein, das werde ich nicht tun. Meine Mutter habe ich angerufen. Sie soll für alle Fälle herkommen. Weiß der Teufel, was dieser Diplomatenkoffer bedeutet ... Vielleicht ist er ja völlig übergeschnappt ... Und ich habe schließlich Kinder.«

»Richtig.«

»Und er wird ja immer gleich handgreiflich. Sobald ich sage, dass ich ihn verlasse ...«

»Vielleicht solltest du dir Bodyguards nehmen?«

Veronika dachte nach.

Ich stellte mir vor, wie Igor nach dreitägiger Abwesenheit müde und hungrig in sein eigenes Haus zurückkam, um aus dem Heizungskeller seinen weißen Diplomatenkoffer und seinen Skipullover zu holen und stattdessen überall kahl geschorene junge Männer mit Maschinengewehren im Anschlag erblickte. Dann würde er garantiert denken, er sei übergeschnappt.

Ich beschrieb Veronika dieses Bild.

»Genau. Dann fragt er mich: ›Wer sind diese Männer?‹ Und ich sage: ›Wo? Hier ist niemand, wir sind allein.‹ Er geht auf sie zu, zieht sie am Schnurrbart, und sie schweigen. Und ich frage: ›Liebling, was tust du da?‹ Und wenn er endlich einschläft, schicken wir alle nach Hause. Am nächsten Morgen denkt er, er war im Delirium tremens, und wird nie mehr trinken, rauchen oder sniffen.«

»Toll.«

Das Hausmädchen kam mit einem geflochtenen Tablett herein. Sie schenkte uns Tee ein und fragte, ob wir etwas essen wollten. Sie hätte gerade einen Auflauf gemacht. Wir wollten nicht.

Dann kam Nikita angerannt. Er gab seiner Mutter einen Abschiedskuss, er musste ja zum Englischunterricht, und winkte mir zu. An der Tür drehte er sich um.

»Mama, kaufst du mir zu Weihnachten einen Drucker?«

»Einen Drucker? Wozu brauchst du den?«

»Na, einen Computer hab ich, alles hab ich, nur keinen Drucker. Einen Farbdrucker.«

»Nein. Weißt du, was der kostet? Und du brauchst ihn doch auch gar nicht.«

»Na gut.« Nikita war durchaus nicht betrübt. »Dann bestelle ich ihn bei Väterchen Frost.«

Wir warteten ab, bis die Tür hinter ihm ins Schloss gefallen war, und brachen dann in Gelächter aus.

»Papa ist zurück!« Das war Nikitas freudige Stimme aus der Tiefe des Hauses.

»Oh, Väterchen Frost höchstpersönlich.« In Veronikas Stimme schwang schlecht verhohlene Erleichterung.

Ich ging über die Veranda nach draußen und fuhr nach Hause.

Am Mittwoch, als wir im türkischen Bad schwitzten und uns mit allen möglichen Cremes und Masken einschmierten, diskutierten wir über Lenas neuen Lover.

Er war siebenunddreißig, geschieden, gut aussehend und schien auf den ersten Blick keine störenden Eigenschaften zu haben: Weder war er drogensüchtig noch homosexuell; er schenkte Lena Blumen; er war nicht impotent; er erkundigte sich nach dem Befinden ihrer Mutter; die Prostituierten in den Nachtclubs grüßten ihn nicht; er reparierte Lenas Auto; er trank nicht schon am Vormittag; er gab ihr sofort seine persönliche Handynummer, ohne irgendwelche Sekretärinnen; er benutzte keine Feuerzeuge von Dupont; er putzte seine Schuhe; er trug keine Brille von Cartier; er flirtete nicht mit Verkäuferinnen. Lena war verliebt.

Er arbeitete in der Möbelbranche.

Lena war ein paarmal in seinen Geschäften gewesen und hatte als wohlerzogenes Mädchen die Qualität und das

Design der Möbel, die er verkaufte, über den grünen Klee gelobt.

Daraufhin hatte er Lena angeboten, sie könne sich alles, was ihr in seinen Geschäften gefiele, aussuchen und ihr Haus neu einrichten.

Jetzt berieten wir, ob sie dieses Angebot annehmen sollte und wenn ja, in welchem Umfang.

Wir waren zu dritt: ich, Lena und Katja.

»Meine Sachen sind natürlich alle ziemlich alt«, meinte Lena. »Mein Mann hat sie noch gekauft. Vor zehn Jahren. Ehrlich gesagt stehen sie mir bis hier.«

»Na, wunderbar!« Ich fand, sie solle auf das Angebot eingehen.

»Aber wir kennen uns erst einen Monat ...« Lena befürchtete, sie könne einen schlechten Eindruck machen.

»Na und? Soll ich vielleicht mitkommen und beim Aussuchen helfen?« Katja wollte ihn zu gern kennen lernen.

»Nein.« Darauf ließ Lena es lieber nicht ankommen.

»Was müsste man bei dir machen? Das Wohnzimmer, auf jeden Fall die Küche ...«, überlegte ich.

»Küchen verkauft er nicht«, unterbrach mich Lena.

»Schade. Küchen sind am teuersten.«

»Ach, der hat genug teures Zeug!«, meinte Katja aufmunternd.

»Also dann.« Ich bog die Finger um. »Das Wohnzimmer, die Diele, dein Schlafzimmer, das Gästezimmer ...«

»Das Gästezimmer möchte ich im chinesischen Stil einrichten«, erklärte Lena kapriziös.

»Bitte sehr.« Ich zuckte die Schultern. »Von mir aus auch indisch.«

Lena warf das Handtuch zu Boden und ging ins Dampfbad.

»Wer möchte eine Massage?«, fragte Galja energisch.

»Ich, ich möchte eine Seifenmassage!« Ich legte mich auf den Massagetisch.

»Ich weiß gar nicht, was sie hat.« Katja folgte ihrer Freundin ins Dampfbad. »Ich an ihrer Stelle würde mir auch noch jede Menge Vasen und Teppiche an Land ziehen.«

Galja fuhr mir mit einem Schwamm über den Körper, der so weich war, als bestünde er aus lauter Seifenblasen. Ich verging vor Wonne und bemerkte nicht gleich, dass Veronika gekommen war.

In Jeans und mit Sonnenbrille ließ sie sich auf die Chaiselongue fallen und schob sich eine Zigarette in den Mund. Ich schwieg und blickte sie erstaunt an.

Schließlich hielt ich es nicht mehr aus: »Was tust du so geheimnisvoll?«

Die Glastür des Dampfbads wurde aufgerissen, dunstige, vom Aroma des Bergamotteöls gesättigte Luft strömte heraus, und die vor Schweiß glänzenden Frauen sprangen kopfüber ins Kaltwasserbecken.

»Komm ja nicht auf die Idee, hier zu rauchen!«, schrie Lena und tauchte wieder unter.

»Heute ist Tag der Gesundheit!«, verkündete Katja und schnappte gierig nach Luft.

»Warum ziehst du dich nicht aus?«, fragte ich Veronika. »Ist dir nicht zu dunkel mit der Sonnenbrille?«

Sie hatte ein blaues Auge. Einen widerwärtigen blauvioletten Bluterguss unter dem linken Auge.

Lena kam auf uns zu, sich im Gehen abtrocknend.

»Igor?«, fragte Katja mit finsterer Miene.

Tränen rollten über Veronikas Wangen, als wäre irgendwo bei ihr ein Wasserhahn kaputt. Sie blinzelte nicht, wischte sich nicht mit der Hand übers Gesicht, sie achtete gar nicht darauf, als hätten die Tränen mit ihr, Veronika, gar nichts zu tun.

»So ein Schuft«, sagte ich. Veronika nickte.

»Mistkerl«, kommentierte Katja. »Was ist passiert?«

»Er hat nicht zu Hause übernachtet. Ich habe ihm gesagt, dass ich gehe.« Veronika sprach mit einer fremden, hohen Stimme. »Da hat er zugeschlagen.«

Unsere Empörung kannte keine Grenzen.

»Ich habe Fotos von den Schlägen machen lassen.« Veronika begann heftig zu schluchzen. »Das tut er ungestraft nicht noch mal!«

»Willst du ihn etwa ins Gefängnis bringen?«, fragte Lena ungläubig.

»Ist mir doch egal! Von mir aus soll er ins Gefängnis!« Sie weinte laut, und wir waren geschlossen auf ihrer Seite. »Ich hasse ihn!«

Ich wusste nicht, was ich Veronika sagen sollte. Aber in dieser Minute hassten wir alle Igor genauso heftig wie sie.

»Er hat mich aufs Bett geworfen.« Ihre Stimme brach, sie weinte nicht mehr, sie winselte wie ein neugeborener Welpe. »Ich hab nicht geschrien, um die Kinder nicht zu erschrecken, und er hat mich vergewaltigt ...«

Ich streichelte Veronikas Hand und wiederholte wie eine Beschwörung: »Schwein ... so ein Schwein ...«

Veronika hörte auf zu weinen und setzte die Sonnenbrille wieder auf. Dann wieder ab.

Äußerlich wirkte Igor wie eine Karikatur von Arnold Schwarzenegger. Eine nicht allzu boshafte. Aber Veronika hielt ihn für unwiderstehlich. Das war Liebe.

»Wo hast du die Fotos machen lassen?«, fragte Katja.

»Ich bin zur Ambulanz gefahren. Ich werde ihm sagen, dass ich ihn anzeige, wenn er nicht geht. Ich habe eine

Bescheinigung.« Veronika knöpfte die Manschette ihrer Bluse auf und zog den Ärmel hoch. »Hier. Und an den Beinen auch.«

Entsetzt betrachteten wir die Schrammen an ihrem Körper. Das Haustelefon klingelte. Ich nahm ab. Mein Hausmädchen teilte uns mit, der Mann von Veronika sei gekommen.

»Hast du ihm gesagt, wo du bist?«, fragte ich erstaunt.

Sie schüttelte den Kopf.

»Heute ist doch Mittwoch. Das konnte er sich denken.«

»Willst du zu ihm gehen?«, fragte Katja.

»Er lässt ja doch nicht locker, da gehe ich besser gleich zu ihm.« Veronika setzte ihre Brille auf und ging zur Tür.

»Ruf uns, wenn was ist ...«, sagte Lena.

»Sollen wir vielleicht mitkommen?«, bot ich an.

»Nein. Danke, Mädels.«

Ich ging ins Dampfbad, Lena und Katja blieben zurück, um über Igor zu diskutieren.

Veronika kam ziemlich schnell wieder. Mit besänftigtem, zufriedenem Gesicht. Auch wenn Igor sie gestern Nacht geschlagen und vergewaltigt hatte, jetzt war er herbeigeeilt, hatte geweint, auf den Knien gelegen – das Gleichgewicht war wiederhergestellt. Veronika war befriedigt. Aber gefordert hatte sie mehr – aus Prinzip. Heute sollte er seine Sachen packen. Oder sie würde ihn morgen anzeigen.

»In zwei Tagen hat Nikita Geburtstag«, grämte sie sich. »Ein schönes Geschenk, das er seinem Sohn da macht!«

Wir drängten sie, sich auszuziehen und mit uns ins Dampfbad zu gehen. Von einer Massage konnte freilich keine Rede sein – sie hatte viel zu viele wunde Stellen an ihrem Körper. Galja knetete ihr nur die Füße und legte ihr eine heiße Kompresse aufs Gesicht.

Lena erzählte Veronika von den Möbeln und bat sie um ihren Rat.

»Nimm alles!«, erklärte Veronika energisch. »Sogar das, was du nicht brauchst. Später kannst du es immer noch wegwerfen. Oder irgendwem schenken.«

»Das ist auch meine Meinung«, bekräftigte Katja, und wir nahmen diesen Beschluss mit Stimmenmehrheit an.

Gut, dass er kein Ölmagnat war. Schade, dass er kein Juweliergeschäft hatte.

Ich traf Veronika vier Tage später wieder. Nikitas Geburtstagsfeier war aufs Wochenende verschoben worden. Igor schlenderte mit einem Glas Wein in der Hand zwischen Clowns und Zirkusakrobaten umher und machte nicht den Eindruck eines verlassenen Ehemannes.

»Wie steht's?«, fragte ich Veronika, während Mascha dem Geburtstagskind unser Geschenk überreichte.

»Ach ...« Sie winkte ab. »Ein Dreckskerl ist er.« Sie hängte noch ein paar weitere Komplimente an die Adresse ihres Gatten an, aber es war kein Zorn in ihrer Stimme. »Er bringt mir jeden Tag Blumen. Immer Sträuße zu hundert Stück. Damit wir noch hundert Jahre zusammenbleiben.«

»Toll«, sagte ich.

Veronika lächelte. Der Bluterguss unter ihrem Auge war sorgfältig mit Tönungscreme kaschiert.

13

Im Kamin züngelte die Flamme und sank wieder in sich zusammen.

Heute hatte es geschneit.

In meinem Haus hatten sich Gäste versammelt. Sie saßen am gedeckten Tisch und tranken, ohne anzustoßen. Es war jetzt sechs Monate her, dass Serge ermordet worden war. Viele waren nicht gekommen. Aber die, mit denen ich gerechnet hatte, waren da.

Swetlana hatte ich nicht eingeladen. Mit ihrem Riesenbauch, in dem das Kind schwamm, wäre sie hier die Hauptperson gewesen. Egoistische Eifersucht hielt mich davon ab, Serges Eltern zu erzählen, dass sie einen Enkel hatten.

Meine Schwiegermutter saß mit verkniffenem Mund vor ihrem leeren Teller und schien angestrengt etwas in ihrem Innern zu suchen. Mit jedem Jahr würde ihr Kummer bitterer werden.

Serges Vater, mit seinen gut sechzig Jahren immer noch ein Schwerenöter und Schürzenjäger, trank ein Glas nach dem anderen und wischte sich immer wieder mit schwerer, ungelenker Hand die Tränen vom Gesicht.

Ich blickte in das starre Gesicht meiner Mutter und hätte gern gewusst, woran sie dachte. An Serge? An Mascha und mich? An sich selbst? Oder daran, dass die Setzlinge auf der Datscha vor dem ersten Schnee nicht abgedeckt worden waren? Meine Mutter fing meinen Blick auf. »Nimm Baldriantropfen«, formte sie tonlos mit den Lippen, wohl schon zum zehnten Mal. Sie liebte uns: Serge, mich, Mascha, den Gemüsegarten und noch vieles andere, was ihr Leben ausmachte. Und nichts hätte sie dazu bringen können, die Hoffnung zu verlieren. Die unerschütterliche Liebe zum Leben machte meine Mutter unverwundbar.

Wanjetschka rief an. Sagte irgendwelche Worte, die in meiner Seele keinerlei Echo hervorriefen. Wir hatten einander verloren.

»Was wir haben, schätzen wir nicht, ist es verloren, weinen wir«, damit brachte er offenbar eine seiner Neuerwerbungen zu Gehör, aber es blieb unklar, auf wen das gemünzt war: auf mich, auf Serge oder auf uns alle drei.

Leute kamen und gingen. Mit Kindern oder mit Ehefrauen. Freunde und einfach Bekannte. Solche, die ich nicht als Freunde betrachtete, die sich aber selbst dafür hielten.

Es hatte Ähnlichkeit mit einer gewöhnlichen Party. Wir tranken und tauschten Neuigkeiten aus. Wenn wir uns lange nicht gesehen hatten, riefen wir einander laut beim Namen.

Die Frauen saßen separat und tratschten, wie üblich.

Das Leben ging weiter, trotz allem.

Ich stand im Kreis der Männer. Alle wollten mehr von meiner Molke hören. Sie waren der Ansicht, die Kosten für den Transport würden alle Gewinne auffressen. Ich erläuterte das komplizierte System der Warenlieferung an die Einzelhändler, und die Aufmerksamkeit, mit der man mir lauschte, schmeichelte mir enorm. Wir diskutierten über das Werbebudget; ich empfahl Irma und ihre Agentur, und irgendwer schrieb sich sogar ihre Telefonnummer auf. Ich klagte, wie schwer Lebensmitteltechniker zu finden seien, und man schlug mir eine Personalagentur vor. Als ich von meinem Plan sprach, den Absatzmarkt zu vergrößern und eventuell das Sortiment zu erweitern, boten mir mehrere Männer bereitwillig ihre Hilfe an. Die Ehemänner meiner Freundinnen sprachen mit mir wie mit ihresgleichen. Ein unglaubliches Gefühl.

Mein Monopol auf die männliche Aufmerksamkeit ging zu Ende, als Katja erschien. Sie hatte sich ihre wundervollen kastanienbraunen Haare abschneiden lassen und trug jetzt ihren zierlichen Schädel mit kurzen Stoppeln zur Schau. In seiner Nacktheit und Verletzlichkeit war mehr Sex als in allen Erotikzeitschriften zusammengenommen.

Meine Molke war im Nu vergessen.

Alle streckten die Hand nach Katjas Kopf aus und bettelten darum, ihn berühren zu dürfen.

»Sei bereit«, sagte Regina, die Frau von Serges bestem Freund Wadim, zu ihr, »dich erwarten große Veränderungen im Leben.«

Es war kein Zufall, dass sie gerade mit einem Glas Wein in der Hand vorbeikam.

Regina war Drehbuchautorin. Sie pflegte zu sagen: »Ich bin wie ein Mini-Gott. Ich erschaffe eine Welt.« Wir waren mit ihr nicht befreundet. Sie kannte unsere Probleme nicht, und wir verstanden sie nicht. Sie schwebte immer in höheren Sphären, wir standen mit beiden Beinen auf der Erde.

Katja wandte ihren bezaubernden rasierten Kopf in Reginas Richtung und zog erstaunt die Brauen hoch.

»Genau, dich meine ich«, lächelte Regina. »Es wird sich etwas ändern.«

»Ich bin bereit.« Die fehlenden Haare schienen Katja offener zu machen. Hatten die Veränderungen schon begonnen?

Wadim kam auf mich zu.

»Na, wie geht's?«

Er rief mich selten an. Ich war nicht gekränkt.

Wenn ich früher für Serge zum zweiten Frühstück Käse und Joghurt holte, pflegte ich auch für Wadim mit einzukaufen. Soweit ich wusste, bekam er bei Regina nie ein Frühstück.

»Ganz gut«, sagte ich lächelnd. »Ich arbeite.«

»Großartig, wie du dich hältst.«

»Danke.«

Wir gingen nach draußen auf die Veranda, blieben dort stehen und sahen uns in die Augen.

»Wie geht es Mascha?«

»Es geht schon wieder. Besser.«

Er schwieg eine Weile.

»Und die Miliz setzt dir nicht mehr zu? Lässt sie dich jetzt in Ruhe?«

»Ja.« Die hatte ich schon längst vergessen. »Ich war auch nur zweimal da.«

Wadim nickte.

»Das hast du uns zu verdanken. Sie hatten ja schon Order, dich zu verhaften.«

»Was?« Ich war belustigt. »Mich zu verhaften?«

»Ja.« Wadim fand das offenbar nicht komisch. »Sie sind sogar zu deiner Wohnung gefahren. Aber Gott sei Dank warst du gerade auf der Datscha.«

»Ist ja unglaublich.« Jetzt, ein halbes Jahr danach, kam mir diese Geschichte unwirklich vor.

Wadim dagegen wusste noch alle Einzelheiten und durchlebte die Ereignisse von neuem.

»Wir haben damals einen guten Schachzug gemacht. Zwei Ermittler waren mit dem Fall befasst, einer war hundertfünfzigprozentig unser Mann, der andere schwankte hin und her ...«

Ich erinnerte mich an das Revier, das Verhör und begriff, wen Wadim damit meinte.

»Wir haben ihnen einen Typ untergeschoben, der sowieso auf der Fahndungsliste stand. Der letzte Abschaum. Würde er mir begegnen – ich würde ihn sofort abknallen. Aber sie konnten ihn nicht finden. Leider, eigentlich.«

Eine plötzliche Vermutung tauchte nicht in meinem Kopf, sondern irgendwo in meinem Bauch auf.

»Das Computerbild?« Gleich würde Wadim antworten und alles zurechtrücken.

»Ja, die Tussi, von der es kam, war von uns. Sie hat ausgesagt, sie sei gerade vorbeigekommen. Wir haben ihr ein Foto gezeigt, und sie hat ihnen die Beschreibung gegeben. Zwei Stunden hat man ihr die Hölle heiß gemacht. Aber ihr hat's gefallen. Das Computerbild und dies ganze Zeugs. Technischer Fortschritt, sagt sie ... Wo willst du hin?«

»Ich bin gleich zurück ...«

Er starrte mir erstaunt hinterher.

Ich ging an den Gästen vorbei, lächelte mechanisch und sagte irgendwelche Worte.

Ich lief durch die Zimmer wie besessen, als suchte ich etwas, ohne eine Ahnung zu haben, was.

Ich trank einen Bacardi pur und noch einen zweiten, während ich hinaus auf die Straße ging.

Ich konnte mich nicht setzen, nicht hinlegen. Weder stehen noch gehen. Es war, als existierte ich gar nicht. Meinem Verstand war ein Schlag versetzt worden. So etwas nennt man wohl Knockout. Der Verstand hatte resigniert und sich zurückgezogen. Er hatte Angst.

In meinen Kopf hatte sich eine Art Wurm eingefressen. Schmerzhaft peinigend kroch er vom Nacken in die Augenhöhlen; jede Zuckung seines schlüpfrigen Körpers brachte ihn ein Stück voran. Monoton und ohne Pause spuckte er irgendwo aufgeschnappte Worte in mein Hirn: »Ich bin wie ein Mini-Gott. Ich erschaffe eine Welt.«

Ich wartete darauf, dass es aufhören würde.

Es hörte nicht auf.

Ich hatte einen Unschuldigen getötet.

Knockout. Tragt mich aus dem Ring.

Es war wohl Katja, die mir half, ins Schlafzimmer zu kommen.

Als Frau mit zwanzig trinkst du, um den Leuten zu gefallen – um witzig, offen, sorglos zu sein.

Als Frau mit dreißig bemühst du dich, nicht zu trinken, wenn du jemandem gefallen willst. Weil du dann (wer sagt das eigentlich?) giftig, überheblich und – oh Graus! – vulgär wirst.

Mit zwanzig möchtest du den Menschen nahe sein.

Mit dreißig möchtest du dir selbst als Zwanzigjähriger nahe sein. Und möglichst weit weg von den Menschen.

Mit zwanzig gleitet dir nach mehreren Bacardi die Erde sanft unter den Füßen weg, mit dreißig drückt dich der Himmel zu Boden.

Mit zwanzig erwachst du mit einem Lächeln, mit dreißig hast du Kopfschmerzen.

Ich ging zur Apotheke, als trüge ich auf den Schultern nicht einen Kopf, sondern ein bis zum Rand mit einer kostbaren Flüssigkeit gefülltes Gefäß.

Ich schluckte Pentalgin.

Als ich wieder nach Hause kam, stolperte ich über eine rosa Schüssel. Sie kippte um und stieß an einen Schrubber, der mir schmerzhaft in den Rücken fiel. Außerdem stand noch ein Eimer im Weg.

Im Bett fühlte ich mich sicher.

Die seidene Bettwäsche legte sich sanft um meinen Körper, und allmählich hörte der Holzhammer in meinem Kopf auf zu klopfen.

Ich wühlte mich in die Decken. Und bedauerte, dass ich keinen Alkohol im Schlafzimmer hatte.

Ich hörte das Brausen der Flut. Ich war ein Sandkorn, eins von Milliarden. Alle zusammen waren wir Sand. Die Wellen rollten uns hin und her und spülten uns schließlich ans Ufer. Nach der Ebbe holte uns die Flut wieder zurück. Ich war ein Sandkorn, das sich einbildete, eine Welle zu sein. Ich war eine faulige Muschel. Ich rief Oleg an.

Manchmal möchte man seine Probleme auf jemand anderen abwälzen.

Er schlief.

Ich bat ihn zu kommen. Seitdem er sich einen Mercedes mit Chauffeur zugelegt hatte, verheimlichte ich ihm meine Adresse und Telefonnummer nicht mehr.

Es stellte sich heraus, dass er in den nächsten drei Tagen keine Zeit hatte.

Ich war empört. Wer hatte ihm schließlich all diese Jahre Geld gegeben? Manchmal. Und Arbeit.

Er willigte ein, im Palace Hotel mit mir zu frühstücken. In zwei Stunden.

Ich kam zu spät, wie immer.

Er wartete schon.

»Wonach hast du mich letztes Mal gefragt?«, stürzte ich mich auf ihn, ohne ihn zu begrüßen. »Nach irgendeiner Ratte?«

Oleg reagierte gelassen. Er trank seinen Kaffee aus einer winzigen weißen Tasse mit schwarzem Rand.

»Setz dich erst mal«, sagte er lächelnd. »Was ist passiert?«

»Erinnerst du dich, du hast mich doch gefragt, nach diesem ...«

»Wowa Ratte«, nickte Oleg. »Wieso?«

»Warum hast du mich gefragt?«

»Möchtest du Kaffee? Und Croissants? Ich habe auch noch ein Omelett bestellt.«

»Oleg! Kannst du mir bitte antworten?« Ich verlor die Geduld.

»Zuerst du. Was ist passiert?«

Ein Kellner in gestärkter Livree zündete die Kerze auf unserem Tisch an und rückte die kleine Blume in der Miniaturvase zurecht.

Ich sagte sehr leise: »Er war es nicht ... begreifst du?«

Oleg zündete sich eine Zigarette an. Stieß ein paar wellige Kringel aus. Ich hoffte, er würde mich gleich vom Gegenteil überzeugen.

»Ich weiß. Die Jungs haben es mir gesagt.«

Kein Wunder traf ein. Der Albtraum ging weiter.

»Er hat gesagt, es war Wowa Ratte.« Oleg hob die Arme. »Du weißt also gar nicht, wer dieser Wowa Ratte ist?«

Ich schüttelte verneinend den Kopf.

»Aber wieso ...« Es wollte mir nicht in den Kopf. »Wenn er doch gesagt hat ... wieso habt ihr ...« Manche Dinge wollen einem nur schwer über die Lippen.

Oleg zuckte die Schultern.

»Glaubst du etwa, dass jeder reuevoll gesteht? Und schließlich hatten sie ihren Auftrag, dafür hat man sie bezahlt. Alles Übrige ...«

Oleg machte eine Geste, die offenbar bedeuten sollte, dass alles Übrige seinen Leuten schnurzegal war. Vielleicht auch, dass alles Übrige in Gottes Hand lag.

»Und überhaupt, es wird doch wer weiß alles erzählt.«

Ich brüllte aus vollem Hals: »Aber das war die Wahrheit!«

Außer uns war nur noch ein älterer Engländer im Restaurant. Er trank seinen Tee mit Milch und schenkte uns keine Beachtung.

»Der Chauffeur hat es auch gesagt ...«, fügte ich leiser hinzu.

»Ich denke, der liegt im Koma?«, wunderte sich Oleg.

»Nicht mehr.«

»Aha.«

Offensichtlich bekam Oleg langsam Mitleid mit mir.

»Ärgere dich nicht«, redete er mir zu, so, als hätte mir jemand meine Schokolade weggegessen.

Ich schaute Oleg an und konnte nicht glauben, dass wir dieselbe Sprache sprachen.

»Weißt du«, auf seinem Gesicht malte sich Ekel, »das war sowieso eine erbärmliche Laus, dieser Barsch ...«

Ich versuchte ihn mit einer Handbewegung zu stoppen. Über Tote soll man nur Gutes sagen oder gar nichts.

»Natürlich war mir klar, dass die Sache in die Hose gegangen ist«, fuhr Oleg fort, »aber ...«

Ich nahm eine Zigarette aus seiner Schachtel. Er klickte mit seinem Feuerzeug von Dupont. Seit zehn Jahren hatte ich nicht mehr geraucht.

»Aber ich kann dir das Geld zurückgeben.«

Was hatte das Geld damit zu tun? Ich drückte die Zigarette aus.

»Verstehst du, als ich herausgefunden hatte, wer unser Klient war, na, da hab ich verschiedene Erkundigungen eingezogen ... Also, es traf sich gut – er war vielen im Wege ... Was sollte ich mir da groß einen Kopf machen.« Oleg blickte mich schuldbewusst an. »Du warst nicht der einzige Auftraggeber für den Barsch. Sei nicht böse.«

Mir war nicht klar, lächelte er, weil ihm fröhlich zumute war, oder wollte er einfach seine neuen weißen Zähne vorführen und hielt dies für einen geeigneten Moment.

»Was?«, fragte ich verständnislos.

»Also, ich hatte noch einen anderen Auftraggeber für den Barsch. Und deshalb, wo es für dich jetzt so ein Reinfall war, kann ich dir das Geld zurückgeben, wenn dich das erleichtert.«

Ich schüttelte den Kopf: »Nicht nötig.«

Er freute sich.

Ich schaute zum Fenster hinaus. Die Winterlandschaft erinnerte mich an eine Illustration zu dem Gedicht »Sonne und Frost ...« in meinem Schullesebuch. Ich bestellte Tee und Gebäck.

Ein Reinfall, wiederholte ich in Gedanken und schmeckte jede Silbe nach.

Der Tee war so aromatisch, dass ich den Kellner nach dem Namen der Sorte fragte.

»Ganz normaler Lipton's Tea«, antwortete er. Ein Reinfall.

Ich wollte Oleg sagen, dass er fabelhaft aussah.

»Kauf dir ein neues Feuerzeug«, empfahl ich ihm.

»Was für eins?« Er schaute erstaunt auf sein goldenes von Dupont.

»Ein Wegwerffeuerzeug.«

»Warum?«

»Mit diesen Dingern laufen nur ungebildete Spießer rum. Oder Leute, die kein Geld haben.«

»Okay.« Er nickte gutmütig.

»Wer ist denn dieser Wowa Ratte?«

»Weiß ich auch nicht.« Oleg winkte dem Kellner, und der verschwand, um die Rechnung zu holen.

»Aber ist es sicher, dass er es war?«, fragte ich. Oleg zuckte die Schultern.

»Was sagt denn der Chauffeur?«

»Der Chauffeur kann vorläufig gar nichts sagen. Er schreibt, und auch das nur mit Mühe.«

»Und was schreibt er?«

»Ratte.«

»Das ist nicht viel.« Oleg seufzte. »Ein paar zusätzliche Informationen wären nicht schlecht. Sonst kann man gleich die ganze Moskauer Unterwelt ausrotten.«

Ich lächelte.

»Ich denke, darüber wäre niemand böse.«

»Na, ich weiß nicht ... Hier kennt man seine Leute und die Spielregeln wenigstens. Aber dann tauchen wieder neue auf.« Ohne einen Blick auf die Rechnung zu werfen, legte Oleg seine Kreditkarte auf den Tisch. »Willst du noch irgendwas?«

»Im Moment nicht.«

Er schaute in mein nachdenkliches Gesicht und sagte aufmunternd: »Na, na ... Übrigens, was den Chauffeur betrifft. Sieh zu, dass man ihm nicht für alle Zeiten den Mund stopft.«

»Ich weiß. Er wird rund um die Uhr bewacht. Schließlich ist er ein Zeuge.«

Seit meiner Kindheit habe ich an Wunder geglaubt. Und konsequenterweise auch an Gott. Ich lief heimlich in die Jelochowskij-Kathedrale und erflehte von Gott ein Wunder: eine Eins in Mathematik; dass ich nicht zum Zahnarzt müsste; dass ich für das zerrissene Kleid nicht ausgeschimpft würde; dass ich einen Hund geschenkt bekäme. Meistens geschah das Wunder. Ich dankte Gott und bat ihn um ein neues Wunder: dass ich zum Studium zugelassen würde; dass ER sich in mich verliebte; dass mein Kind gesund wäre; dass ich einen Mercedes 220 geschenkt bekäme.

Ein paar Monate vor Serges Tod stellten wir zu Ostern Kerzen in der Kirche auf, und ich dachte, ich wüsste gar nichts mehr, worum ich Gott bitten könnte. Ich strengte mich an, etwas zu finden, aber mir fiel nichts ein. Ich kam zu dem Schluss, dass das wahrscheinlich das größte Wunder ist, wenn man nichts mehr braucht, weil man schon alles hat.

Als Serge ermordet wurde, sagte ich zu meiner Mutter: »Gott gibt es nicht.« Sie antwortete: »Leider.«

Olegs Auto bog um die Ecke, und ich blickte ihm noch lange nach.

Hinter mir hupte jemand. Ich trat aufs Gas, als wollte ich das Pedal vorsichtig auf seine Stabilität testen. Langsam setzte ich mich in Bewegung.

Menschen liefen geschäftig durch die Straßen, klapperten mit den Glastüren der Läden, blieben vor den Schaufenstern stehen; die Sonne wurde vom Schnee reflektiert und blendete sie, sie blinzelten, wandten aber das Gesicht nicht ab – in dieser Jahreszeit ist es solch eine Seltenheit, dass die Sonne scheint. Überall standen geschmückte Tannenbäume, ihre Lichterketten schillerten in allen Farben – die Vorfreude auf Weihnachten und Neujahr hatte die ganze Stadt erfasst, sie atmete frohe Erwartung. Und zählte mit Ungeduld die Tage und Stunden, die noch bis zum Fest blieben.

Ich parkte vor der kleinen Kirche auf dem Wagankowskoje-Friedhof.

Um vieles hätte ich Gott heute bitten können – um ewige Ruhe für Serge, um Gesundheit für meine Tochter, für meine Eltern, um Erfolg für mein Geschäft, um meinen Seelenfrieden, um eine glückliche Zukunft ...

Aber nicht deswegen war ich hier. Auch nicht eines Wunders wegen.

Zum ersten Mal in meinem Leben stieg ich diese Stufen empor, um Verzeihung zu erbitten. Demütig und gehorsam.

14

Ich fuhr gegen zehn Uhr dreißig ins Büro. Auf dem Schreibtisch lag eine für mich vorbereitete dicke Mappe mit den Abrechnungen des letzten Monats. Daneben lag die Kladde für die Schmier- und Schutzgelder. Ich zog meinen Pelz aus, musterte mich im Spiegel und ging zurück ins Sekretariat. Ich hatte die Spediteure beauftragt, all diejenigen Geschäfte aufzulisten, die uns noch Geld schuldeten.

»Hier sind die Listen.« Die Sekretärin hielt mir dienstfertig ein paar Blätter hin. Ich überflog sie rasch. Zehn Läden waren mit den Zahlungen für die verkaufte Ware noch im Rückstand.

»Hol mir Sergej«, sagte ich, und die Sekretärin wählte seine Durchwahl.

Sergej war für den Verkauf zuständig, und ich wollte von ihm persönlich hören, wie er dieses Problem zu lösen gedachte.

»Ist dir klar, dass das Werbebudget aus Betriebskapital besteht?«, überfiel ich den kleinen Sergej in seinem unförmig großen Jackett – das war sein Stil.

»Natürlich.« Wie auch nicht – schließlich hatten wir das Jahresbudget gemeinsam aufgestellt.

»Und womit soll ich«, ich warf einen Blick in meinen Kalender, »übermorgen die Außenwerbung bezahlen?«

»Aber was soll ich denn machen?«, begehrte Sergej auf. »Ihnen die Mafia auf den Hals hetzen? Oder sie vor Gericht zerren?«

»Das weiß ich nicht.« Ich wusste es wirklich nicht. Nachdem wir unseren Absatzmarkt vergrößert und außer mit der Ladenkette Raswilka noch mit dreißig weiteren Geschäften Verträge abgeschlossen hatten, war das Problem, dass die Geschäfte nicht zahlen wollten, immer akuter geworden.

»Ich habe geschimpft und gebettelt. Nichts hilft. Sie werden die Zahlungen noch wochenlang hinauszögern.«

»Freunde dich mit ihnen an«, riet ich ihm.

»Mit allen?«, fragte Sergej erstaunt. »Das sind viele, und ich bin allein!«

»Lass uns eine neue Planstelle einrichten – Freund der Geschäftsführer. Einmal pro Woche geht der Freund mit ihnen einen heben.«

Von draußen hörte man Lärm. Die Tür wurde jäh aufgerissen. Unter lautem Stiefelgestampfe stürzten fünf Männer mit Maschinengewehren und mit schwarzen Masken vor den Gesichtern herein, und im Handumdrehen lagen wir auf dem Boden. Die Hände mussten wir im Nacken verschränken.

Durch die geöffnete Bürotür sah ich meine Sekretärin und ein paar weitere Mitarbeiter ausgestreckt auf dem Parkett liegen.

Mein Gefühl sagte mir, gleich fangen sie an zu schießen. Und zwar überall in der Stadt, nicht nur in meinem Büro.

Ich dachte: Ob mein Rock wohl verrutscht ist?

»Wer ist hier der Boss?«, fragte einer der Maskierten grob.

Ich zögerte einige Sekunden.

»Ich.«

Es klang heiser und unfroh.

Der Fragende trat so nah an mich heran, dass sein blank

geputzter Stiefel sich direkt neben meinen Augen befand, und schaute mich aufmerksam an.

Dann machte er eine kurze Kopfbewegung, und die Tür zum Büro wurde geschlossen.

»Sie können aufstehen.«

Unbeholfen erhob ich mich und bedauerte, dass ich keine Jeans angezogen hatte.

»Darf er auch?« Ich wies mit dem Kopf zu Sergej hinunter.

»Wer ist das?«

»Mein Verkaufsleiter.«

»Der kann so lange vor der Tür warten.«

Sergej stand auf. Er war in seinem riesigen Jackett so zusammengeschrumpft, dass es aussah, als ginge nur das Jackett aus dem Zimmer.

Zusammen mit Sergej gingen drei maskierte Männer hinaus. Zwei blieben. Und ich.

»Setzen Sie sich«, forderte man mich auf.

Ich setzte mich an meinen Schreibtisch, bemüht, nicht auf die Geschäftspapiere zu schauen.

»Sie sind wer?«, fragte mich der eine, und ich hörte in seiner Stimme eine Nuance von Wohlwollen.

Ich nannte meinen Namen.

»Das ist also Ihre Firma?«

»Ja.«

Man forderte mich auf, die Gewerbeerlaubnis vorzulegen.

Ich folgte ihnen ins Sekretariat. Meine Sekretärin lag immer noch auf dem Fußboden. In der Tür stand unser Revierinspektor. Ich hatte ihn schon einmal gesehen, als er uns einen kurzen Vorstellungsbesuch abgestattet hatte.

Als ich zurückkam, hatte einer der Männer seine Maske abgenommen und blätterte interessiert in den Papieren auf meinem Schreibtisch.

Ich dachte, in so einem Fall müsste man doch irgendwo anrufen können und um Hilfe bitten. Aber ich hatte keine Ahnung, wo und wen.

»So ...«, sagte er, »die Papiere beschlagnahmen wir ...«

»Wozu?« Ich begriff selbst, wie albern diese Frage war.

»Sie möchten sicher wissen, wer wir sind?«, half mir der andere, der noch seine Maske trug, auf die Sprünge.

Ich nickte.

Sie zeigten mir ihre Ausweise, auf denen ich nur die Buchstaben BBW entziffern konnte.

»Und weshalb sind Sie hier?«, erkundigte ich mich vorsichtig.

»Routineüberprüfung«, antwortete mir der BBW-Mann ohne Maske freudig, und der mit der Maske nahm seine nun auch ab. »Schon mal davon gehört?«

Nein, davon hatte ich noch nicht gehört.

Sie nahmen auf meinen Sofas Platz und demonstrierten mit ihrem ganzen Auftreten Jovialität.

»Möchten Sie vielleicht Tee? Oder Kaffee?«, bot ich an.

»Zu einem Teechen sagen wir nicht nein.« Der etwas Ältere zwinkerte seinem Kollegen zu.

Ich wollte aus alter Gewohnheit auf den Knopf der Gegensprechanlage drücken, aber dann fiel mir ein, dass meine Sekretärin auf dem Fußboden lag.

»Darf ich meine Leute wieder auf die Beine stellen?«, fragte ich mit kokettem Lächeln im gleichen leichten Tonfall wie sie.

»Wozu?«, fragte der Jüngere genauso zurück.

»Nun, damit sie Tee machen, zum Beispiel.« Wir benahmen uns, als säßen wir bei einem Picknick im Grünen. Nur die Maschinengewehre passten nicht ins Bild.

Sie erlaubten meinen Angestellten, wieder aufzustehen.

Der Ältere teilte das seinen Männern über Funk mit. Umherzugehen oder etwas anzufassen blieb verboten.

Die verschreckte Sekretärin brachte den Tee herein.

Morgen habe ich ihre Kündigung auf dem Tisch, dachte ich, als ich ihr Gesicht sah.

»Na, und wie läuft das Geschäft so?«, fragte der Ältere gedehnt, während er sich Tee in die Untertasse goss.

»Danke«, antwortete ich vage und beobachtete ihn.

»Offenbar gar nicht so schlecht.« Der Jüngere schaute sich um. Mein Büro war im glamourösen Hollywoodstil der dreißiger Jahre eingerichtet.

»Ach, wissen Sie, es gibt sehr viele Probleme.« Ich hob vielsagend die Hände.

»Zum Beispiel, dass die BBW die schwarze Kasse beschlagnahmt«, unterstützte mich der Jüngere.

»Vielleicht können wir uns ja einig werden?« Das Lächeln wich nicht von meinem Gesicht.

»Was meinen Sie mit ›einig werden‹?«, wollte der Jüngere mit geheucheltem Erstaunen wissen.

In diesem Ton unterhielten wir uns anderthalb Stunden lang.

»Wissen Sie, Sie sind wirklich eine ganz reizende Dame«, sagten die BBW-Männer. »Sie haben gar keine Ähnlichkeit mit einem kapitalistischen Haifisch.«

»Sie sind mir auch sehr sympathisch«, antwortete ich. »Und Sie haben gar keine Ähnlichkeit mit Milizionären.«

Endlich, nach rund zwei Stunden, wurde das Gespräch konkreter.

»In meiner Kasse befinden sich dreitausend US-Dollar«, sagte ich.

Sie brachen in Gelächter aus.

»Zwanzig. Und das ist weniger, als Sie bezahlen würden,

wenn wir Ihre Papiere beschlagnahmen und Ihre Geschäftstätigkeit für eine Weile stoppen würden. So für einen netten kurzen Monat.«

»Fünf!«, schlug ich vor.

»Fünf gibt es schon dafür, dass wir hier sind. Und für die Papiere auf Ihrem Schreibtisch, schöne Dame?«

Letztendlich einigten wir uns auf zehn.

Ich sollte mich mit dem Geld zu ihnen ins Auto setzen, und nach ein paar Kilometern würden sie mich aussteigen lassen.

Die ängstlichen Blicke meiner Mitarbeiter folgten mir.

Im Auto tauschten wir unsere Telefonnummern aus, und sie versicherten mir, dass ich das kommende Jahr meine Ruhe haben würde.

Der erste Mensch, den ich nach meiner Rückkehr erblickte, war unser Revierinspektor.

»Ich hatte Ihnen doch meine Freundschaft angeboten«, sagte er ohne jegliche Einleitung, »aber was haben Sie gemacht? Sonst hätte ich Sie natürlich gewarnt ...«

Ich ging in mein Büro, und sofort umringten mich mehrere meiner Mitarbeiter. Ich erspähte Sergej.

»Geh morgen zum Revierinspektor. Gib ihm zweihundert Dollar als Neujahrspräsent.«

Man erwartete Erklärungen von mir.

»Alles in Ordnung!«, sagte ich fröhlich. »Das war eine Routineüberprüfung. Daran müsst ihr euch gewöhnen.«

Ich schloss mich in meinem Büro ein.

Schüttelte die Flusen von meinem Pullover, die auf dem Fußboden an ihm haften geblieben waren.

Ich setzte mich an die Abrechnungen. In das Geschäftsbuch, das daneben lag, musste ich nun noch einen Punkt nachtragen.

Ich fuhr zur Maniküre ins World Class in Shukowka, ohne mich vorher telefonisch anzumelden, und bekam natürlich keinen Termin mehr. Alle meine Bitten, mich rasch dazwischenzuschieben und mir wenigstens die Nägel zu lackieren, blieben erfolglos.

Ich klapperte noch ein paar weitere Salons ab, und schließlich hatte ich Glück: Eine Kundin war nicht gekommen, und an ihrer Stelle nahm man mich dran.

Ich wollte nämlich zu Lenas Geburtstag.

Die Maniküre Olja war nicht mehr jung und in ganz Moskau bekannt. Was sie an einem einzigen Tag an Klatsch zu hören bekam, hätte in keine Boulevardzeitschrift gepasst. Olja hatte schon in allen tonangebenden Salons gearbeitet und duzte sich mit dem Jetset der ganzen Stadt. Während ihrer Zeit bei Wella war sogar Naina Jelzina ihre Kundin gewesen. Merkwürdigerweise schwatzte Jelzins Frau lieber im Salon mit den Mädchen als sich eine Maniküre oder Friseurin nach Hause zu bestellen. Der Jelzina hatte Olja es auch zu verdanken, dass sie aus ihrem Zimmer in einer Gemeinschaftswohnung in ein Appartement nach Sokol umziehen konnte.

Träge fragte sie mich, wie die Geschäfte liefen, während sie mir virtuos die Nägel polierte.

Ich hätte nach Herzenslust draufloserzählen können. Und niemand hätte etwas davon erfahren.

Aber ich bewegte nur unbestimmt die Schultern.

»Wo hast du dir die Nägel machen lassen?«, fragte sie mit einem Anflug von Eifersucht. »Sieh mal, am kleinen Finger haben sie dir die Form verdorben!«

Derartige Kritik ließ mich kalt.

»Irgendwo in Moskau ... ich weiß es nicht mehr«, antwortete ich gleichgültig, um nicht in allen Einzelheiten erklären zu müssen, dass ich schon seit drei Wochen keine Maniküre mehr hatte machen lassen, und mir damit meinen Ruf zu verderben.

Sie nickte herablassend.

Die Haare wurden mir gewaschen, und die Nägel lackierte man mir im Friseurstuhl zum monotonen Gebrumm des Föns zu Ende. Man frisierte mich ganz passabel, wenn auch nicht so, wie ich es mir vorgestellt hatte.

Eine Stunde später betrat ich mit Blumen in der Hand das Restaurant Biskuit.

Lena hatte zum »Weiberkränzchen« eingeladen.

Weiberkränzchen bedeutete, es trafen sich nur Frauen, tranken einen und fuhren dann dorthin, wo sich voraussichtlich Männer befanden.

Ich gratulierte dem Geburtstagskind, das schon angeheitert war, und setzte mich zu Veronika.

Veronika beklagte sich, dass ihre sechzehnjährige Tochter keine Eier mit Mayonnaise zubereiten könne.

»Erst hat sie die Eier nicht lange genug unter kaltes Wasser gehalten, sodass die Haut drangeblieben ist. Danach hat sie sie nicht der Länge nach aufgeschnitten, sondern quer, und unter dem Gewicht der Mayonnaise sind sie auf dem Teller umgekippt. Und dann konnte man an der Unterseite gelbe Flecken sehen, weil sie angebrannt waren. Aber im Grunde bin ich ja selber schuld«, sagte Veronika betrübt, »auch wenn ich mit ihr schimpfe. Wo soll sie denn kochen lernen? Es ist ja schon immer alles fertig. Ob ich sie vielleicht zu einem Kochkurs anmelde?«

»Einem Kurs für italienische Küche«, schlug Olesja vor. Sie war die Schwiegertochter des Präsidenten einer unserer ehemaligen Republiken. Zu Beginn seiner zweiten Amtsperiode hatte Olesja allen ihren Bekannten mitgeteilt: »Ich bin wieder

Prinzessin. Gratuliert mir.« Dabei hatte der Präsident Olesjas Mann verboten, sich in seiner Heimat zu zeigen, weil er fürchtete, durch ihn bei den Wählern in Misskredit zu geraten. Stattdessen war sein ältester Sohn, den Olesja wegen seiner arroganten Ehefrau nicht leiden konnte, des Vaters rechte Hand in allen Angelegenheiten. Wie im Märchen.

»Du willst zu viel von ihr«, sagte eine mir unbekannte dunkelhaarige junge Frau, die ein goldenes Herz von Bulgari an einer Lederschnur um den Hals trug. »Wie viele Sprachen lernt sie?«

»Drei«, antwortete Veronika nach einer kleinen Pause, als ob sie im Geiste erst nachgezählt hätte.

»Und was sonst noch? Spielt sie ein Instrument?«, fragte die Unbekannte streng.

»Ja«, bestätigte meine Freundin stolz, während sie einen Tintenfischring auf ihre Gabel spießte. »Sie war auf der Musikschule, Fach Klavier. Und außerdem noch auf der Schule für Kunstgeschichte am Puschkin-Museum.«

»Und was macht sie jetzt?«

»Sie geht in die elfte Klasse und will anschließend aufs Institut für Internationale Beziehungen.«

»Und welche Chancen hat man dort auf einen Studienplatz?«

Die Antwort auf diese Frage gab Veronikas Nachbarin zur Linken. Ich hatte sie nur einmal getroffen, auf irgendeiner Fete von Lena.

»Auf einen Platz kommen rund zwanzig Bewerber. Mindestens!«

Zwei Kellner gingen um den Tisch herum und legten uns appetitlich aussehende Jakobsmuscheln auf die Teller.

»Na, wann soll sie denn da noch Eier kochen?«, fragte Lena lachend.

Olesja erzählte begeistert: »Es gibt fantastische Fünftageskurse. Kleine Gruppen, nur sieben Teilnehmer. Montags fliegt man nach Rom. Ein gutes Hotel, und jeden Tag Unterricht plus Exkursionen. Der Koch kommt aus einem Drei-Sterne-Restaurant. Ich wollte selber schon hin. Und zum Shopping hat man auch noch genug Zeit.«

Sie nahm ihr Glas in die Hände.

»Na, trinken wir auf das Geburtstagskind? Möge Gott dir einen reichen Ehemann schicken!«

Wir stießen freundschaftlich an.

»Und dann?« Veronika blieb bei ihrem Thema. »Dann kann sie ein tolles Carpaccio oder diese Pappardelle machen, aber ein Spiegelei kann sie nicht braten?«

»Na, und wenn schon.« Kira zuckte die Schultern. »Ist sowieso eine Cholesterinbombe, dein Spiegelei.«

Kira stach von unseren blassen Gesichtern durch ihren schokoladenbraunen Teint ab. Auf ihrem Schoß saß die gepflegte kleine Taja – ein Yorkshire-Terrier-Mädchen in genau derselben Farbe. Das seidige braune Fell des Miniaturhündchens hätte sich für die beste Perücke geeignet.

Kira war gerade erst aus Florida zurückgekehrt, wo Taja behandelt worden war. Die Operation, der ihr Liebling sich hatte unterziehen müssen, war in Europa durchgeführt worden. Aber dort gehörte es zur Therapie, winzige Räder an den Hinterbeinen der Tiere zu befestigen, um ihnen das Laufen zu erleichtern, in Florida jedoch lernten sie, ohne Räder auszukommen.

»Räder finde ich sowieso total unpraktisch«, meinte Kira. »Bestimmt machen sie Krach. Und die Teppichfransen verhaken sich darin.«

Die Operation war erfolgreich verlaufen, und Kira bot jedem, der sie haben wollte, die Adresse der Klinik an.

Meine Nachbarin zur Linken kannte ich nicht näher. Sie war Besitzerin eines Geschäfts für Sportbekleidung. Auf das Thema Kliniken und Operationen reagierte sie voller Begeisterung und begann laut von ihrem neuen Busen zu erzählen. Die Operation lag erst einen Monat zurück, die Nähte waren noch nicht verheilt. Das Thema erwies sich als brandaktuell, die Hälfte der am Tisch sitzenden Frauen hatte einschlägige Erfahrungen, und so ergab sich ein allgemeines lebhaftes Gespräch. Es wurde erst durch lautes Gelächter unterbrochen, als uns jemand darauf aufmerksam machte, dass das Gespräch an den Nachbartischen mitgehört werden konnte. Wie immer am Freitag war das Restaurant voll.

Von Brust-OPs kamen wir auf plastische Chirurgie im Allgemeinen zu sprechen. Unter uns gab es vier operierte Nasen, sechs Fettabsaugungen, zwei Lidstraffungen und fünf Korrekturen der Lippenform. Insgesamt waren wir zu zwölft.

Immer häufiger wurden Toaste ausgebracht, die Gespräche immer lauter.

Es ging auf Mitternacht zu, das Restaurant begann sich zu leeren.

Jemand schlug vor, ins Rotkäppchen zu fahren. Lena verlangte die Rechnung. Veronika fragte laut, wer in Nowikow-Restaurants den höchsten Rabatt habe. Es stellte sich heraus, dass niemand mehr als zehn Prozent erhielt. Lena gab dem Kellner ihre Kreditkarte und nannte ihm ihre Diskontnummer. Nach der »letzten Zigarette« und dem »letzten Glas« verging noch eine gute halbe Stunde, bis wir schließlich lärmend unsere Pelze anzogen, in unsere Autos stiegen und in langer Reihe ins Rotkäppchen, einen Stripteaseclub für Damen, fuhren.

Es war offensichtlich noch zu früh, denn wir waren die Einzigen im Club.

Wir suchten uns einen großen Tisch in der Mitte aus, direkt unter dem hohen Eisenkäfig. Man brachte uns die Karte. Wir wählten »Heiße Tänze«, bestellten jede einen Kognak und baten, dass getrennte Rechnungen geschrieben würden. Da wir immer viel tranken, spät nach Hause fuhren und der Club sehr teuer war, waren die Rechnungen gewaltig, und es war unmöglich, jedes Mal von einer zur anderen zu laufen, um festzustellen, auf wessen Kosten »individueller Striptease« oder »Tanz im Separee« gingen. So konnte jede von uns ihre Rechnung selbst kontrollieren.

Junge sonnengebräunte Körper in Slips tanzten vor unserem Tisch. Lena und Katja waren schon auf die Bühne gestiegen (»Tanz auf der Bühne« war ebenfalls ein Extraposten auf der Rechnung). Olesja kletterte furchtlos in den eisernen Käfig, ein nackter Schwarzer folgte ihr auf dem Fuße. Kira wandte ihren entzückten Blick nicht von einem blauäugigen blonden Tänzer, der mit einem Netzslip bekleidet war und sich als Partnerin für seinen erotischen Tanz Taja erwählt hatte – Kiras Yorkshire-Terrier. Die Musik dröhnte so laut, dass wir die Versuche, uns zu unterhalten, rasch aufgaben und uns über den Club verteilten, jede auf der Suche nach ganz individueller Zerstreuung.

Nach etwa zwei Stunden fiel mir auf, dass ich Lena schon lange nicht mehr gesehen hatte. Ich ging hinaus und schaute nach, ob ihr Auto noch an seinem Platz stand. Ja, da war es. Aber selbst wenn man annahm, dass sie sich mit einem der Stripteasetänzer in ein separates Zimmer zurückgezogen hatte – inzwischen hätte sie längst zurück sein müssen.

Ich stellte meinen Mojito auf dem erstbesten Tisch ab und ging in Richtung Toilette. Die Tür zur ersten Kabine stand ein Stück weit offen. Sorgfältig zog Olja dort gerade mit Hilfe zweier American-Express-Karten weiße Kokainlinien auf den Waschbeckenrand. Katja kauerte mit einer zusammengerollten Hundertdollarnote neben ihr.

»Habt ihr Lena gesehen?«, fragte ich.

Sie hatten sie nicht gesehen.

Ich ging noch einmal durch den ganzen Club und wieder hinaus auf die Straße. Trat an Lenas Auto heran. Lena saß im Innern und weinte bittere, betrunkene Tränen. Ich hatte keinen Mantel an und klopfte energisch an ihre Scheibe.

»Es ist doch kalt!«, sagte ich entrüstet, als sie mich endlich einließ.

»Entschuldige«, sagte Lena unter Tränen.

»Weshalb weinst du? An deinem Geburtstag!«

Sie gab keine Antwort, schluchzte nur laut auf. Ich nahm sie in den Arm.

»Hat es mit deinem neuen Lover zu tun?«

Sie nickte.

»Er ist vorgestern nach Berlin geflogen und hat kein einziges Mal angerufen«, sagte sie und verschluckte dabei einige Worte völlig.

»Er hat dir nicht gratuliert?« Nun war ich wirklich erstaunt.

»Nein«, sagte Lena bitter und schluchzte noch heftiger.

»Vielleicht ist ihm was passiert?«

Sie antwortete nicht.

Wir saßen im Auto, hielten uns umarmt und sprachen nicht. Die Tränen auf Lenas Gesicht waren schon getrocknet, aber wir bewegten uns nicht.

Ich bekam Angst, wir würden hier noch einschlafen.

»Gehen wir rein und trinken was?«, schlug ich vor.

»Ja, gehen wir«, stimmte Lena zu. »Und dann fahren wir nach Hause.«

»Ja.«

Nach Hause fuhren wir gegen Morgen. Die Verkehrspolizisten schliefen schon in ihren Buden, Autos waren nur noch wenige unterwegs, und wir kamen alle ohne Zwischenfälle zu Hause an. Lena war zweiunddreißig Jahre alt geworden.

15

Entzückt betrachtete ich mich im Spiegel: Meine Falten kehrten allmählich zu mir zurück. Natürlich war mein Lächeln noch nicht vollständig wiederhergestellt und sah ein bisschen aus wie das, das man auf Clownsgesichter malt, aber der Fortschritt war schon sichtbar. Fröhliche kleine Fältchen strahlten von den äußeren Augenwinkeln zur Seite, und ich trainierte eifrig, die Hoffnung nicht verlierend, vor dem Spiegel. Schließlich fand ich eine Variante meines lächelnden Gesichts akzeptabel und merkte es mir. Ein paar weitere Minuten verwandte ich darauf, auch meine Augen lächeln zu lassen.

Ich war mit dem Ergebnis zufrieden. Ich gefiel mir wieder. Dieses wunderbare Gefühl! Ich bin eine schöne Frau. Ich tanzte in meinem Seidennachthemd mit den Spaghettiträgern durchs Zimmer und stellte mir vor, es sei ein Abendkleid und Hunderte entzückter Augenpaare blickten mich an. Immer wieder blieb ich vorm Spiegel stehen und lächelte mein Ebenbild so strahlend an, wie ich sonst selten jemanden anlächele. Ich beschloss, eine Affäre mit einem Fotografen anzufangen und dann endlos für ihn zu posieren. Ich fühlte mich wie ein James-Bond-Girl – ich konnte jeden erobern. Ein berauschendes Gefühl!

Die zackige Titelmusik aus der Trickfilmserie *Wart's nur ab!* ertönte aus meinem Handy. Wanjetschkas Moskauer Nummer erschien auf dem Display. Ich hatte ihn fast schon vergessen. Doch von Menschen, die uns einmal wehgetan haben, geht eine seltsame Faszination aus. Ich hatte nicht übel Lust, den Anruf anzunehmen. Aber – nein! Wanjetschka hatte seine Chance gehabt und sie nicht genutzt. Die modulierenden Triller des Klingeltons brachen jäh ab. Ein ungebetener Gast ist schlimmer als ein Tatar, kommentierte ich ganz in Wanjetschkas Stil. Nein, das passte nicht. Der Katze das Spielzeug, dem Mäuschen die Tränen.

Ich dachte darüber nach, wie lange mich schon niemand mehr geliebt hatte. Und versuchte mir einen Mann vorzustellen, dessen Liebe ich wie eine langersehnte Belohnung annehmen würde. Meine Fantasie malte mir diensteifrig sogleich das Bild von Serge. Ich versuchte, sein Bild durch ein anderes zu ersetzen, aber es änderte sich nur der Ausdruck seines Gesichtes. Ich beschloss, mich selbst hereinzulegen. Ich stellte mir Tom Berenger vor, wie er mich mit all der Leidenschaft umarmte, zu der er, durfte man allem Anschein trauen, fähig war. Ich strich mit den Fingern über seine elastischen Locken. Er senkte den Kopf, berührte mit seinen Lippen fast mein Ohr ... und begann mit der Stimme von Serge zu sprechen.

Resigniert holte ich die Unterlagen hervor, die ich aus dem Büro mitgenommen hatte, und vertiefte mich in die Abrechnungen.

Ein Anruf von Lena unterbrach meine Arbeit. Sie fragte, ob sie kurz vorbeikommen dürfte.

Ich wusste, wenn ich jetzt alle diese Zahlen und Prozente liegen ließ, würde ich später wieder ganz von vorn anfangen müssen. Aber Lena sagte, sie sei nur noch drei Minuten von meinem Haus entfernt, und mir blieb nichts anderes übrig, als mich über ihren Besuch zu freuen.

Lena hatte eine Enttäuschung erlebt. Kaum war ihr Lover von seiner Dienstreise zurückgekehrt und hatte den

Fauxpas mit ihrem Geburtstag ausgebügelt, da packte er schon wieder seine Koffer, um über Neujahr mit seiner Ex-Familie nach Courchevel zu fahren. Seiner Tochter zuliebe. Damit das Mädchen vollwertige Ferien hätte. Mutter, Vater, Kind – alle zusammen. Lena war außer sich vor Wut.

»Ich habe die Rede absichtlich nicht auf die Feiertage gebracht, ich dachte, ich lasse mich von ihm überraschen. Da habe ich sie nun, die Überraschung!«, entrüstete sich Lena.

»Und wie äußert er sich dazu?«

»Überhaupt nicht! Er sagt bloß: Es ist schließlich meine Tochter.«

»Schrecklich«, pflichtete ich ihr bei. »Was wirst du tun?«

»Wo feierst du denn Silvester?«

»Ich weiß noch nicht ... Wenn Mascha bei der Oma ist, fahre ich irgendwohin ...«

»Dann komme ich mit. Zur Hölle mit ihm.« Lena war sehr aufgebracht.

»Weißt du«, sagte sie ein paar Minuten später, »ich habe mich doch in ihn verliebt ...«

Ich seufzte verständnisvoll.

Seit ich Swetlana das letzte Mal gesehen hatte, war ihr Bauch dreimal so dick geworden. Sie sah aus wie ein Sumo-Ringer und hatte es ganz aufgegeben, sich zu pflegen.

Ich bedauerte, dass Serge sie nicht in diesem Zustand sehen konnte.

Wir trafen uns in der Veranda u Datschi. Das war ihre Idee gewesen. Mir kam es nicht ganz ungefährlich vor, sich im neunten Monat noch ans Lenkrad eines Autos zu setzen und ins Grüne zu fahren.

Darüber fing sie auch gleich an zu reden.

»Das Lenkrad drückt gegen den Bauch«, beklagte sie sich mit zufriedener Miene.

Ich riet ihr, mit dem Taxi zu fahren.

Wir bestellten beide Huhn aus dem Tonofen, und sie bat den Kellner geziert um Salzgurken. Er lächelte verstehend.

»Warum mietest du dir keine Wohnung?«, fragte ich, mit meinem Ärger kämpfend.

»Weißt du«, sie schaute mir unterwürfig in die Augen, »ich habe beschlossen, keine neue Wohnung zu mieten.«

»So?« Sie hat mein Geld schon verbraucht, dachte ich.

»Wenn du nichts dagegen hast, möchte ich vorläufig noch in der alten bleiben. Dein Geld habe ich als erste Rate für eine Wohnung in Krylatskoje angezahlt. Dort wird jetzt gerade ein Haus gebaut, ein sehr schönes, und die Luft dort ist so gut für ein Kind.« Sie stieß einen tiefen, theatralischen Seufzer aus. »Die erste Rate sind fünfzehntausend. Zehn hast du mir gegeben, und wenn du so gut zu mir und zu dem Kind von Serge wärest ... und noch mal fünftausend ...«

»Und der Rest?«, fragte ich.

»Sechshundert Dollar monatlich, zehn Jahre lang. Wenn es dir schwer fallen würde, würde ich dich nicht bitten ... Ich will studieren und dann arbeiten ... Ich habe große Pläne.«

Ich sah ein, das war sinnvoller, als jeden Monat zweitausend für die Miete zu zahlen. Und noch sinnvoller wäre es, wenn sie diese fünftausend selber hätte oder wenn das Haus in Krylatskoje mir überschrieben würde. Dann konnte sie von mir aus umsonst dort wohnen.

Swetlana kramte in ihrer Tasche und förderte mit strahlendem Gesicht eine hellblaue Rolle zutage. Es war eine winzige Strampelhose mit Knöpfchen zwischen den Beinen.

»Sieh doch mal, wie süß!« Sie war so begeistert von ihrem Kauf, dass sie richtig hübsch wurde, als sie das weiche Stückchen Stoff zärtlich an ihr Gesicht drückte.

Aus dem Augenwinkel konnte ich sehen, wie die Frauen am Nachbartisch gerührt lächelten.

Ich fühlte mich so klein und unbedeutend, dass ich am liebsten in die Höhe gesprungen wäre.

»Und in welcher Bauphase befindet sich dieses Haus im Augenblick?«

Swetlana packte ihre Erwerbung sorgfältig wieder ein.

»Es ist noch eine Baugrube«, lächelte sie. »Deshalb ist es auch so billig.«

»Und wann soll es fertig sein?«

»In zwei Jahren. Ich habe mich erkundigt, es ist eine sehr gute Baufirma, sie haben schon mehrere Häuser gebaut. Ich glaube, sie werden den Termin einhalten. Ich stelle mir schon vor, wie wir Serjoshas zweiten Geburtstag in der neuen Wohnung feiern. Ich möchte ein Kinderzimmer im maritimen Stil.«

Ich nickte.

»Gut. Komm morgen zu mir ins Büro. Ich sage meiner Buchhalterin Bescheid.«

Swetlana quiekte auf und gab mir einen Kuss auf die Wange.

Ich dachte verstört daran, dass ich das Gleiche tausendmal bei Serge getan hatte. Nur hatte er nach einem solchen Kuss immer gelächelt – beglückt und zufrieden.

Ich lächelte nicht. Schließlich lächeln auch Bankautomaten nicht, wenn sie Bargeld ausspucken.

Swetlana aß ihr Huhn und ließ dabei ihren Blick gierig über die Teller auf den Nachbartischen schweifen.

Unerwartet tauchte Lena in der Tür auf. Sie warf ihre

Jacke aus feuerrotem Fuchspelz dem Oberkellner direkt in die Arme und stürzte auf mich zu.

»Wie schön, dass du hier bist! Ich habe solchen Hunger! Und nach Hause hatte ich noch keine Lust ...« Sie warf einen flüchtigen Blick auf Swetlana, wandte sich aber nur an mich, als sie fragte: »Ich störe euch doch nicht?«

Ich war mir nicht sicher, ob ich Swetlana meinen Freunden vorstellen wollte.

»Nein, du störst überhaupt nicht. Setz dich.«

Swetlana nahm bereitwillig ihre Tasche von dem freien Stuhl und lächelte Lena an: »Wir haben Huhn aus dem Tonofen gegessen.«

»Ich esse zwei! Und dazu noch Plow! Was wird es denn?« Und Lena richtete ihren Blick höflich auf Swetlanas Bauch.

»Ein Junge«, antwortete die werdende Mutter verlegen.

»Das ist Swetlana, und das ist Lena«, sagte ich. Aber Lena hatte das Interesse an ihr schon wieder verloren. Sie erörterte mit dem Kellner lebhaft ihre Bestellung. Sie einigten sich auf Boeuf Stroganoff mit Kartoffelpüree.

»Haben Sie auch Kinder?«, wollte Swetlana unerwartet wissen.

»Das ist die Geliebte meines Mannes«, erläuterte ich und beobachtete mit Vergnügen Swetlanas Verwirrung.

»Ah ...« Lena lächelte höflich. Wenn mich jemand so anlächelt, weiß ich normalerweise, dass ich ihn nie wieder grüßen werde.

Swetlana steckte ihre Nase in die Speisekarte. Lena wandte mir ihr Gesicht zu, auf dem ein großes Fragezeichen geschrieben stand. Ich ließ sie ohne Antwort.

Wir tauschten nichtssagende Phrasen aus.

Der Kellner brachte Swetlana flambierte Erdbeeren.

»Du siehst prima aus«, sagte Lena zu mir.

»Danke, du auch. Was macht dein Liebster?«

»Ich habe ihm ein Ultimatum gestellt.« Lena goss sich kostbaren chinesischen Tee in ihre Tasse, ein Schluck zu zehn Dollar.

»Recht so.« Ich befürwortete, ebenso wie einer meiner Bekannten, der zwei Jahre im Untersuchungsgefängnis verbracht hatte, »jede Art von Randale außer Hungerstreik«. »Zu welchen Bedingungen?«

»Ich habe ihm gesagt: Du kannst wählen! Ich habe nichts gegen deine Tochter. Ich würde sie sogar adoptieren, wenn nötig. Aber deine Frau?!«

Lena rollte empört ihre Augen und wartete auf meine Zustimmung. Sie erhielt sie.

»Das heißt also«, sagte ich, »erstens – Scheidung, zweitens – keine Urlaube mehr mit Ex-Frauen, drittens ... ist er eigentlich geschieden?«

»Stell dir vor, nein! Sie leben schon seit vier Jahren nicht mehr zusammen, aber sie behandelt ihn immer noch so, als wäre er Ehemann, Geliebter, Sohn, Vater und armer Verwandter gleichzeitig.«

»Schrecklich«, sagte Swetlana kopfschüttelnd, und Lena und ich blickten sie misstrauisch von der Seite an.

»Und ich habe ihm gesagt«, fuhr Lena fort, diese letzte Bemerkung ignorierend, »natürlich kannst du deine Tochter zur Schule bringen oder wohin auch immer, aber doch nicht jeden Tag. Schließlich gibt es Chauffeure. Du kannst dich am Wochenende so oft mit ihr treffen, wie du willst – aber bitte ohne ihre Mutter. Du kannst mit ihr in Urlaub fahren – aber nur ihr beide. Oder noch mit mir. Und auf keinen Fall wirst du aus mir eine illegitime Mätresse machen. Habe ich Recht?«

»Das hast du«, nickte ich. »Und weiter?«

»Ich habe ihm gesagt, solange er meine Bedingungen nicht akzeptiert, darf er mich weder anrufen noch besuchen, mir keine Briefe schreiben und auch keine Telegramme schicken. Mit der weißen Flagge der Kapitulation soll er mir Herz und Hand antragen.«

»Man kann auch versuchen, ihn eifersüchtig zu machen«, äußerte Swetlana.

»Eifersüchtig?«, wiederholte Lena misstrauisch.

»Ja. Eine Blume im Auto liegen lassen. Ein geheimnisvoller Telefonanruf ...«

»Oder eine Visitenkarte an einer gut sichtbaren Stelle liegen lassen«, fiel Lena begeistert ein.

»Zum Beispiel.«

»Genau.«

»Oder man kann für ein paar Tage verschwinden. Das Handy lassen Sie bei Ihrer Mutter, und die kann dann sagen, Lenotschka ist nach Hause gefahren, und das Handy hat sie hier vergessen.«

Lena schaute Swetlana mit solchem Entzücken an, dass ich mich am liebsten von allen beiden verabschiedet hätte.

»Daran habe ich auch schon gedacht. Und dann ganz unschuldig sagen, man sei bei einer Freundin auf der Datscha gewesen!«

Swetlana nickte.

In Lenas Handtasche klingelte das Telefon.

»Das ist er. Wenn man vom Teufel redet! Jetzt kann er was erleben.« Mir schien, Lena zwinkerte Swetlana sogar zu. Ich konnte mich kaum fassen vor Erstaunen.

Es war ein Techniker von ihrer Telefongesellschaft. Lena hatte ihn vor zwei Tagen bestellt, um ihm zu zeigen, wo er zusätzliche Anschlüsse anbringen sollte. Er wartete schon seit einer halben Stunde bei ihr zu Hause.

»Ich komme zu spät!«, schrie Lena, verabschiedete sich überstürzt und rannte nach draußen, im Laufen ihre Jacke anziehend.

»Was für ein sympathisches Mädchen«, meinte Swetlana, als Lena bereits verschwunden war.

»Ja«, sagte ich langsam. »Ihr Mann hat sie vor zwei Jahren wegen einer anderen verlassen.«

Swetlana lächelte mitfühlend und strich sich über ihren Bauch.

»Ich muss los. Brauchst du noch irgendwas?«, erkundigte ich mich trocken.

»Nein, danke.«

Ich ließ mir die Rechnung bringen. Swetlana begann nach den Garderobemarken zu suchen.

Sie war mit so entwaffnender Bereitwilligkeit mit allem einverstanden, dass ich dachte: Kein Wunder, dass unsere Männer zu solchen Frauen wie Swetlana gehen ... Und die Lenas verlassen, ergänzte ich mit unverzeihlicher Rachsucht.

Die Sonntage verbrachte ich immer mit meiner Tochter. Wir fuhren in den Kinderclub Santa Fé oder besuchten das Schiff *Wiking*, gingen in den Zirkus oder ins Theater. An diesem Sonntag fuhren wir ins Durow-Tier-Theater. Mascha saß hinter mir auf dem Rücksitz und erzählte die letzten Neuigkeiten aus der Schule: Olja hat jetzt eine Homepage im Internet, Katja darf sich mit Erlaubnis ihrer Mutter die Lippen mit farblosem Lipgloss schminken, Nikita ist leider ein ziemlicher Esel. Als sie über Nikita redete, lächelte Mascha schuldbewusst. Sie ist nämlich sehr gut erzogen. Fast schon zu gut. Manchmal dachte ich, dass ich bei ihr zu sehr auf eine gute Erziehung gesetzt hatte. Ich machte mir ernsthaft Gedanken darüber, ob all die Manieren und Vorschriften für

Mascha nicht zu Fesseln wurden, die ihr Benehmen und, was viel schlimmer war, ihr Denken behinderten. Die guten Manieren hatten bei ihr einen Haufen Komplexe hervorgebracht, sie hießen »ich darf nicht«, »ich kann nicht«, »das ist hässlich«, »das ist unmöglich«. Was sie, in Verbindung mit ihrem wirklich guten Herzen und ihrem teilnahmsvollen Charakter, in jeder Hinsicht einschränkte. Ich hoffte, dass sich das mit der Zeit wieder legen würde.

Mascha gab mit ihrer Eins in Mathematik an und damit, dass Prochorow ihr seine Liebe gestanden hätte, aber dann erzählte sie mit Kummer in der Stimme, dass die Lehrerin sich vor der ganzen Klasse über ihre Frisur lustig gemacht habe.

»Hat die Nanny dir denn morgens keine Zöpfe geflochten?«, fragte ich.

»Doch, natürlich. Aber in der Pause hat Nikita mich mit seiner Tasche gehauen, und ich bin hinter ihm hergerannt und hab mit meiner Federmappe zurückgeschlagen, und dann bin ich hingefallen, und dabei ist ein Gummiband abgegangen.«

»Und die Lehrerin?«

Mascha senkte den Blick und sagte ganz leise: »Sie hat mit mir geschimpft. Und alle haben gelacht.«

Ich war so empört, dass ich die rote Ampel übersah. Nur gut, dass der Verkehrspolizist nicht an seinem Platz war.

Es war Serges Idee gewesen, Mascha in eine normale Schule mit Intensivunterricht in Englisch zu geben. Ich hatte damals die British School favorisiert. Dort hätte man meine Tochter bestimmt nicht vor der ganzen Klasse gedemütigt.

»Warum bist du nicht weggegangen? Warum bist du stehen geblieben und hast dir das angehört?« Ich schrie Mascha regelrecht an.

Sie schwieg. Ich wusste ja selber, warum sie nicht weggegangen war. Weil die Lehrerin eine Erwachsene war. Und Erwachsenen hört man immer zu.

Ich bremste abrupt.

»Steig aus«, sagte ich.

»Wieso?« Mascha sah sich zweifelnd um.

Wir waren schon im Zentrum Moskaus. Ich hatte gegenüber vom Hof des Konservatoriums angehalten. Schnee fiel in großen Flocken und blieb an den Wimpern der wenigen Passanten hängen.

»Steig aus«, wiederholte ich im Befehlston. »Stell dich mitten auf den Bürgersteig und schrei, so laut du kannst.«

»Was soll ich schreien?«, fragte Mascha flüsternd. Ihre Augen waren schreckerfüllt.

»Einfach ›a-a-a‹! Aber ganz laut. Mit aller Kraft.«

»Ich kann nicht.« In ihre Augen traten Tränen.

»Du kannst!«, brüllte ich. »Du musst können! Schnell!« Ich schrie meine Tochter derart an, dass sie Angst bekam. Aber ich konnte mich nicht beherrschen.

Mascha stand auf dem Gehsteig und starrte mich mit weit aufgerissenen Augen durch die Windschutzscheibe an. Ich öffnete das Fenster auf der Beifahrerseite.

Sie wartete, bis es ganz heruntergekurbelt war.

Ihr erstes schwaches »a-a-a« ähnelte einem SOS auf offener See.

»Lauter«, sagte ich flüsternd. Sie las das Wort von meinen Lippen ab.

»A-a-a!«, schrie Mascha, als wolle sie diesen Buchstaben auf seinen Geschmack testen. »A-a-a!«

Die Angst in ihren Augen wich ausgelassenem Übermut, dann ungläubiger Freude und riesigem Staunen.

»A-a-a!«, schrie sie aus Leibeskräften, und der Himmel

stürzte ihr nicht auf den Kopf, wie sie vermutlich erwartet hatte.

Die Leute gingen vorüber, ohne stehen zu bleiben, sie warfen nur kurze Blicke auf das laut lachende kleine Mädchen mit der rosa Mütze, das aus vollem Halse »A-a-a!« brüllte.

So schreien Gefangene, die endlich aus ihrem Gefängnis ausgebrochen sind.

»Setz dich ins Auto.« Ich winkte ihr mit dem Finger.

Aber sie hatte gar keine Lust, diesen Gehsteig wieder zu verlassen. So wie es einem Heerführer Leid tut, das Feld der Schlacht, die er gewonnen hat, zu räumen.

»Soll ich noch mal schreien?«, bot Mascha an, als sie auf den Rücksitz kletterte.

»Nein, nicht nötig.«

Ich lächelte zufrieden. Mascha aber, ganz rot im Gesicht, stolz auf sich und über die Maßen glücklich, war schon zu neuen Heldentaten bereit.

»Na, wie ist's, fahren wir ins Durow-Theater? Oder ins Restaurant, um den Sieg mit einem Essen zu feiern?«

»Ins Restaurant!«, schrie meine Tochter freudig, und als ich den Wagen bereits wendete, fragte sie: »Welchen Sieg denn?«

»Den über dich selbst.«

Unterwegs hielten wir an einem Geschäft. Ich kaufte für Mascha einen riesigen rosa Teddybären.

»Mischa und Mascha«, sagte sie glücklich und setzte ihn neben sich.

»Mama, Mascha und Mischa«, verbesserte ich. Sie lächelte verstehend.

16

Der Chauffeur sagte umfassend aus.

Um zehn Uhr morgens, so gab er zu Protokoll, war er wie üblich mit dem Fahrstuhl zu Serges Wohnung hinaufgefahren. Hatte an der Tür geklingelt. Serge hatte sofort geöffnet. Er war schon angezogen. Der Chauffeur bat um die Autoschlüssel. Serge sagte, er habe es eilig, er komme gleich mit hinunter. Der Fahrstuhl hielt, wie in vielen alten Häusern, zwischen den Treppenabsätzen. Als die Tür sich öffnete, ließ der Chauffeur Serge vorangehen. Das rettete ihm das Leben. Das Letzte, was er sah, waren zwei Männer, einer auf der Treppe nach oben und einer auf der nach unten. Den auf der Treppe nach unten erkannte der Chauffeur – er hatte ihn schon mehrmals bei Serge im Büro gesehen. An mehr konnte er sich nicht erinnern. Nicht einmal an die Schüsse.

Wahrscheinlich ist das eine Schutzreaktion des Organismus: Das Gedächtnis streicht die schrecklichsten Erinnerungen einfach aus.

Dass auf sie geschossen und Serge getötet worden war, erfuhr der Chauffeur erst im Krankenhaus.

Anfangs weigerte er sich, mit der Miliz zu sprechen, und berief sich auf seinen Gesundheitszustand.

Die Ärzte und seine Verwandten unterstützten ihn.

Aber die Milizionäre – ich konnte mir schon denken, wer genau – drohten ihm, die Wache vor seinem Krankenzimmer abzuziehen, wenn er nicht kooperieren würde. Das wäre sein Todesurteil gewesen. Und so begann der Chauffeur zu reden.

Er war sehr schwach und konnte noch nicht aufstehen. Die motorischen Funktionen der Beine waren noch nicht wiederhergestellt. Aber er nahm schon wieder selbstständig Nahrung zu sich; die Katheter waren entfernt worden, und die Ärzte betrachteten das als gutes Zeichen.

Mehrere Stunden täglich saß ein Zeichner der Kripo bei ihm im Zimmer, um Porträts der Verdächtigen anzufertigen.

Ich aber dachte die ganze Zeit: Warum haben sie keinen Kontrollschuss abgegeben? Bei Serge hatten sie das getan, beim Chauffeur nicht. Hatte sie vielleicht jemand gestört? Aber das würde bedeuten, es gab noch mindestens einen weiteren Zeugen. Warum meldete er sich nicht?

Ich stellte ein Ein-Liter-Glas mit schwarzem Kaviar auf den Nachttisch des Patienten. Ich wusste nicht, ob er Kaviar essen durfte. Aber das war das Einzige, was ich ihm regelmäßig ins Krankenhaus mitbrachte. Solche teuren Sachen würden seine Verwandten wohl kaum kaufen. Seine Mutter grüßte mich trotzdem nicht. Ihr hasserfüllter Blick begleitete mich weiterhin, und deshalb bemühte ich mich, meine Besuche im Krankenhaus auf ein Minimum zu reduzieren. Umso mehr, als auch der Chauffeur sich ein ähnliches Benehmen mir gegenüber angewöhnt hatte, und das fand ich absolut unerträglich. Er war schließlich am Leben, mein Mann aber tot, und ich war mir ihm gegenüber keiner Schuld bewusst.

Man zeigte mir Bleistiftskizzen von zwei Männerporträts. Ich kannte niemanden, der ähnlich aussah, betrachtete sie aber trotzdem eingehend, versuchte sie mir einzuprägen und zu erraten, wer von ihnen Wowa Ratte sein könnte.

Ich dachte, wie wenig ich doch über die Arbeit meines Mannes wusste. Öfter als zweimal im Jahr war ich nicht bei ihm im Büro gewesen. Bestenfalls.

In den letzten beiden Wochen vor seinem Tod hatte er davon gesprochen, dass er Probleme habe, und war erst sehr spät abends nach Hause gekommen. Aber ich hatte geglaubt, es gebe nur ein Problem – Swetlana.

Ich rief Wadim an.

»Ich muss mich mit dir treffen.«

»Dann komm.«

Wadims Firma residierte in einer alten Villa an der Sretenka. Die Villa stand als historisches Gebäude unter Denkmalschutz. Und sicherheitshalber auch unter dem Schutz von Wadims mit Maschinenpistolen bewaffneten Wachleuten. Wadim war im kommunalen Bauwesen tätig. Vor zwanzig Jahren hatte er einen glänzenden Abschluss an der Philologischen Fakultät der MGU gemacht. Und sofort danach hatte er mit dem Bauen begonnen: Zuerst baute er Finanzpyramiden, dann Wohnblöcke am Stadtrand und schließlich sein eigenes Imperium, das er nach seiner Frau »Regina« nannte. Böse Zungen behaupteten allerdings, so habe auch der Setter oder der Hamster geheißen, den Wadim als kleiner Junge gehabt hatte.

In seinem Arbeitszimmer war die ursprüngliche Wandmalerei aus dem 16. Jahrhundert restauriert worden. Jeder Quadratzentimeter war mit verschnörkelten bunten Ornamenten verziert. Für diese Arbeit hatte Wadim Spezialisten aus dem Kloster Sagorsk geholt. Er plante, nach und nach das ganze Haus zu restaurieren.

»Wer ist Wowa Ratte?«, fragte ich, nachdem ich in einem bequemen breiten Ledersessel Platz genommen hatte.

Es gab eine Zeit, da hatte ich den Eindruck, dass ich Wadim gefalle. Aber vielleicht ist das einfach eine besondere Begabung mancher Männer – sich jeder Frau gegenüber so zu verhalten, als sei sie die einzige.

»Ist mit dir alles in Ordnung?«, fragte Wadim beunruhigt. »Du bist doch nicht in Gefahr?«

»Was für eine Gefahr?« Ich erhob meine Stimme. »Verheimlichst du mir etwas?«

Wadim zuckte die Achseln.

»Warum fragst du nach ihm?«

»Sag mir zuerst, wer ist das?«

»Tja, das war so ein Typ – Serge mochte ihn gut leiden. Sie hatten beide die gleiche Vorliebe fürs Glücksspiel. Du weißt ja, wie dein Serge ... Den konnte man nicht stoppen. Und Wowa war genauso.«

»Das war alles?«

»Nein, irgendwelche Geschäfte hatten sie auch ... Ein gemeinsames Projekt.«

»Was für eins?«

»Warum fragst du?« Wadim sprach sehr sanft, und wieder hatte ich das Gefühl, als stünde er mir nicht gleichgültig gegenüber.

»Er war das ... der Serge ... umgebracht hat.« Ich stockte zweimal, als ich diesen Satz aussprach.

»Wieso glaubst du das?«

»Hat er den Barsch gekannt?«

»Weiß ich nicht.«

Ich dachte an Oleg und daran, dass es überhaupt keinen zweiten Mordauftrag für Barsch gegeben hatte. Oleg hatte schlicht gelogen.

Wadim verlor langsam die Geduld.

»Bitte erzähl mir alles, was du weißt.«

»Aber ich weiß doch gar nichts!«, rief ich bekümmert. »Nur, dass es dieser Wowa Ratte war. Du, du sollst mir mehr erzählen!«

Wadim wusste nicht viel.

Es war um eine große, gewinnträchtige staatliche Firma gegangen, neunundvierzig Prozent der Aktien wollte der Staat verkaufen. Den eigenen Leuten, versteht sich. Die Sache war praktisch schon entschieden, es ging nur noch um die Details. Serge sollte einer der Aktionäre werden. Welche Rolle Wowa bei diesem Geschäft gespielt hatte, wusste Wadim nicht. Aber allem Anschein nach eine sehr aktive.

»Glaubst du, das alles ist wegen dieses Handels passiert?«, fragte ich.

»Da bin ich sicher«, nickte Wadim.

»Das heißt, für Wowa sprang was dabei raus?«

Wadim zündete sich eine Zigarette an.

»Auf diesen Happen waren viele scharf ...«

»Und mehr weißt du nicht?« Ich war enttäuscht.

»Nein.« Die Sekretärin brachte Kaffee.

»Eigentlich wollte ich gar keinen.« Wadim schaute sie verwundert an, besann sich aber sogleich. »Möchtest du vielleicht einen Kaffee?«

»Nein, ich fahre wieder los. Danke«, sagte ich zu der Sekretärin. Sie sah wie das genaue Gegenteil von Regina aus. Sehr berückend. »Bis dann, Wadim. Ruf mich an.«

Ich war schon an der Tür, hielt dann aber inne. Fixierte die Anti-Regina. Sie begriff, setzte ein routiniertes Lächeln auf, verließ den Raum und schloss die Tür hinter sich. Ich trat nahe an Wadim heran.

»Was meinst du«, fragte ich fast flüsternd, »warum haben sie keinen Kontrollschuss auf seinen Kopf abgegeben?«

Ich musste Wadim nichts erklären. Sie sind clever, diese Jungs in ihren luxuriösen Büros. Andernfalls hätten sie niemals solche Imperien aufbauen können, um sie dann nach ihren Hamstern zu benennen.

»Ihnen ging es nur um Serge«, antwortete Wadim einfach.

Ich nickte und verließ schweigend das Büro.

Ganz Moskau war in die Berge gefahren.

Wer noch nicht weg war, packte die Koffer, um gleich nach Neujahr loszufahren. Wer das Bedürfnis verspürte, bekannte Gesichter zu sehen und sich im Dunstkreis der Oligarchen zu bewegen, fuhr nach Courchevel.

Alle Übrigen fuhren nach St. Moritz.

Zugegeben, ein paar Originale reisten auch in heiße Länder, aber sie waren in der Minderheit. Allerdings hatte diese Minderheit alle Tickets für die Linienflüge von Aeroflot aufgekauft, und es war unmöglich, auf die Malediven, die Seychellen oder nach Florida zu fliegen, wenn man sich nicht rechtzeitig darum gekümmert hatte. Und ein Zimmer in einem anständigen Hotel war auch nicht mehr zu bekommen. Geschweige denn in einem erstklassigen.

Wer geblieben war, freute sich über freie Straßen ohne Staus und begrüßte Bekannte, als seien sie Mitglieder ein und derselben Bruderschaft: »Du auch hier? Super!«

Silvester feierte man im Restaurant.

Für alle die, die an der Rubljowo-Uspenskoje-Chaussee wohnten und keine Lust hatten, extra nach Moskau zu fahren, gab es das Restaurant Veranda u Datschi.

Dort schickte auch ich mich an, Silvester zu feiern.

Eine ziemlich merkwürdige Gesellschaft fand sich ein: ich, Katja, Lena mit ihrem Lover, der am folgenden Tag mit seiner Ex-Familie nach Courchevel fahren wollte, Lenas Nachbarn, ein Ehepaar, und die beiden Schwulen Mitja und Motja, die der ganzen Veranstaltung Pep geben sollten.

Wir hatten den Tisch in der Mitte des Saals bekommen, neben einer echten Birke, die als Weihnachtsbaum geschmückt war.

Als ich das Restaurant betrat, saß an unserem Tisch bereits ein Mädchen namens Anja. Sie wedelte mit ihrer langen Zigarettenspitze und legte ihre netzbestrumpften Beine auf Mitjas Schoß. Vor ein paar Jahren war es Anja gelungen, ein Kind von einem Oligarchen zu bekommen, und nun konnte sie sich so viele Netzstrümpfe kaufen, wie sie wollte, und ihre Beine sonst wohin legen. Allerdings hatte der Oligarch sie wieder verlassen, und dabei hatte sie ihn wirklich geliebt.

Die Gäste waren vollzählig versammelt, alle freuten sich auf einen ausgelassenen Abend.

Die fein gemachten Kellner schenkten Wein ein, der in unbegrenzter Menge im Preis für den Tisch mit inbegriffen war.

Das Mädchen Anja fluchte ununterbrochen, weil sie das für eine Äußerung der Willensfreiheit hielt.

Als wir das Restaurant betraten, hatte Mitja gerade irgendwelche Bekannten entdeckt, hob Anja von seinem Schoß und führte sie zu ihnen.

Das musste man Anja lassen, sie hatte Sinn für Humor und blieb, um Mitjas Bekannte zu unterhalten, wobei sie ihnen elegant Rauchwölkchen ins Gesicht blies, während Mitja eilig zurückkam, um Katja und mich zu begrüßen.

Wir umarmten bereits Kira. Ihr Yorkshire-Terrier hatte die Operation nicht lange überlebt und war in einer antiken chinesischen Schatulle im Hof hinter Kiras Haus begraben worden. An diesem Abend war Kira in Begleitung eines grellrosa gefärbten Zwergpudels, passend zum Ton ihres Kleides. Der Pudel, genauer die Pudeldame, hieß Blondi und entlockte allen Frauen im Restaurant ein entzücktes Kreischen.

Kira berichtete, sie erwarte auch Olesja, aber etwas später, da diese Streit mit ihrem Mann habe. Heute Morgen sei sie mit dem Gefühl aufgewacht, ihr Mann liebe sie nicht mehr.

»Warum?«, fragte Katja.

»Ich glaube, sie hat nur schlecht geträumt«, erklärte Kira herablassend.

Katja schaute ungeduldig auf die Uhr, denn um Mitternacht ging die Frist für die Wette mit ihrem Oligarchen zu Ende. Letztes Jahr zu Silvester hatte sie mit ihm gewettet, sie würde für ein Jahr mit dem Rauchen aufhören. Für fünfzigtausend Dollar Wetteinsatz. Um Punkt null Uhr eine Minute wollte sie ihren ersten tiefen Zug nehmen.

»Vielleicht wirst du gar nicht mehr rauchen?«, meinte Mitja.

»Und ob ich das werde«, sagte Katja. »Mit Wonne!«

Katja baute sich gerade ein Haus in Nikolina Gora, und die fünfzigtausend Dollar kamen ihr sehr gelegen.

Um Mitternacht wurde es so laut, als wären alle Sektflaschen, die es in diesem Restaurant gab, gleichzeitig geöffnet worden.

Wir schrien, stießen miteinander an, umarmten und küssten uns.

Jeder von uns hatte auch Bekannte an anderen Tischen, und so sprang die Fröhlichkeit auf alle über und die Atmosphäre wurde familiär.

Ich ging zu Wika und begrüßte sie. Den ganzen Abend hatte sie mir von ihrem Tisch aus zugelächelt. Sie war mit ihren Kindern und dem Schwimmlehrer gekommen. Er sah blendend aus. Sie fütterte ihn löffelweise mit Auberginen-Sauté.

»Fahrt ihr noch in Urlaub?« Ich sprach das aus wie eine Parole. Und erwartete als Antwort – ja, nach Courchevel. Dort würde ihr junger, attraktiver Schwimmlehrer garantiert Aufsehen erregen.

»Nein.« Wie immer trällerte Wika ihre Worte in melodischem Singsang. »Wir fahren erst im Februar, wenn die anderen schon weg sind. Ich bin diese Schickimicki-Gesellschaft so leid.«

»Das sagen alle, aber trotzdem macht niemand im Februar Urlaub.«

Wikas jüngste Tochter kam angerannt und zog den Verehrer ihrer Mutter am Ärmel.

»Ich will was zu trinken«, verlangte sie launisch.

Er gab ihr ein Glas Wasser und strich ihre zerzausten Locken glatt. Sie lächelte flüchtig und lief mit dem Glas in der Hand fort.

Alle Frauen träumen von einem schönen Mann mit verliebten Augen – Wika hatte ihn.

Zhanna Agusarowa traf ein, eingewickelt in Verbände, aus denen nur die Augenschlitze noch herausschauten. »Damit man nicht sieht, wie sie schamrot wird, weil sie vor so einem Publikum auftreten muss«, sagte Mitja. Sie begann zu singen, und alle tanzten schon auf den Tischen.

Ich sah, dass Motja Marihuana rauchte.

Ich schaute mich nach den Kellnern um. Ihre Mienen waren höflich und undurchdringlich.

Ich streckte die Hand nach seiner Zigarette aus, aber er schüttelte den Kopf und holte für mich eine neue, nicht angerauchte aus seiner Tasche. Ich blickte mich nach einem Feuerzeug um.

Motja und ein Kellner gaben mir gleichzeitig Feuer.

Ein unerwarteter Service. Kellner, die meine Marihuanazigarette anzündeten, hatte ich bisher nur in den Coffee-Shops von Amsterdam erlebt.

Weitere Wunder gab es in dieser Nacht nicht mehr. Ich tanzte zur Musik der Gruppe Blestjaschtschije bis fünf Uhr früh ab, zusammen mit Anja, die einer der Sängerinnen das Mikrofon wegschnappte, wenn ich mich richtig erinnere.

Lena trank ein Glas Wein nach dem anderen und vergaß vollkommen, dass ihr Liebster ihr noch keinen Heiratsantrag gemacht hatte.

Ich musterte ihn und dachte, im normalen Leben trägt der bestimmt keine rosa Krawatten und trinkt auch nicht unverdünnten Whisky. Ich selber hatte schon ein paar Flaschen Sekt konsumiert und kam mir unglaublich scharfsinnig vor. In Wirklichkeit ist er gar nicht so, wie er scheinen möchte, dachte ich. Aber wenn er einer Klassefrau wie Lena den Hof machen kann, sieht er sich so, wie er sein möchte, und findet sich selbst ganz toll.

Olesja schritt mit den sicheren Bewegungen einer Frau mit guter Figur von einem Mann zum anderen, tänzelte dabei kokett und warf ihrem eigenen Mann alle paar Minuten fragende Blicke zu: Na, siehst du jetzt, wie umwerfend ich bin?

Ihr Mann, der jüngste Sohn des Präsidenten einer der ehemaligen Sowjetrepubliken, führte mit seinem Nachbarn zur Linken ein politisches Streitgespräch.

Kira hatte die Bekanntschaft eines Mannes in einem leuchtend rosa Hemd gemacht, stand jetzt neben ihm und streichelte ihre rosa Blondi.

Katja hatte sich an einen anderen Tisch gesetzt, zu einem der führenden Männer der Veranda u Datschi. Das war ein in ganz Moskau bekannter Partylöwe. Er verbarg seine Glatze gern unter einem drolligen Mützchen und fuhr so in die Nachtclubs, wo er die minderjährigen Mädchen damit beeindruckte, dass er die Texte aller Lieder schon auswendig wusste, noch bevor sie zum ersten Mal gespielt wurden.

Alle brachen gleichzeitig auf. Und ließen ihre Tücher, Taschen, Geschenke, Feuerzeuge und Handys liegen.

Die Kellner sammelten alles sorgfältig ein und versuchten sich zu merken, was von welchem Tisch stammte. Sie wussten, am Abend würden die Leute anrufen und die vergessenen Sachen zurückverlangen. Wertsachen gaben sie sofort beim Oberkellner ab, der sich die Namen der Besitzer notierte. Die Kellner kannten alle Gäste persönlich.

Vor dem Ausgang hatte sich ein kleiner Stau gebildet. Mehrere Polizisten bemühten sich, den Verkehr zu regeln. Da Neujahr war und das Restaurant sie aus diesem Anlass mit großzügigen Geschenken bedacht hatte, belästigten sie die alkoholisierten Fahrer nicht mit ihren Röhrchen.

Alle hatten zu viel getrunken, um zu begreifen: Das Fest, dem sie einen ganzen Monat entgegengefiebert hatten, war zu Ende.

17

Ein Mann, der sich als Bruder meines Chauffeurs vorstellte, rief mich an.

Nach Neujahr hatte ich mir etwas Urlaub gegönnt, fuhr nur jeden zweiten Tag in die Firma, und wenn er nicht angerufen hätte, hätte ich an diesem Tag bis um zwei geschlafen. Er rief um neun an.

»Ich habe Sie doch nicht geweckt?«, erkundigte er sich höflich.

»Nein«, antwortete ich trocken und überlegte, was passiert sein könnte.

Ich war seit etwa drei Wochen nicht mehr im Krankenhaus gewesen, wusste aber, dass der Gesundheitszustand des Chauffeurs stabil war. Das Geld, das ich beim letzten Besuch dagelassen hatte, reichte noch für gut zehn Tage.

»Sie haben uns völlig vergessen.« Seine Worte klangen vorwurfsvoll.

»Was ist denn passiert?« Ich setzte mich im Bett auf und schielte zu dem geöffneten Oberlicht hinüber. Um aus dem Bett zu schlüpfen, war es jedoch zu kalt.

»Sie wissen ja, in welch ernstem Zustand er ist ...«

»Kann ich helfen?«

»Außer Ihnen haben wir niemanden, an den wir uns wenden könnten ...«

Seine Familie hatte mich fast ein halbes Jahr lang geschnitten. Was hatte sich jetzt geändert?

»Wir holen ihn aus dem Krankenhaus«, erklärte der Bruder. »Natürlich ist sein Gesundheitszustand noch nicht zufriedenstellend, aber zu Hause ist es besser für ihn.«

»Was sagen denn die Ärzte?«, fragte ich und dachte an die Wache der Miliz.

»Tja ... sie haben nichts dagegen.«

»Ich gratuliere.«

»Bloß ... die Probleme, die im Zusammenhang damit ...«

»Kommen Sie zur Sache!«, unterbrach ich ihn.

»Ja, wissen Sie, er braucht eine Pflegerin, und unsere Wohnung ist nicht passend eingerichtet, und besonderes Essen braucht er auch ...«

Ich hatte den Eindruck, dass er das von einem Papier ablas.

»Wann wird er entlassen?«

»In drei Tagen.« Seine Antwort klang unsicher, offenbar war diese Frage noch nicht entschieden.

»Ich komme morgen ins Krankenhaus. Um drei.« Damit legte ich auf.

Noch eine Wohnung?

Vielleicht konnte ich ihn und seine Familie bei Swetlana einquartieren?

Vielleicht sollte ich überhaupt das Kind zu mir nehmen?

Vielleicht sollte ich wegfahren? Nach Courchevel! Dann konnten sie hier ohne mich Molke verkaufen, sich vor schwarzen Masken mit Maschinengewehren auf den Boden werfen und Fließbänder reparieren ...

Ich rollte mich unter der Bettdecke zusammen und beschloss, noch etwas zu schlafen. Im Wohnzimmer wurden Möbel gerückt: Der Boden wurde gewischt. Ich zog mir die Decke über den Kopf, war aber noch nicht richtig eingeschlafen, als Tellergeklirr meine Ruhe störte. Es war wie in einem Hotel, in dem man das Zimmer über dem Frühstückssaal bekommen hat. Nur wird dort das Geschepper vom Rauschen der Brandung gemildert.

Ich zog einen Morgenmantel an und stieg hinunter.

»Nehmen Sie das alles hier bitte weg.« Ohne Gruß wies ich auf die Eimer, Schrubber und Lappen, die wie üblich über alle Räume verteilt waren.

Das Hausmädchen starrte mich verwundert an.

»Ich fahre jeden Tag in die Stadt«, erklärte ich in eisigem Ton. »Sie können sauber machen, wenn ich nicht da bin. Aber wenn ich zu Hause bin, gehen Sie ins Bügelzimmer zum Bügeln oder in die Küche und kochen Essen. In meinen Zimmern will ich es gemütlich und ordentlich haben.«

Ich drehte mich um und ging zurück ins Schlafzimmer. Das Hausmädchen sammelte die Eimer ein und wischte sich die Tränen vom Gesicht.

Als ich wieder nach unten kam, diesmal schon angezogen, sprach sie mich an.

»Sie schätzen eine gute Arbeitsmoral nicht«, sagte sie stolz und presste die Lippen zusammen.

»Ich schätze sie durchaus, aber verstehen Sie mich doch auch!« Ich ahnte schon, wie das enden würde. »Sie arbeiten, und danach fahren Sie nach Hause, um sich zu erholen. Aber ich komme hierher, um mich zu erholen, begreifen Sie?«

»Wollen Sie damit sagen, ich arbeite schlecht?« Sie begann zu schluchzen. »Ich bin seit sechs Uhr früh auf den Beinen! Den ganzen Tag setze ich mich nicht ein einziges Mal hin! Und Ihre Spülmaschine ist kaputt – die ganze Woche habe ich alles mit der Hand gespült!«

Ich nickte. Ich kannte jedes Wort, das sie noch sagen würde.

»Was habe ich mich mit Ihrem Silvesterkleid abgeplagt! Der Rocksaum war voller Flecken, auf den Ärmeln war Wein oder sonst irgendwas!«

Ich schwieg, weil es mir vollkommen gleichgültig war, was auf meinen Ärmeln war – Wein oder sonst was. Hauptsache, die Flecken gingen wieder raus. Und sie würden rausgehen.

»Wenn Sie mit mir nicht zufrieden sind, gehe ich wohl besser!«, sagte sie und nahm ihre Schürze ab.

Ich hätte sie aufhalten können. Mich entschuldigen, ihr sagen, wie gut sie arbeite und wie dankbar ich ihr für alles sei, was sie für mich tat. Sie arbeitete wirklich ganz ordentlich. Im Vergleich zu ihren Vorgängerinnen.

»Nun, wenn Sie nicht arbeiten wollen ...«, sagte ich müde.

»Nein, ich will nicht! Weil Sie selber nicht wollen!«

Ich setzte mich ins Auto, ohne gefrühstückt zu haben.

Ob sie wohl diese verdammten Schüsseln noch wegräumen oder alles stehen und liegen lassen und einfach gehen würde? Ich beschloss, die Suche nach einem neuen Hausmädchen auf den Abend zu verschieben.

Erst mal brauchte ich ein Frühstück. Ich fuhr ins Büro.

Man hatte mich nicht erwartet. Meine Angestellten saßen an ihren Tischen, rauchten, obwohl ich das verboten hatte, und teilten sich ihre Butterbrote.

Als sie mich erblickten, drückten sie ihre Zigaretten aus und grüßten schuldbewusst.

»Macht mir was zu essen«, bat ich und ging in mein Zimmer.

Meine neue Sekretärin, eine exakte Kopie der alten, brachte mir einen Teller mit koreanischen Instantnudeln. Ich verzehrte sie mit Genuss und verschwendete keinen Gedanken daran, dass das gesundheitsschädlich war.

Sergej schaute herein. Reichte mir einige Blätter mit Tabellen.

»Sehen Sie sich das an«, sagte er ernst. »Unser Umsatz hat sich halbiert.«

»Worüber wunderst du dich? Ich habe doch gleich gesagt, bald fangen alle an, Molke zu verkaufen. Von Wimm-Bill-Dann bis zum letzten Tante-Emma-Laden.«

Ich schob nervös und ohne System die Schubladen meines Schreibtisches auf und wieder zu.

»Sie würden das wohl kaum tun, wenn die Molke nicht so ein Renner wäre«, erklärte ich Sergej ärgerlich und überlegte dabei, wie lange er wohl noch zögern würde, seine Bewerbung an Wimm-Bill-Dann zu schicken. Ich hatte Sergej übers Internet gefunden, so wie die Hälfte meiner Mitarbeiter, und natürlich war er mir persönlich in keiner Weise verpflichtet.

»Aber was wollen Sie unternehmen? Den Umsatz erhöhen?«

»Natürlich nicht! Glaubst du im Ernst, wir könnten unsere Konkurrenten einholen?«

Über das Problem mit dem Umsatz hatte ich mir erst nach den Ferien Gedanken machen wollen, in der Hoffnung, dass sich in der Zwischenzeit alles von selbst geregelt haben würde. Aber Sergej wartete hartnäckig auf eine Antwort.

»Ich habe dir doch gesagt, man muss das nutzen, was man hat. Wir machen eine Speditionsfirma auf. Über Transportfahrzeuge verfügen wir schon, und es gibt Verträge mit Geschäften. Jetzt müssen wir mit einem Angebot an die Lagerhallen für Lebensmittel herantreten, und dann werden wir wieder absolut konkurrenzfähig sein. Hast du dich darum gekümmert?« Von diesem Projekt hatte ich Sergej tatsächlich den ganzen letzten Monat erzählt.

»Und die Molke?«, fragte er.

»Was soll mit der Molke sein?« Ich werde es nie lernen, mich wie Katharina die Große zu benehmen. Ich habe ja auch kein Wasser auf dem Schreibtisch stehen. »Vergiss sie! Geh weiter! Schau nicht zurück! Obwohl – vorläufig habe ich gar nicht vor, mich von ihr zu trennen. Sie kann ruhig die Nummer hundertneunundfünfzig in meinem Warensortiment bleiben.«

Sergej ließ den Kopf so tief hängen, dass die Schultern seines riesigen Jacketts sich bis auf die Höhe seiner Ohren hoben.

»Hast du dich mit den Lagerhallen in Verbindung gesetzt?«, fragte ich.

»Nicht in vollem Umfang«, murmelte er.

»Dann kümmere dich noch heute darum. In zwei Tagen brauche ich Antworten. Allerdings – jetzt sind ja Ferien. Möglicherweise verlierst du zwei Wochen.«

Ich machte mir Vorwürfe, dass ich ihn nicht früher kontrolliert hatte. Willst du sichergehen, dass etwas klappt – mach es selbst.

»Was ist mit unseren Werbeverträgen?«

»Wir müssen neue abschließen. Fast alle sind ausgelaufen.«

»Das werden wir nicht tun. Nur die Fassadenwerbung kann weiterlaufen. Aus dem Fernsehen gehen wir raus. Ich hoffe, du hast die Werbeflächen reserviert?«

»Natürlich.« Sergej nickte. Gute Billboard-Flächen gehen in wenigen Tagen weg, deshalb muss man sie im Voraus reservieren. »Ein Teil ist sogar schon bezahlt. Aber für einige Plätze sind sie mit dem Preis raufgegangen.«

»Lass dir auch die Programme von anderen Agenturen schicken. Für alle Fälle. Und gib mir alle Angebote, ich werde die Auswahl treffen. Ich denke, so an die zwanzig Werbeflächen sollten wir bis zum Frühling halten.«

»Gut, dann gehe ich jetzt und kümmere mich um die Lagerhallen.«

»Nur zu.«

Er stand schon in der Tür.

»Haben wir den Mitarbeitern zum neuen Jahr gratuliert?«, rief ich ihm noch nach.

»Natürlich. Sie haben Blumen, Pralinen und eine Prämie bekommen.«

So was machte er prima. Als mal jemand ins Krankenhaus musste, schickte Sergej ihm in meinem Namen eine Bouillon.

»Sag ihnen doch, ich brauche noch etwas zu essen.«

Die Uhr zeigte zwölf. Ich parkte vor dem Krankenhaus, stieg aber nicht sofort aus, sondern hörte noch eine Weile Radio. Mylène Farmer sang. Das war unsere Musik gewesen, die von Serge und mir. In einem mittelalterlichen Männerkostüm mit gerüschten Manschetten, mit feuerroten, bis zur Taille herabfallenden Locken sang sie eindringlich und gleichmütig vom Krieg. Hinter ihr metzelten Reiter einander mit Schwertern nieder, fielen von ihren Pferden, starben im Kanonendonner, sie aber schritt durch die Reihen der Kämpfer mit der Miene einer Reiseleiterin. Bis sie sich in einen General verliebte.

Der Chauffeur sah schon besser aus. Er saß im Bett und unterhielt sich leise. Als ich eintrat, lächelte er.

An seiner Mutter konnte ich keinerlei Verhaltensänderung feststellen.

Der Mann, der mir entgegenkam, war sein Bruder.

Ich hatte keinen Kaviar mitgebracht. Ich hatte überhaupt nichts mitgebracht.

»Wie fühlst du dich?«, fragte ich ihn nach der Begrüßung.

»Ich werde entlassen«, krächzte er. Das Röhrchen in seinem Hals war verschwunden.

Es gab nichts zu besprechen. Offenbar erwarteten sie, dass ich im Zusammenhang mit seinem Umzug nach Hause eine stürmische Aktivität entfalten würde.

»Was sagen die Ärzte?«, fragte ich.

»Es geht bergauf«, berichtete der Bruder freudig.

Die Mutter gab mit ihrem ganzen Benehmen zu verstehen, dass sie mir einen Gefallen tat, wenn sie mich im Krankenzimmer duldete.

»Leben Sie alle zusammen?«, fragte ich. Es stellte sich heraus, dass der Bruder verheiratet war und mit seiner Frau zusammen eine eigene Wohnung hatte. Mein Chauffeur wohnte bei seiner Mutter in einer Zweizimmerwohnung. Aber der Bruder war gerade im Begriff, sich scheiden zu lassen.

»Familiärer Umstände wegen«, bemerkte er vage.

»Und Sie, arbeiten Sie?«, fragte ich die Mutter so höflich wie möglich.

Unerwartet stürzte sie sich auf mich.

»Vierzig Jahre lang habe ich gearbeitet! Ich bekomme eine Rente! Bis heute ruft man mich noch an, gratuliert mir zu allen Feiertagen! Hier, zwei so wunderbare Söhne habe ich! Einer hätte wegen dir fast seine Seele Gott ...«

Sie verstummte abrupt und schniefte.

Meinem Chauffeur war ihr Ausbruch sichtlich peinlich. Aber ich begriff, dass sie sich irgendwann einmal aussprechen musste.

Ich schlug ihr vor, mit mir in den Flur hinauszugehen und dort weiterzureden.

»Ich habe vor meinen Söhnen nichts zu verbergen!«

»Gute Besserung«, sagte ich sehr höflich und verließ das Krankenzimmer.

Der Bruder holte mich auf der Treppe ein.

»Nehmen Sie es ihr nicht übel«, bat er. »Sie hat so gelitten.«

Ich nickte.

»Wenn Ihre Mutter nicht mehr arbeitet, kann sie ihren Sohn doch sicher selbst pflegen. Ich werde ihm seinen Lohn so lange zahlen, bis er wieder gesund ist. Und die Medikamente übernehme ich auch. Heben Sie bitte die Quittungen auf.« Ich schob seine Hand beiseite. »Alles Gute.«

»Warum ist die Wache abgezogen worden?«, schrie er mir nach.

Das wusste ich auch nicht. Aber das Verschwinden des gelangweilten Mannes in Uniform, der sonst immer auf einem Schemel vor der Tür saß, war mir sofort aufgefallen.

»Ich werde mich erkundigen«, versprach ich, ohne mich umzudrehen.

»Auf Wiedersehen!«

Ich blieb stehen, diesmal wandte ich mich um und blickte ihm gerade in die Augen.

»Alles Gute.«

Er lächelte als Antwort.

Von nun an rief er mich an. Jeden Tag. Und mir blieb nichts anderes übrig, als mit ihm alle ihre familiären Probleme zu erörtern. Er bot mir sogar seine Hilfe an.

»Hören Sie«, sagte er mir am Telefon, »wenn Sie irgendwas brauchen, genieren Sie sich nicht, wenden Sie sich an mich.«

Ich nahm nicht mehr ab, wenn ich seine Nummer auf dem Display sah. Er rief von einem anderen Apparat an.

»Unser Kranker lässt Sie grüßen!«, sagte er munter, als sei es sein Lebenszweck, mir schon in aller Herrgottsfrühe eine Freude zu machen.

Als er mir stolz berichtete, dass der Kranke schon selbstständig zur Toilette gehe, bat ich ihn, mich mit physiologischen Details zu verschonen. Alles Übrige ertrug ich.

Jeden Tag wunderte er sich von neuem, warum ich nicht zu Besuch kam.

»Der Kranke fragt nach Ihnen«, sagte er bedeutungsvoll.

Kurz nachdem er bei mir im Büro gewesen war, um sich eine weitere Geldsumme für die ständig steigenden außerplanmäßigen Ausgaben abzuholen, hörten seine Anrufe auf. Nach drei Tagen fingen sie wieder an.

Ich erkundigte mich bei Wadim, warum man die Wache abgezogen hatte.

»Bis man die Täter gefunden hat und es zum Prozess kommt, kann es noch Monate dauern. Und wer wird wohl so lange irgendeinen Chauffeur bewachen?«, lautete Wadims einleuchtende Erklärung. Er beruhigte mich: »Mach dir keine Sorgen. Wer braucht ihn schon?«

Sein Bruder, dachte ich.

Die Anrufe des Bruders nahmen bedrohliche Formen an. Als er mich mit seiner Nichte bekannt machen wollte, lehnte ich strikt ab. Aber ich musste ihm meine Meinung zu sämtlichen höheren Lehranstalten Moskaus darlegen: Die Nichte hatte vor zu studieren. Ich gab ihr den Rat, Lebensmitteltechnikerin zu werden.

»Wenn sie fleißig ist, kann sie mit einem Gehalt von zweitausend Dollar rechnen«, erklärte ich dem Bruder meines Chauffeurs. »Das ist ein Beruf mit Zukunft.«

»Und wie viel kostet es, an diesem Institut aufgenommen zu werden?«, fragte er vielsagend.

Ich lächelte triumphierend.

»Gar nichts«, antwortete ich. »Dieses Institut ist bis jetzt noch nicht so überlaufen.«

Ich vergaß immer häufiger mein Mobiltelefon in der Firma. Er regte sich auf und war gekränkt. Der Kranke regte sich ebenfalls auf. Zuletzt begann sogar die Mutter, mir Grüße auszurichten.

Ich erfuhr viel über die Kindheit meines Chauffeurs. Wie sich herausstellte, war er mit einer Hasenscharte geboren worden. Als Kind hatte man ihn gehänselt. Die Eltern hatten kein Geld für eine Operation. In der Schule war er gut, besonders in Geschichte. Er träumte davon, historische Romane zu schreiben. Aber zum Studium wurde er nicht zugelassen: Ohne »Schmiermittel« ging nichts. Und Geld für Bestechungen hatten seine Eltern nicht. Weiter erfuhr ich von seinem fürsorglichen Bruder, dass die Eltern auch kein Geld für warme Kleidung hatten, weshalb er ständig erkältet war; dass er seinem Mädchen keine Blumen kaufen konnte, weshalb sie ihn verließ ... Mit einem Wort, es war für gar nichts Geld da gewesen, und darum hatte er auch den Weg eingeschlagen, der ihn schließlich vor die Mündung einer Pistole führte (sprich: als Chauffeur zu uns).

Hätten wir all diese traurigen Details aus der Biographie unseres Chauffeurs vorher gekannt, hätten wir ihn sicher nicht engagiert. Aber er hatte auf mich niemals den Eindruck eines unglücklichen Menschen gemacht. Die Mädchen liefen ihm scharenweise nach, wir bezahlten ihn gut, er brauste vergnügt mit seinem Shiguli durch die Gegend und war in den drei Jahren, in denen er für uns arbeitete, nur wenige Male krank. Zugegeben, für einen Mann, der eigentlich historische Romane schreiben wollte, ist das alles vielleicht zu wenig.

Hätte er sich schützend vor Serge geworfen, wären sie trotzdem beide getötet worden. Nur er zuerst und danach Serge. Mit einem Kontrollschuss.

Swetlana hatte einen Jungen geboren. Drei Kilo fünfhundertfünfzig Gramm schwer. Auf der Apgar-Skala hatte er neun von zehn möglichen Punkten erreicht.

Sie war selbst ins Krankenhaus gefahren, so früh wie möglich, für alle Fälle. Aber unterwegs setzten die Wehen ein. Sehr schwache. Daher nahm man sie auf, beeilte sich jedoch nicht sonderlich.

»Sollen wir Ihnen einen Einlauf machen?«, fragte eine ältere Schwester.

»Geht es auch ohne?«, erkundigte Swetlana sich hoffnungsvoll.

Die Schwester brachte einen Topf und stellte ihn mitten ins Zimmer.

»Aber nicht anspannen«, sagte sie streng und ging hinaus.

Mit gelüpftem Krankenhaushemd saß Swetlana auf dem Topf, als Praktikanten das Zimmer betraten.

»Dies ist die Aufnahme für die Wöchnerinnen«, erklärte ihnen eine Frau mit herrischer Stimme und blickte Swetlana an.

»Sie spannen sich nicht an?«

»Nein«, murmelte Swetlana. Zehn Augenpaare richteten sich prüfend auf sie. Sie wollte aufstehen und weglaufen, aber der Topf war voll, und so blieb sie sitzen und wäre fast in Tränen ausgebrochen.

Die Praktikanten gingen wieder, die alte Schwester kam zurück und führte Swetlana in den ersten Stock, auf die Geburtsstation.

»Hm ...«, brummte der junge Arzt, während er ihre Krankenakte las. »Bei Ihnen war ein Kaiserschnitt geplant?«

Swetlana nickte.

»Aber Sie haben schon eine dreifingerbreite Öffnung. Sie werden selbst gebären, eine Stunde, und Sie haben's hinter sich. Versuchen wir's?«

»Aber ich habe einen Gebärmutterhals ... einen Knick im Gebärmutterhals ... Mein Arzt hat gesagt, man müsste einen Kaiserschnitt machen«, wandte Swetlana schwach ein.

»Alle haben einen Gebärmutterhals«, versicherte der Arzt. »Sie werden Ihr Kind bekommen, ohne mit der Wimper zu zucken. Abgemacht?«

Swetlana nickte.

Sechs Stunden später wurden die Wehen heftiger. Swetlana weinte ununterbrochen, man hängte sie an zwei Tröpfe.

»Geben Sie mir eine Rückenmarksspritze«, flehte sie, als der Schmerz für ein paar Sekunden nachließ.

»Unmöglich, meine Liebe«, erklärte die Krankenschwester. »Eine Periduralanästhesie muss man früher machen, jetzt ist das zu spät.«

»Ich will einen Kaiserschnitt!«, schrie Swetlana.

Man sagte ihr, das Kind werde jeden Moment kommen, aber es tat sich nichts.

»Rufen Sie meinen Arzt!«, schluchzte sie.

Aber es stellte sich heraus, dass dessen Schicht schon zu Ende und er nach Hause gegangen war.

Zwei Schwestern kamen mit einer leeren Liege an Swetlanas Bett vorbei. Mit einer jähen Bewegung riss sich Swetlana die Nadeln des Tropfs aus den Händen, sprang hurtig aus dem Bett, wobei sie ihren riesigen Bauch festhielt, rannte rasch, bevor die Wehen wieder einsetzen konnten, zu der Liege und krabbelte unter den entgeisterten Blicken der Krankenschwestern hinauf.

»Bringt mich zum Kaiserschnitt!«, kommandierte Swetlana und zeigte mit dem Finger auf die Tür des Operationssaals.

»Unverschämte Person!«, empörte sich die eine Krankenschwester.

Der Schmerz überrollte Swetlana erneut, sie krümmte sich zusammen, Tränen stürzten ihr aus den Augen. Die zweite Krankenschwester holte einen Arzt.

»Ich glaube, wir müssen einen Kaiserschnitt machen«, sagte er ruhig und betrachtete prüfend die Schwangere. »Bereiten Sie die Operation vor.«

In Swetlanas zerstochene Venen senkte sich erneut eine Nadel – die Nadel mit der erlösenden Narkose.

Zwanzig Minuten später begrüßte Serges Sohn mit einem lauten Schrei diese Welt.

»Ein Junge. Er lebt«, sagte die Hebamme nüchtern.

Swetlana schlief ruhig und fest.

Ich erfuhr am folgenden Tag, dass Serge einen Sohn bekommen hatte. Swetlana rief mich sofort an, nachdem man sie von der Intensivstation verlegt hatte.

Ich wollte Blumen kaufen, fand aber auf dem Weg zur Klinik keinen Kiosk.

Ich fürchtete mich vor diesem Kind. Wenn es nun Serge ähnlich sah? Bestimmt tat es das.

Ich wollte sogar, dass es ihm ähnlich sah. Ich versuchte mich an Mascha zu erinnern. Ihr kleines Gesicht im Kreißsaal war in meiner Erinnerung längst verblasst, aber es gab Fotos, und auf diesen Fotos sah sie aus wie ein Stück frisches Fleisch. Wären nicht die riesigen blauen Augen gewesen. Mascha war mit Haaren geboren worden. Ob der Sohn von Serge wohl kahl war?

Ich dachte daran, wie Serge uns auf der Station besucht hatte. Er war schrecklich aufgeregt gewesen und weigerte sich lange, das straff gewickelte Bündel mit seiner Tochter auf den Arm zu nehmen.

Wäre Serge noch am Leben gewesen, so wäre er jetzt zu diesem Krankenhaus gefahren. Mit den gleichen Gefühlen wie damals. Nur hätten sie jetzt nicht mir und nicht Mascha gegolten. Das zu akzeptieren fiel mir viel schwerer, als zu Swetlana zu fahren.

Ich streifte mir Gamaschen aus Wachstuch über meine Stiefel und öffnete die Tür zum Krankenzimmer.

Swetlana lag im Bett.

Es war ungewohnt, sie nicht schwanger zu sehen. Als sie mich erblickte, begann sie zu weinen.

»So eine furchtbare Geburt«, schluchzte sie. Ich blieb an der Tür stehen.

»Wo ist das Kind?«, fragte ich.

»Ich weiß nicht. Es wird gebracht. Ich hatte solche Schmerzen! Der Arzt hat mich im Stich gelassen und ist nach Hause gegangen, eine Narkose konnten sie mir nicht geben ...«

»Beruhige dich«, sagte ich. »Das sind die Nerven. Ich gratuliere dir zu deinem Sohn.«

Sie nickte.

»Möchtest du seine Patentante werden?«, fragte sie.

»Ich gehe mal los und sehe, wo er steckt. Brauchst du irgendwas?«

»Ja.« Swetlana lächelte schuldbewusst. »Schokolade. Ist zwar verboten, aber ich habe solche Lust darauf.«

Ich nickte.

»Bringst du mir welche mit?«, wollte Swetlana wissen.

»Ich werd sie gleich hier im Laden besorgen.«

Hinter einer der Türen hörte ich Babys quäken. Vorsichtig schaute ich hinein.

»Was wollen Sie hier?«, stürzte ein hübsches Mädchen im weißen Kittel auf mich zu.

Aufgereiht an den Wänden lagen in durchsichtigen Glasbehältern die Neugeborenen. Wie Außerplanetarische im Laboratorium.

Mir wurde plötzlich bewusst, dass ich Swetlanas Nachnamen nicht kannte.

Es stellte sich heraus, dass das Kind den gleichen Nachnamen hatte wie ich.

»Bitte, lassen Sie mich wenigstens einmal gucken!«, bettelte ich. »Nur eine Sekunde! Ich ziehe auch einen Kittel an!«

Ich griff in meine Handtasche nach dem Portemonnaie. Sie verstand diese Geste richtig.

»Ein Kittel ist nicht nötig«, sagte sie. »Das sind Vorurteile.«

Ich erblickte den Sohn von Serge.

Er begann zu brüllen, als ich mich über ihn beugte.

Ich gab der Krankenschwester hundert Rubel und ging hinaus.

Am liebsten wäre mir gewesen, niemand hätte von dem Baby erfahren.

Es war mir äußerst wichtig, die Mutter von Serges einzigem Kind zu bleiben. Seine einzige Frau und seine einzige Geliebte.

Das Gebrüll des Kleinen hallte mir noch in den Ohren, während ich die Schokolade für Swetlana kaufte. Wahrscheinlich hatte er begriffen, dass er mir nur lästig war. Er tat mir fast schon ein bisschen Leid.

Ich übergab die Tüte mit allen Sorten Schokolade, die ich gefunden hatte, einer Krankenschwester.

Die Krankenschwester brachte sie Swetlana.

Ich hatte keine Lust, zu ihr zurückzugehen.

Ich erzählte Katja von dem Kind. Unter dem Siegel der Verschwiegenheit.

»Sieht er Serge ähnlich?«, war ihre erste Frage.

»Schwer zu sagen.« Ich überlegte. »Meiner Meinung nach sieht er niemandem ähnlich.«

Katja nickte befriedigt.

»Ist es dir unangenehm, dass er existiert?«, fragte sie nach einer Pause.

»Mir ist unangenehm, dass Swetlana existiert«, antwortete ich.

»Kannst du sie nicht einfach vergessen, und fertig?«

Ich nickte nachdenklich.

»Hast du Lust, dir mein Haus anzugucken?«, schlug Katja vor.

Das konnte ich nicht gut ablehnen.

Ich setzte mich zu Katja ins Auto, und ein paar Minuten später standen wir vor ihrem Rohbau. Iljinskoje-Chaussee, gleich hinter dem World Class.

»Willst du die Treppe nicht beheizen lassen?«, fragte ich, als wir über die vereisten Stufen ins Haus gingen.

»Nein. Lena hat gesagt, das ist nicht nötig«, winkte Katja ab.

Jede von uns hatte sich schon mal ein Haus gebaut und zu allem eine eigene Meinung.

»Im Moment bauen wir gerade das Dach um.« Katja zeigte auf die riesigen, bizarr geformten Zapfen, die über dem gesamten Haus aufragten. »Irgendwo geht die Wärme verloren.«

Im Haus war die Heizung an, und die Arbeiter liefen in leichten dunkelblauen Overalls herum.

»Ich habe ihnen Arbeitskleidung gekauft«, sagte Katja.

»Das habe ich auch immer getan.«

Ich schaute zu, wie sie die Fliesen verlegten. Sorgfältig, eine nach der anderen, den Kleber gleichmäßig verstreichend. Den Professionalismus der Fliesenleger registrierte ich mit Wohlgefallen.

Katja zeigte mir das Wohnzimmer, das mit dem Esszimmer und der Küche verbunden war. Ich lobte die Geräumigkeit. Ich selber hatte meine Küche ins Souterrain verbannt, weil ich den Essensgeruch hasse.

In der großen Diele wanden sich die Rohre für die Fußbodenheizung, mit fünfzehn Zentimeter breiten Abständen, wie vorgeschrieben. Auf den Rohren lagen Rigipsplatten und Reste von Metallschienen.

Katja stürzte sich auf den Vorarbeiter.

»Räumen Sie diesen Müll von den Rohren! Das ist meine Fußbodenheizung! Wer reißt mir hinterher die Fliesen wieder raus, wenn was schief geht? Sie?«

Die Rohre wurden rasch mit Zellophan bedeckt und Absperrungen aufgestellt.

»Lässt du beides einbauen, normale Heizkörper und Fußbodenheizung?«, fragte ich erstaunt.

»Ja, das ist doch die Diele. Da wird dauernd die Tür aufgemacht.«

»Lass die Heizkörper weg. Ich hab auf der ganzen Etage Fußbodenheizung unter dem Granit. Keinen einzigen Heizkörper. Und es ist immer schön warm – du weißt doch selbst, ich laufe meist im Hemd herum.«

Katja überlegte. Wir stiegen in den ersten Stock. Der große Raum mit den offenen Deckenbalken war sauber, das Parkett schon verlegt.

»Was sind das für Haken?«, fragte ich und wies zur Decke.

»Da wird eine Schaukel hängen«, erklärte Katja.

»Toll.«

»Das ist das Kinderzimmer.«

Ich blickte meine Freundin erstaunt an. Katja trat ans Fenster.

»Weißt du, ich habe tatsächlich Probleme mit dem Kinderkriegen. Die Ärzte dachten, es sei nur ein Eileiterverschluss, aber es ist noch etwas anderes. Ich bin jetzt in Behandlung. Jeden Tag nehme ich Tabletten und lasse mir Spritzen geben.«

»Soll ich dir die Spritzen geben?«, bot ich an. »Bei Mascha mache ich das immer selbst. Sowohl Spritzen wie Impfungen.«

Katja lächelte.

»Ja, vielleicht komme ich mal vorbei.«

»Du wirst wieder gesund«, versicherte ich. »Alle kriegen Kinder, du wirst auch welche haben.«

Nach dem mutmaßlichen Vater fragte ich nicht. Soweit ich wusste, hatte Katja keine feste Beziehung.

Wir schlossen die Tür zum Kinderzimmer wieder. Es war das erste Zimmer in Katjas Haus, das schon »besenrein« war.

»Sollen wir zu Lena fahren?«, schlug Katja vor.

»Sollen wir nicht lieber in die Veranda u Datshi gehen? Ich habe schrecklichen Hunger!«, wandte ich ein. »Oder wir fahren nach Moskau?«

Wir einigten uns auf die Veranda.

Nach einer halben Stunde tauchte auch Lena auf.

»Es ist mir peinlich, den Kellnern in die Augen zu sehen«, flüsterte sie uns zu. »Heute ist dieselbe Schicht da wie an Silvester.«

Wir brachen in verständnisvolles Gelächter aus.

»Mir geht's genauso«, gestand ich.

»Blödsinn«, erklärte Katja. »An so was sind die längst gewöhnt.«

Lena schüttelte zweifelnd den Kopf.

»Der Oberkellner hat mich beim Hereinkommen so besonders höflich angelächelt.«

»Das hat er absichtlich getan, damit du dich nicht genierst«, erläuterte Katja.

Wir bestellten Plow. Für alle.

»Was macht dein Skiläufer?«, erkundigte sich Katja nach Lenas Bräutigam.

»Ruft an, aber ich nehme nicht ab. Ich bin kein einziges Mal rangegangen, seit er in Courchevel ist. Dabei würde ich so gern!«

»Tu's nicht«, unterstützte ich sie.

»Genau«, stimmte Katja zu. »Jetzt ist ihm weder nach seiner Frau noch nach Skilaufen, er denkt nur die ganze Zeit: Wo ist meine Lenotschka? Liebt sie mich nicht mehr?«

Lena lachte glücklich.

»Ich habe Veronika angerufen, aber sie hat ihn nicht gesehen. Ich wüsste gern mehr über seine Frau«, meinte sie dann seufzend.

»Er ist eben kein Partygänger«, erklärte Katja. »Da kann sie ihn ja nicht gesehen haben.«

»Aber warum sonst fährt man dann nach Courchevel?«, wunderte ich mich. »Es gibt doch genug andere Wintersportorte.«

»Cortina ist schön«, sagte Katja.

»Mir gefällt Zermatt noch besser«, widersprach Lena. »Dort gibt es so reizende ältere Damen. Wenn ich mal alt bin, lasse ich mich dort nieder.«

»Ein Würstchen kostet dort fünf Dollar«, warnte ich.

Ich selbst besaß Snowblades von Chanel, stellte mich aber nur im äußersten Notfall darauf. Der Notfall trat ein, als Serge Mascha und mich mit in die Berge nahm.

»Wenn es so weit ist, kann ich sowieso nicht mehr kauen«, beruhigte mich Lena. »Und der Preis für Würstchen wird mir genauso gleichgültig sein wie der Preis für Phallusimitate.«

Katja wollte im Alter nach Paris ziehen.

»Ich nehme mir eine Wohnung irgendwo in Faubourg, und dann bummele ich tagelang durch Saint-Honoré und kaufe alle neuen Kollektionen«, träumte sie.

Ich möchte im Alter am Meeresstrand leben. In einem riesigen, von südlichen Winden durchwehten Haus. Und ein dunkelhäutiger Jüngling mit Turban trägt mir ehrerbietig überall einen Klappstuhl hinterher.

»Lasst gut sein«, sagte Lena. »Wenn wir mal alt sind, wird es auch hier okay sein. Wir werden die erste Generation von glücklichen alten Frauen in Moskau. So wie wir die erste Generation von reichen jungen Frauen waren.«

»Ja«, bekräftigte Katja. »Erinnert ihr euch, früher saßen in den Restaurants lauter Zwanzigjährige. Oder höchstens Fünfundzwanzigjährige.«

»Und jetzt«, fiel ich ein, »kannst du kaum noch in einen Nachtclub gehen. Weil du dort die Tochter von Veronika triffst. Mit ihren Freunden. Und du dich fühlst wie ein zu alter Schüler in einer Kindervorstellung.«

Der Plow wurde serviert.

Wir verabredeten uns für Freitag zum Abendessen. In einem Restaurant in Moskau.

18

Wowa Ratte war verhaftet worden.

Er saß in einer Zelle des Untersuchungsgefängnisses und weigerte sich auszusagen.

Nicht eine Minute lang konnte ich vergessen, dass es einen Ort gab, zu dem man fahren konnte, um den Mörder des eigenen Mannes zu sehen.

Ich war froh, dass er dort war.

Man brauchte den Chauffeur für eine Gegenüberstellung. Seines Gesundheitszustandes wegen konnte der Chauffeur nicht kommen.

Wowas Anwalt suchte die Familie des Chauffeurs auf. Er hegte keine Zweifel am Verstand und am Erinnerungsvermögen des Zeugen. Er bot ihm einfach Geld an.

Das berichtete mir sein Bruder.

»Dieser Typ hat uns Geld angeboten!«, verkündete er pathetisch, nachdem er breit grinsend mein Büro betreten hatte.

Wahrscheinlich war ihnen im ganzen Leben noch nicht so oft Geld angeboten worden wie im letzten halben Jahr.

»Hat er Ihnen gedroht?«, fragte ich.

»Wo denken Sie hin.« Um zu zeigen, wie abwegig meine Vermutung war, ließ er die Muskeln seiner breiten Schultern spielen. »Dieser Waschlappen?«

Sergej schaute zur Tür herein, sah, dass ich beschäftigt war, und machte die Tür wieder zu.

»Zwanzigtausend Dollar«, sagte er bedeutungsvoll.

Billiger als ein Mord, dachte ich.

»Und Sie haben das Geld abgelehnt?«, sagte ich mit naiver Begeisterung.

Der Bruder meines Chauffeurs starrte mich verständnislos an.

»Natürlich haben wir abgelehnt.« Und fügte nachdrücklich hinzu: »Sie wollen doch sicher, dass er verknackt wird, oder?«

Ich drückte auf den Knopf der Gegensprechanlage und bat meine Sekretärin, uns Tee zu bringen. Lehnte mich in meinem Plüschsessel zurück. Fragte ihn, als ob ich mich plötzlich besänne: »Sie möchten doch Tee?«

»Da sage ich nicht nein.«

Ich nickte.

»Und Sie, Sie wollen nicht, dass er ins Gefängnis kommt?«, fragte ich nachdenklich und blickte meinen Gesprächspartner zerstreut an.

Er rutschte verlegen auf seinem Stuhl herum.

»Abmurksen würde ich ihn!«, verkündete er drohend.

Die Sekretärin trat ein und blieb verwirrt mitten im Zimmer stehen. Wir waren zu zweit, aber sie hatte nur eine Tasse. Mit einem Kopfnicken gab ich ihr zu verstehen, dass die Tasse nicht für mich war.

»Nehmen Sie meine«, sagte ich großzügig zu ihm.

»Soll ich noch eine Tasse bringen?«, fragte meine Sekretärin.

»Nein, danke.«

»Und wie geht es unserem Kranken?« Ich änderte meinen Tonfall völlig. Sprach wieder so mit ihm, wie wir in der letzten Zeit gewöhnlich miteinander redeten.

»Gut. Er liest viel. Und sieht sich Filme an.« Nach den ungeschriebenen Regeln unseres Spiels musste ich jetzt als Antwort Kassetten anbieten.

»Ich habe eine Menge Videokassetten. Soll ich nächstes Mal welche mitbringen?«

»Wenn es Ihnen nichts ausmacht.«

»Aber woher denn! Das mache ich doch gern.« Ich erhob mich.

»Sie entschuldigen, ich habe noch zu tun ...«

Er stellte die nicht ausgetrunkene Tasse Tee verwirrt auf den Tisch und schaute mich hoffnungsvoll an. Ich schenkte ihm ein strahlendes Lächeln: »Alles Gute! Richten Sie bitte der ganzen Familie einen recht schönen Gruß von mir aus!«

Ich ging aus dem Zimmer und deutete meiner Sekretärin mit einer Geste an, meinen Gast hinauszubegleiten. Dann ging ich zu Sergej und schloss die Tür seines Büros fest hinter mir.

»Na, was gibt's?«, fragte ich meinen Assistenten seufzend.

Er war vor Aufregung ganz rot im Gesicht.

»Wir sind mit den Preisen jetzt absolut konkurrenzfähig! Genau wie Sie vorhergesagt haben!«

Ein Lächeln kroch unwillkürlich über mein Gesicht.

»Zwei Lagerhallen haben sich schon bereit erklärt, einen Vertrag mit uns zu unterschreiben. Dreihundertsechzig Positionen in dem einen Vertrag und im zweiten dreihundertzwanzig! Insgesamt sechshundertachtzig Artikel!«

Sergej schaute mich voller Respekt an. Ich fühlte mich wie ein seriöser Geschäftsmann. Ohne die Molke hätte ich vielleicht nie im Leben erfahren, dass ich so tüchtig bin.

»Schließ die Verträge ab«, ordnete ich an. »Und gib den Spediteuren einen höheren Prozentsatz, wenn sie selbst mit einem Geschäft einig werden.«

»Aber wenn wir die Zahl der Geschäfte, mit denen wir zusammenarbeiten, noch weiter erhöhen, wird das den Transport verlangsamen«, wandte Sergej ein.

»Dann sollen sich die Spediteure an die Grenzen ihres Bezirks halten.«

»Okay.« Sergej nickte. »Aber ...«

»Was?«, fragte ich.

»Einen so hohen Umsatz werden wir natürlich nicht mehr haben ...«, sagte er mit Bedauern.

»Dafür müssen wir nichts investieren. Sei nicht so habgierig.«

»Also, ich würde vorschlagen, mit den Vertragsabschlüssen noch etwas zu warten.« Sergej kratzte sich erst den Kopf, dann das Ohr.

»Warum?«, fragte ich erstaunt.

»Na, wir können doch wohl nicht mit allen Lagerhallen zusammenarbeiten, die Interesse haben?«

»Natürlich nicht. Unsere Ressourcen sind begrenzt.«

»Ja, und deshalb schlage ich vor, die Reaktionen der anderen abzuwarten. Dort ist vielleicht auch das Sortiment größer ...«

»Na schön. Aber schieb es nicht zu lange hinaus. Wir haben den Umsatz der Molke heruntergesetzt, damit es keinen Leerlauf gibt!«

»Warum hast du ihm kein Geld gegeben?«, stürzte sich Lena auf mich, als ich ihr abends am Telefon alles erzählte.

»Ich weiß nicht.«

Ich wusste es wirklich nicht.

»Er wird seine Aussagen zurücknehmen ...«, meinte sie überzeugt.

»Vielleicht auch nicht. Immerhin hat er ja auf ihn geschossen, verstehst du?«

»Na, ich weiß nicht.« Sie seufzte zweifelnd.

Ich stellte mir Lenas Gesicht vor, ihre argwöhnisch verzogene Miene.

»Sie können doch wenigstens einmal im Leben etwas Gutes uneigennützig tun«, sagte ich und glaubte kein Wort von dem, was ich sagte.

»Aber natürlich schade um die zwanzig Riesen.«

»Ja, schade«, bekräftigte ich.

»Nun, wir werden ja sehen. Aber mach dir eins klar – er denkt anders. Er denkt nicht daran, dass dieser Killer mit einer Pistole auf ihn geschossen hat. Und ihn rein zufällig nicht getötet hat. Er denkt: Ich habe für Serge gearbeitet und gelitten. Und jetzt zahlt mir seine Frau nichts für meine Dienste. Fakt ist doch, du willst, dass er jetzt für dich arbeitet, aber umsonst.«

Ich begriff. Es musste ein großartiges Gefühl sein, wenn jemand für dich mal was umsonst tat.

»Wie geht es deinem Typ?«, fragte ich, um das Thema zu wechseln.

»Er ruft täglich an. Und ich nehme nicht ab!« Lenas Stimme wurde klangvoller und koketter. »Schickt mir eine SMS nach der anderen. Ich bin die Königin seines Lebens!«

»Super.« Ich freute mich ehrlich für meine Freundin. »Und du antwortest nicht?«

»Nein. Ich antworte nicht«, flötete sie kapriziös.

»Richtig.«

Ganz wie in diesem Lied von Werka Serdjutschka: »Er spricht mich an – ich dreh mich weg, er lacht mir zu – ich wend mich ab ...«, oder so ähnlich.

Mein neues Hausmädchen war Filipina. Klein und dunkelhäutig. Sie sprach Englisch und vermutlich Filipino und bat mich um Arbeitskleidung. Ich rief bei der Agentur »Majordomus« an, deren Prospekte in der ganzen Rubljowka auslagen. Mit der Kleidung für Hausangestellte war Swetlana Pelsch, die Frau des Showmasters Valdis Pelsch, befasst. Sie empfahl mir, kaum dass sie meine Schwelle überschritten hatte, kein Kleid, sondern einen Hosenanzug zu nehmen.

»Sie rasiert sich bestimmt nicht die Beine!«, verkündete Swetlana kategorisch, und wir schauten beide auf die Beine meiner Filipina.

Die verstand kein Russisch und lächelte argwöhnisch.

»Doch, tut sie«, korrigierte sich Swetlana.

Ich dachte, vielleicht wachsen den Filipinas gar keine Haare auf den Beinen, hatte aber keine Lust, dieses Thema zu vertiefen.

Swetlana trank geziert aus einer kleinen antiken Tasse Kaffee, während ihre Schneiderinnen die Maße meiner Hausangestellten nahmen.

Die Filipina hatte ich durch Beziehungen bekommen. Die Frau eines prominenten Sängers betrieb eine private Vermittlung für Filipinas, die auf der ganzen Welt als die besten Hausmädchen gelten. Irgendwelche Lücken in unserer Gesetzgebung verhinderten, dass sie diese Agentur legalisieren konnte.

»Ob ich meine Masseurin auch einkleiden lasse?«, überlegte ich laut.

»Natürlich«, erwiderte Swetlana überzeugt. »Haben Sie auch eine Köchin?«

»Nein.« Ich schüttelte den Kopf.

Die Chefin des »Majordomus« schaute mich mit hochmütigem Erstaunen an: »Wer kocht denn bei Ihnen?«

»Ich«, log ich, ohne zu wissen, warum, und zuckte lächelnd die Schultern, als müsse ich mich bei ihr für eine derartige Barbarei entschuldigen.

Swetlana sah mich mitfühlend an und schüttelte mir zum Abschied aufmunternd die Hand.

Ich holte Mutter und Kind nicht aus der Klinik ab. Dieses Ereignis war in meinem Gedächtnis mit viel Wirbel und erregender, festtäglicher Stimmung verbunden. Mich hatten damals Serge und Wadim abgeholt, auch Lena war mit ihrem damaligen Mann gekommen, Veronika ohne Igor (sie waren gerade zerstritten) und meine Mutter, die alle herumkommandierte und alles organisierte.

Ich wollte nicht zwischen lauter Freundinnen von Swetlana stehen und eifrig mit ihnen erörtern, ob mit der jungen Mutter und ihrem Erstgeborenen alles in Ordnung sei. Ich bezweifelte, dass ich imstande sein würde, ihr mit aufrichtiger Begeisterung Komplimente zu machen, wie großartig sie aussähe. Und gerührt auszurufen: »Wem sieht der Kleine denn ähnlich? Seht doch nur, die Augen sind ganz von der Mama!« Damit dann vielleicht irgendeine Freundin von Swetlana in einem kurzen Jäckchen aus Webpelz mich fragen würde: »Haben Sie den Vater des Kindes gekannt?« Und noch eine andere – Gott bewahre! – träumerisch seufzen würde: »Das war ein Mann ... wir haben uns wundervoll verstanden!«

»Ich rufe dich an«, versprach ich Swetlana, »und bringe dir für den Kleinen Sachen zum Anziehen. Eine Badewanne brauchst du auch nicht zu kaufen, ich habe eine.«

Ich hatte nie etwas weggeworfen oder weiterverschenkt. Serge und ich wussten immer, dass wir noch ein Kind haben wollten.

Allerdings dachten wir, ich würde es zur Welt bringen.

Mein Handy klingelte. Eine Nummer wurde nicht angezeigt. Ich hatte keine Lust zu antworten. Es war schon spät, und ich hätte schon längst im Bett sein können.

Bestimmt ist es Swetlana, dachte ich. So fängt es an. Das Baby schreit, und sie weiß nicht, was sie mit ihm machen soll.

»Hallo?«

Es war Lena. Sie sprach hastig und im Flüsterton.

»Er ist aus Courchevel zurück, ich hab abgenommen und ihm gesagt, ich wäre auf einer Fete, aber er ist zu mir nach Hause gefahren und klingelt jetzt bei mir an der Tür. Was soll ich tun?«

Ich begriff nichts.

»Du bist jetzt zu Hause?«, fragte ich.

»Ja, ja!«, zischte Lena in den Hörer. »Das hab ich ihm nur so gesagt, dass ich auf einer Fete bin, damit er eifersüchtig wird, aber er ist hierher gekommen!« Ihr Flüstern klang fast wie ein Schreien.

»Na, dann mach ihm doch einfach nicht auf, wenn du schon gesagt hast, du wärst auf einer Fete.«

»Aber mein Auto steht unten, ich bin ja wohl nicht zu Fuß weggegangen?«

»Na und?« Ich ließ mich nicht aus der Ruhe bringen und hoffte, diese Gelassenheit auch meiner Freundin zu vermitteln. »Du kannst doch mit mir oder mit Katja gefahren sein.«

»Gut. Also werde ich jetzt nicht aufmachen. Aber ich würde doch so gern! Ich habe solche Sehnsucht nach ihm!«

Tut-tut-tut. Sie hatte aufgelegt.

Ich hätte auch nicht aufgemacht. Aufmachen – das kann jeder, wenn der Liebste an der Tür klingelt. Aber Charakter zeigen, abwarten, bis er die Tür aufbricht, bis er zu allem bereit ist – bereit, Berge zu versetzen, um dich zu sehen ...

Wieder klingelte das Telefon.

Wahrscheinlich ist er jetzt weg, dachte ich.

»Na, wie steht's, Partisanin? Hast du durchgehalten?«, fragte ich, als ich abnahm.

Die Antwort aus dem Hörer kam nach einer kurzen Pause.

»Was ist los, spielt ihr Krieg?« Es war die Stimme von Wadim.

Ich musste lachen.

»Ja, meine Freundin hatte angerufen.«

»Wowa Ratte ist gegen Kaution freigelassen worden.«

»Was?« Augenblicklich vergaß ich Lena.

»Euer Chauffeur hat seine Aussage zurückgenommen. Er beruft sich darauf, dass er nicht bei klarem Verstand gewesen sei. Der Anwalt hat Geld hinterlegt, und man hat Wowa freigelassen.«

Wadim sprach in kurzen, lakonischen Sätzen.

»Unser Mann bei der Miliz hat mich angerufen. Sie alle sind dort außer sich vor Wut. Der Fall geht ihnen den Bach runter.«

»Und was nun?«, fragte ich erschlagen.

»Ich weiß nicht.« Wadim seufzte. »Er ist ihr einziger Zeuge. Wahrscheinlich haben sie ihn eingeschüchtert. Oder ihm Geld gegeben.«

»Ja.« Mehr konnte ich nicht sagen.

»Sei ganz ruhig«, sagte Wadim so sanft, wie nur er das konnte.

Ich beneidete Regina um ihn. Sie durfte das jeden Tag hören. »Sei ganz ruhig« anstelle eines trivialen »Guten Morgen«; »Sei ganz ruhig« am Abend; und natürlich »Sei ganz ruhig« statt des abgedroschenen »Wie war dein Tag?«. Ich rief meinen »Genossen« an – den Bruder des Chauffeurs. Zum ersten Mal rief ich selber ihn an. Nur gut, dass ich seine Telefonnummer aufgehoben hatte.

»Wie steht's?«, fragte ich, weil ich nicht wusste, womit ich anfangen sollte.

»Es geht uns immer besser«, erwiderte er ausweichend. Wir schwiegen.

»Dein Bruder hat es abgelehnt, den Mörder zu identifizieren?«, fragte ich.

Er gab keine Antwort.

Ich hatte Lust, »Hallo« zu rufen, um die Verbindung zu kontrollieren. Aber ich wusste, mit der Verbindung war alles in Ordnung.

»Ich will, dass er Wowa Ratte identifiziert«, sagte ich hart. »Andernfalls bekommen Sie kein Geld und keine Hilfe mehr von mir.«

»Gott wird Ihr Richter sein«, hörte ich im Hörer.

Und stellte mir vor, wie seine Tasche von dem heißen Geld glühte. Zwanzigtausend amerikanische Dollar. Grüne, knisternde Geldscheine. Vielleicht noch mit den Banderolen der Bank.

»Denken Sie nicht, wir hätten Geld genommen«, sagte er.

Ich wurde verlegen. Es ist immer unangenehm, wenn jemand deine Gedanken liest.

»Aber wieso hat er dann seine Aussage zurückgezogen?«, fragte ich zweifelnd.

»Wir hatten ja damals dem Anwalt noch keine Antwort gegeben«, erklärte der Bruder meines Chauffeurs, und aus seiner Stimme war die übliche Großmäuligkeit verschwunden. »Er hatte uns seine Telefonnummer gegeben. Aber wir haben nicht angerufen ... Wir warteten immer auf Ihre Entscheidung ... Wir wussten ja nicht, wie dringend ...«

»Und dann?« Ich hielt den Atem an, um ihn besser verstehen zu können.

»Heute bekamen wir mit der Post Fotos von Serge. Mit durchschossenem Kopf.«

»Was?«, fragte ich verstört zurück.

In meinem Bewusstsein wollten sich der Name »Serge« und Wörter wie »durchschossener Kopf« einfach nicht aneinander gewöhnen. Jedes Mal reagierte ich so, als hörte ich sie zum ersten Mal. Mit dem gleichen bohrenden Schmerz.

»Haben Sie die Miliz verständigt?«, fragte ich, nur um irgendwas zu fragen.

»Die Fotos waren ja von der Miliz. Aus ihrer Akte. Also was für einen Sinn sollte das haben?« Er seufzte resigniert. »Aber jetzt macht es auch nichts mehr aus ... Er ist freigelassen worden, habe ich gehört? Sein Anwalt hat uns angerufen und sich bedankt. Diese Laus.«

»Können Sie morgen zu mir ins Büro kommen?«, fragte ich.

»Mach ich.« Er wurde wieder munterer.

Ich legte auf, und das Telefon klingelte erneut. Diesmal war es Lena.

»Er hat mir Rosen vor die Tür gelegt, hundertundeine!«, teilte sie mir begeistert mit.

»Hast du sie nachgezählt?«, fragte ich ungläubig. Mir schien, es müsse ziemlich lange dauern, hundertundeine Rose zu zählen. Mir hat man natürlich auch solche Sträuße geschenkt, aber ich kann mich schon nicht mehr erinnern, wann.

»Na klar. Hundert rote und eine gelbe. Was meinst du«, fragte sie plötzlich beunruhigt, »was hat die gelbe Rose zu bedeuten?«

»Ich weiß nicht. Vielleicht die eine Trennung, als er in Courchevel war, und hundert Begegnungen. Oder hundert Jahre Zusammenleben.«

Lena schnurrte fast vor Wonne.

»Wahrscheinlich«, stimmte sie zu.

Wir wünschten einander eine gute Nacht und gingen ins Bett.

Ich lag lange mit offenen Augen. Und dachte, bestimmt schläft Lena auch nicht, sondern zerbricht sich den Kopf, was die gelbe Rose bedeuten soll.

Ich fuhr ins Büro.

Es war Freitag. Drei meiner Angestellten verteilten Pakete mit Molke an die Veteranen in unserem Haus. Wir hatten für unsere Firma das Erdgeschoss gemietet. Die Veteranen hatten Krach geschlagen, weil unsere Autos sie störten. Sie hatten Briefe an verschiedene Instanzen geschrieben. Seitdem sie aber einmal in der Woche ein Paket mit Molke erhielten, tolerierten sie uns.

In meinem Büro wartete der Bruder meines Chauffeurs auf mich.

»Es tut mir sehr Leid, dass alles so gekommen ist«, sagte ich gleich zur Begrüßung.

Dann setzte ich mich an meinen Schreibtisch. Nahm Papiere aus meiner Tasche. Und sagte plötzlich kläglich: »Wir müssen ihn wieder ins Gefängnis bringen!«

Er schüttelte den Kopf und blickte mich an, als sei ich verrückt.

Ich beugte mich über den Tisch zu ihm hinüber.

»Ich engagiere Bodyguards für Sie. Bewaffnete. Rund um die Uhr. Es wird Ihnen nichts geschehen.«

Er sah mich zweifelnd an. In seinen Augen stand Furcht.

»Das garantiere ich Ihnen!«, sagte ich mit Nachdruck.

»Nein, bitte nicht«, sagte er, als bedanke er sich für einen Nachschlag beim Mittagessen. »Es reicht uns.«

»Er hätte Ihren Bruder doch fast umgebracht!«, versuchte ich seinen Rachedurst zu wecken.

Aber sie waren der Meinung, dass Serge an allem schuld sei.

»Letztlich ist das auch gefährlich«, machte ich einen Versuch, ihn einzuschüchtern. »Er bleibt in Freiheit, wird aber die ganze Zeit denken, dass seine Freiheit nur von Ihrem Bruder abhängt. Denken Sie nach! Früher oder später wird er davon genug haben!«

Er schaute mich hasserfüllt an. Ich nahm mein letztes Argument aus der Tasche. Zehntausend Dollar, noch mit der Banderole der Bank.

»Ich zahle dafür. Ich decke Ihre moralischen Spesen. Sie können sich ein neues Auto kaufen. Und Urlaub in der Türkei machen.« Ich hielt das Geld in der Hand. Er konnte den Blick nicht davon abwenden.

Ich wusste, dass reale Notenbündel einen Menschen stärker beeindrucken als abstrakte Ziffern.

Er schwieg gehetzt.

»Sie werden eine Wache bekommen. Sie brauchen nichts zu befürchten«, setzte ich nach.

»Ich muss mich mit meinem Bruder beraten«, sagte er.

Ich hielt ihm das Geld hin.

»Nehmen Sie.«

Er wurde verlegen.

»Nun nehmen Sie es schon«, drängte ich. »Notfalls können Sie es mir ja zurückgeben.«

Er nahm das Geld behutsam entgegen. Ohne es wegzustecken, hielt er es in der Hand.

»Wo arbeiten Sie?«, fragte ich plötzlich.

»Im Möbelkombinat. Wir bauen Schränke zusammen.«

»Vielleicht haben Sie mal Lust, den Beruf zu wechseln. Ich könnte mir vorstellen, dass wir gut zusammenarbeiten würden«, meinte ich aufmunternd.

Das hätte ich besser nicht vorgeschlagen. Beinahe hätte er das Geld fallen gelassen.

»Nur wenn Sie Lust dazu haben«, beruhigte ich ihn hastig. »Andernfalls bringen wir diesen Abschaum hinter Gitter, und danach trennen wir uns wieder, wie Schiffe auf dem Meer.« Mir fiel Wanjetschka ein. Alle Sprichwörter und Redensarten assoziierten sich für mich mit ihm. »Nur zu Neujahr werden wir einander anrufen und uns gegenseitig Glück wünschen.«

Mit mir auf beinahe freundschaftlichem Fuß zu stehen schmeichelte ihm sicher. Er steckte das Geld in die Tasche.

»Richten Sie Ihrer Familie einen Gruß von mir aus«, bat ich sanft. »Morgen früh um neun trifft die Wache bei Ihnen ein. Der Direktor des Sicherheitsdienstes wird Ihnen mitteilen, dass sie von mir kommt.«

Ich lächelte strahlend. Er drückte sich an der Tür herum.

»Und Sie sammeln die Quittungen für mich?«, erinnerte ich ihn.

»Ja, machen wir.« Er nickte.

»Verlieren Sie nichts«, sagte ich streng. »Medikamente sind heutzutage sehr teuer.«

Er ging hinaus.

Ich trat ans Fenster. Die großen Schneeflocken sahen aus wie die Dekoration für ein Weihnachtsmärchen. Der graue Wolf darf nicht durch den Wald laufen und alles fressen, worauf er gerade Appetit hat. Jede Großmutter sollte ihr eigenes Rotkäppchen haben.

Ich rief den Direktor des Wach- und Sicherheitsdienstes an, mit dem Serge zusammengearbeitet hatte.

»Wie viel kosten zwei bewaffnete Männer für eine Rund-um-die-Uhr-Bewachung?«

»Hast du Probleme?«, fragte er geschäftsmäßig.

»Nein, aber es könnte Probleme bei einem Zeugen geben, der den Mörder von Serge identifizieren soll.«

»Alles klar. Ich habe im Moment niemanden ... Aber in einem solchen Fall würde ich mich sogar selbst hinstellen ... Also gut, ich schicke dir Leute. Rund-um-die Uhr-Bewachung. Mit zwei oder drei freien Tagen pro Schicht?«

»Besser zwei. Damit sie mehr Geld kriegen und die richtige Arbeitsmoral haben.«

»Na hör mal, meine Jungs! Die waren alle im Krieg! Meinst du, es wird für längere Zeit sein?«

»Bis sie ihn erwischt haben. Wenn er nicht geflohen ist, vermutlich einige Tage lang ...«

Wir wurden handelseins. Hundertzwanzig Dollar pro Tag.

Ich fuhr nach Hause, um mich umzuziehen. Dann ging ich mit den Mädels ins Café Vogue zum Abendessen.

»Sie fahren weg?«, fragte mich Sergej übers Handy, als ich schon im Auto saß.

»Ja.«

»Ich habe Ihnen noch nicht die zweite schlechte ...«

»Geht's auch am Montag?«, bat ich ihn. »Es wird ja niemand sterben?«

»Nein«, lachte er, als hätte ich einen Witz gemacht. »Aber trotzdem ...«

Ich legte auf.

19

»Machst du mir eine Massage?«, bat ich Galja, als ich das Haus betrat und mich dabei suchend nach der Philippinin umschaute.

Ich konnte keinerlei Spuren ihrer Anwesenheit entdecken.

»Sie ist hier irgendwo«, beruhigte mich Galja. Im Wohnzimmer war alles sauber, und sogar die Fotografien auf der geschwungenen Konsole aus Ebenholz standen genauso angeordnet, wie ich sie immer aufstellte.

Wahrscheinlich hat sie den Staub darunter nicht gewischt, dachte ich und fuhr mit dem Finger über die glatte Oberfläche. Kein Staub.

Komisch, wie solche Kleinigkeiten die Stimmung heben können.

Ich erörterte mit Galja die Vorzüge und Mängel der philippinischen Küche, dann gingen wir nach oben in mein Badezimmer. Dort waren bereits Kerzen angezündet, und auf dem Massagetisch war ein Handtuch ausgebreitet.

Ich blieb verwundert in der Tür stehen.

»Massage heißt in allen Sprachen Massage«, sagte Galja lachend.

Ich beneidete die Ausländerinnen. Jede von ihnen kann so eine Philippinin haben.

Bei der Massage schlief ich fast ein. In meiner Vorstellung sah ich ein weißes Haus mit weißen Möbeln und weißen Teppichen. Durch die geöffneten Fenster und Türen drang das Rauschen des Meeres. Ich schlenderte in einem wehenden Kleid durch die Zimmer. Kaum tauchte ein Wunsch in meinem Kopf auf, da hatte ein unsichtbarer Diener ihn mir auch schon erfüllt. Mir war langweilig, und ich hätschelte diese Langeweile und fand Gefallen an der Gewissheit, dass es auch morgen so sein würde und übermorgen und allezeit.

»Bist du schon unterwegs?«, schrie Katja in den Hörer.

»Nein, ich ziehe mich gerade an.«

Ich griff mir die erstbeste Jeans aus dem Regal.

Wer in Moskau einen schicken Ort sucht, braucht nur in das neueste Restaurant von Arkadi Nowikow zu gehen.

Die Stufen zum Café Vogue waren nicht beheizt – ganz wie in Katjas Haus. Einem jungen Mann, der mich im letzten Moment festhielt, hatte ich es zu verdanken, dass ich nicht ausrutschte. Er war etwa zwanzig. Ich wollte ihm zum Zeichen meiner Dankbarkeit zulächeln, wusste aber nicht, was für ein Lächeln ich aufsetzen sollte. Ein mütterliches – von der Höhe meiner Jahre, oder ein kokettes – er war sehr sympathisch? Schließlich lächelte ich überhaupt nicht und betrat, darüber verstimmt, das Restaurant mit hochmütiger Miene.

Blöde Zicke, dachte er wahrscheinlich.

Das Restaurant war voll. Im ersten Saal, der »Café« hieß, gaben sich aufgebrezelte junge Mädchen den Anschein, dass sie zum Backgammonspielen hierher gekommen seien. Hier standen auch kleine Tische mit Dame- und Schachbrettern. Sie waren ebenfalls besetzt.

Ich ging durch das Café und ließ meinen Blick über die Köpfe gleiten. Keine Bekannten. Na, auch gut.

Im Restaurant warteten Lena, Katja und Olesja auf mich. Olesja trug stolz ihre schöne Sonnenbräune aus dem Winterurlaub zur Schau. Etwas, womit viele der hier Anwesenden aufwarten konnten. Eine gesunde Gesichtsfarbe hatte nach wie vor keine Chance, sich als Modetrend durchzusetzen.

»Wo ist Veronika?«, fragte ich erstaunt.

»Ihr Nikita ist krank«, erklärte Katja. »Akklimatisationsprobleme nach Courchevel.«

Ich bestellte mir Fisch-Carpaccio und ein Glas eisgekühlten Weißwein.

»Was gibt's Neues auf der Piste?«, wandte sich Lena an Olesja.

Olesja verzog affektiert die Lippen. »Lustig war's. Ganz Moskau war da, wie üblich.«

»Und wie war's beim Skifahren?«, fragte Katja. Sie wusste, dass Olesja gar nicht Ski laufen konnte und den ganzen Tag in einem Café auf dem Berg verbrachte.

»Nicht schlecht. Mein Mann war zufrieden«, erwiderte Olesja würdevoll.

In diesem Stil plauderten wir weiter, bis die Kellner die Vorspeisen brachten.

»Sieh mal einer an!«, sagte Katja plötzlich und flüsterte Lena zu: »Dreh dich nicht um!«

Aber Lena schaute schon in dieselbe Richtung, in die ihre Freundin eben noch geblickt hatte.

Arm in Arm mit einer fülligen, sommersprossigen Frau war Lenas Lover in der Tür aufgetaucht.

»Das gibt's doch nicht!« Lena wurde munter. »Hat er uns gesehen?«

»Ich glaube nicht«, sagte ich und beobachtete, wie die beiden sich gemessen an einem Tisch niederließen.

»Erst heute Morgen hat er mir noch seine Liebe geschworen!«, sagte Lena lachend.

»Und worüber freust du dich jetzt?«, fragte Olesja.

»Na, wahrscheinlich ist er mit ihr hier, um über die Scheidung zu sprechen. Zuerst flößt er ihr Wein ein, um sie milde zu stimmen. Ihr hättet mal hören sollen, wie er die letzten Wochen über gewinselt hat! Er schluchzte fast schon vor Liebe. Hat mir einen Ring geschenkt. Ich hab vergessen, ihn aufzusetzen. Zweieinhalb Karat.«

»Was?!«, schrie Olesja.

»Ja-a.« Lena lächelte selbstzufrieden.

»Ein schöner Ring?«, erkundigte sich Katja.

»Sehr schön. In Rotgold gefasst, und solche schweren Klunker.« Sie krümmte die Finger, um uns anschaulich zu zeigen, wie der Ring aussah.

»Toll«, stimmte ich ihr zu. Wir tranken Wein.

»Sieh mal, jetzt spricht er jemanden an.« Olesja zeigte in die Richtung, wo Lenas Freund gerade einen Bekannten begrüßte.

»Komm mit!« Lena packte rasch meinen Arm. »Wir tun so, als müssten wir zur Toilette.«

Ich zwängte mich zwischen den Tischen durch, immer hinter Lena her, bis sie plötzlich stehen blieb und ich gegen ihren Rücken prallte.

»Hallo«, hörte ich sie mit geheimnisvoll klingender Stimme sagen und lächelte ebenfalls: Immerhin hatten wir ja mit diesem Mann zusammen Silvester gefeiert.

Er ließ seinen Blick zerstreut über Lena gleiten, dann über mich, dann über jemanden hinter mir, lächelte irgendeinem von uns zu und wandte sich wieder an seinen Bekannten: »Wie wär's dann also mit diesem Wochenende ...«

Lena lief rot an. Ich fing den aufmerksamen Blick der sommersprossigen Frau auf, ergriff Lenas Hand, lächelte aller Welt zu und zog sie in Richtung Toilette.

»Hast du das gesehen?!«, rief Lena.

Ich vergewisserte mich, dass es in den Kabinen keine ungebetenen Zuhörer gab.

»Es ist seine Frau«, sagte ich.

»Er hat mich nicht gegrüßt! Mir ist egal, ob das seine Frau ist oder seine Mutter! Mit mir geht er jeden Tag ins Bett! Sie ist doch gar nicht seine Frau!«

Die Tür ging auf, und ein Mädchen mit Handy kam herein.

»Ja! Ich bin im Café Vogue! ... Jede Menge Leute! ... Doch, doch, ganz nette.« Sie warf uns einen misstrauischen Blick zu und schloss sich in einer Kabine ein. »Los, ich warte.«

Lena weinte lautlos. »Bring mir meine Garderobenmarke vom Tisch«, bat sie mich. »Ich gehe nicht mehr zurück.«

Ich fuhr mit ihr nach Hause.

Eine Stunde später rief er an. Lena nahm nicht ab. Sie schüttelte schweigend den Kopf. Er rief noch einmal an.

»Vermutlich versteckt er sich im Pissoir«, sagte Lena voller Abscheu und trank den sechsten Wermut auf Eis. »Ich will nicht, dass mir jemand seine Liebe aus dem Pissoir beteuert.«

Das Wort gefiel ihr. Während wir beide weiter tranken, sprach sie es noch mehrere Male aus.

Vermutlich war das Pissoir auch der Ort, an den sie ihren Bräutigam wünschte, als sie endlich einschlief.

Ich holte den Koffer mit Maschas Sachen aus dem Abstellraum. Vorsichtig faltete ich die winzigen Strampelanzüge, Mützchen und Fäustlinge auseinander. Diese Jeanskappe für ein drei Monate altes Baby hatten Serge und ich in Paris gekauft, als ich noch schwanger war. Und diese komische

Hose mit Zwergen hatte meine Schwiegermutter ihr gekauft, in irgendeinem Ramschladen. Ich glaube, wir haben sie Mascha kein einziges Mal angezogen. Aber jetzt kam sie mir ganz entzückend vor.

»Was machst du da?«, fragte Mascha und guckte neugierig in den Koffer. Wie alle Kinder war ihr die eigene Vergangenheit gleichgültig.

»Nichts, ich sehe mir die Sachen nur mal an«, antwortete ich vage.

»Willst du sie jemandem schenken?«

Ihr kindlicher Scharfsinn erstaunte mich immer wieder.

Ich setzte mich auf den Fußboden und umarmte Mascha. Sie hat ja einen Bruder, dachte ich, und bestimmt wird sie sich darüber freuen.

Die meisten Sachen waren rosa – die legte ich zur Seite und suchte nur die heraus, die andersfarbig waren.

»Gefallen die rosa Sachen dir nicht?«, fragte Mascha und versuchte, ein winziges Strickmützchen aufzusetzen.

»Doch, aber das ist für einen Jungen«, erklärte ich. »Hättest du gern ein Brüderchen?«

»Nein«, verkündete Mascha kategorisch.

»Na, auch gut.«

Ich verstaute die Babywanne im Auto, den Flaschenwärmer, das Sterilisiergerät, den Kinderwagen, einen ganzen Beutel voller Schnuller, eine Digitalwaage und eine Kinderreisetasche. Die Kleider legte ich ordentlich gestapelt in eine Tüte.

»Fahren wir morgen in den Club?«, wollte Mascha wissen.

»Natürlich.« Ich nickte.

Sie winkte mir zu und ging ins Nachbarhaus rüber, um ihre Freundin zu besuchen.

Swetlana hatte Besuch von ihrer Mutter. Sie saß in der Küche auf dem einzigen Schemel und schlürfte geräuschvoll ihren Tee.

Ich warf einen Blick in das Bettchen. Das runzlige kleine Affengesicht rief keinerlei Gefühle in mir hervor. Nur schwer konnte man sich vorstellen, dass daraus einmal das Gesicht von Serge werden sollte.

»Ist er nicht süß?«, fragte Swetlana gerührt.

Ich blickte sie forschend an. Offenbar war sie tatsächlich dieser Meinung. »Ja.« Ich nickte. »Sehr niedlich.«

»Serjosha wie aus dem Gesicht geschnitten. Findest du nicht auch?«

Ich überlegte noch, was ich darauf erwidern sollte, als aus der Küche die glückliche Stimme von Swetlanas Mutter schallte: »Swetik! Hier ist die Waage, von der du geträumt hast!«

»Oh!« Swetlana hüpfte vor Freude in die Höhe. »Ich stille ja selbst und muss ihn auch wiegen.«

»Eine Digitalwaage!«, schrie ihre Mutter aus der Küche so laut, als befände sich die Küche im Erdgeschoss und wir uns im vierten Stock.

»Gab es damals denn schon Digitalwaagen?«, fragte mich Swetlana erstaunt.

Ich fühlte mich wie die Mutter eines Mammuts.

»Jemand hat sie mir aus dem Ausland mitgebracht«, murmelte ich.

Die beiden schauten voller Eifer die Babysachen durch, wuschen manches davon sofort im Waschbecken, steckten anderes in die Waschmaschine und hatten mich vollkommen vergessen.

Das Kind wachte auf und begann zu weinen.

Ich nahm es auf den Arm. Es kam mir leichter vor als

Maschas Puppen. Welch lang vermisstes Gefühl – ein neugeborenes Kind im Arm zu halten.

Swetlana nahm ihn mir weg und legte ihn sich an die Brust. Ihre verschwommene violette Brustwarze war genauso groß wie sein Gesicht. Ich ging hinüber in die Küche.

Swetlanas Mutter rauchte und bemühte sich, den Qualm zum geöffneten Oberlicht hinauszublasen. Es gelang ihr aber nicht, und sie wedelte ihn mit der Hand durch die Küche.

Ich stellte mir Serge in der Rolle ihres Schwiegersohns vor. Als Erstes hätte sie garantiert mit dem Rauchen aufhören müssen.

»So ein Prachtmädel«, sagte sie und meinte damit offenbar ihre Tochter. »Alles macht sie allein: Geld verdienen, ein Kindchen gebären.«

Sie sprach mit einem Respekt, den mir meine Mutter unter ähnlichen Umständen kaum gezollt hätte.

»Nicht wahr?!«, sagte sie halb fragend, halb bekräftigend, und ich erschrak – musste ich ihr jetzt zustimmen? Swetlanas Mutter hielt mich vermutlich für eine Freundin ihrer Tochter. »Sie kauft sich ja jetzt eine Wohnung, was das für ein Geld kostet ...« Ein Zigarettenstummel flog durchs Oberlicht. »Schon als Kind war sie so: Wenn sie sich was in den Kopf gesetzt hatte, konnte man sie nicht davon abbringen. Und was hat sie doch für ein schweres Leben.« Sie blickte mich von der Seite an und suchte offenbar auch bei mir nach Anzeichen eines schweren Lebens. Mitfühlend seufzte sie. »Eine Mutter ist Gott sei Dank immer für ihr Kind da.«

Aus dem Zimmer nebenan hörte man das unzufriedene Quäken des Babys.

»Sie hat sich in einen Mann verliebt und ein Kind bekommen. Ganz allein. Das ist wahre Liebe. Na, und nun ist er gestorben ...«

»Umgekommen«, verbesserte ich.

»Serjoshenka schläft«, sagte Swetlana und zog ihren Kittel fester zu.

Bitte nicht Serjoshenka!, hätte ich am liebsten geschrien. Dieser Name hat weder mit diesem Kind noch mit dieser Küche oder diesem grässlichen Kittel etwas gemein.

»Na, dann will ich mal wieder los.« Ich verabschiedete mich und ging hinaus. Vom Auto aus rief ich bei Lena an: »Wie geht's dir?«

»Geht so.«

»Hat er angerufen?«

»Das ist unwichtig. Vergiss ihn. Ich habe ihn schon vergessen.« Sie sprach ernst und ein ganz klein wenig traurig. Ich glaubte ihr sofort.

»Recht so. Es gibt Millionen anderer Männer. Sie werden bei dir noch Schlange stehen!«

»Ja.«

Der Bruder meines Chauffeurs rief an.

»Wir haben ausgesagt«, teilte er mit. »Ihre Wache ist gekommen.«

»Ausgezeichnet.«

»Am Montag wird Order gegeben, ihn zu verhaften.«

»Danke.«

Mitten in der Nacht wachte ich auf. Meine linke Seite tat so weh, als hätte man einen Haken hineingebohrt und umgedreht. Ich konnte nicht aufstehen. Ich konnte mich nicht aufrichten. Irgendwie schleppte ich mich schließlich nach unten zur Hausapotheke und schluckte ein Efferalgan.

Zwei Stunden später nahm ich noch eins.

Ich konnte nichts tun, nur weinen.

Der Schmerz ließ nicht nach.

Es wurde hell.

Ich nahm die ganze Packung Schmerztabletten ein und überschritt damit beträchtlich die empfohlene Dosierung.

Ich rief bei der Auskunft von Beeline an.

»Wie bekomme ich einen Krankenwagen?«

Sie hatten selbst einen. Man brachte mich ins Zentralklinikum.

Ich hatte eine Nierenbeckenentzündung.

Kälteschauer schüttelten mich. Das nannte man eine Intoxikation. Ich hatte 39,6 Fieber.

Vier Tage lang sank die Temperatur nicht.

Hätte mir ein Bein abgesägt werden müssen, damit das aufhörte, ich hätte es mir selbst abgesägt, so sehr quälte ich mich.

Man legte mir eine Nierenoperation nahe.

»Andernfalls verlieren wir das Mädel«, hörte ich den Arzt sagen.

Sie gaben mir vierzig Minuten. Wenn bis dahin keine Besserung eingetreten war, wollten sie mit der Operation beginnen.

Nach vierzig Minuten war das Fieber gesunken.

Ich schlief ein – ein befreiender, heilender Schlaf.

Am Donnerstag ging es mir besser. Meine Mutter, die die ganze Zeit bei mir gewesen war, fuhr nach Hause. Am Freitag bat ich um einen Fernseher. Und ein Telefon.

In der Firma nahm lange niemand ab. Ach, hätte doch nie jemand abgenommen.

Sergej hatte sich aus dem Staub gemacht. Dem Gerücht nach zu Wimm-Bill-Dann.

Ich weiß nicht genau, ob das die zweite schlechte Nachricht war, die er mir nicht mehr hatte mitteilen können – oder die Tatsache, dass die Molkerei in Ljuberzy, mit der wir zusammenarbeiteten, von der Hygiene- und Seucheninspektion geschlossen worden war.

»Alles wegen Ihrer Molke!«, schrie der Direktor mir durchs Telefon ins Ohr. »Wem sind Sie da bloß in die Quere gekommen?«

»Haben Sie ein Fax?«, fragte meine Buchhalterin. »Ich schicke Ihnen die Zahlen. Wir haben riesige Verluste!«

Ich schaute mich um. Ich hatte ein Bett, einen Nachttisch und darauf einen Fernseher. Ein Fax hatte ich nicht.

»Bitte entlassen Sie mich«, bat ich den Arzt und versuchte, so gesund wie möglich auszusehen.

»Gern«, stimmte der Arzt zu, »in zwei Monaten. Drei Wochen müssen Sie noch liegen und dürfen nicht aufstehen. Haben Sie eigentlich eine Vorstellung davon, wie schlimm es um Sie stand?«

Ich lag noch eine Woche, ohne aufzustehen. Das ruhige, geregelte Krankenhausleben wirkte sich segensreich auf meine Psyche aus. Die heftigste Erschütterung, die einem hier widerfahren konnte, war eine Kakerlake auf der Toilette.

Der Tag begann mit Tabletten und hörte mit ihnen auf. Die Kranken begrüßten freudig ihre Besucher, guckten in die Taschen mit Lebensmitteln, riefen bei sich zu Hause an, saßen im Flur in gemütlichen Ledersesseln und hatten alle Zeit der Welt.

Ich wollte nichts lieber als möglichst schnell raus. Mir schien, das Leben gehe an mir vorbei.

Jeden Tag rief meine Buchhalterin an. Viele Leute erschienen gar nicht mehr zur Arbeit. Ich bat die Buchhalterin, seltener anzurufen. Die Progression oder besser Regression der Zahlen war stabil, und einfache mathematische Kalkulationen konnte ich selbst durchführen.

Lena besuchte mich.

Ich bot ihr sofort einen Stuhl an, denn ich erinnerte mich daran, wie unbequem es für mich gewesen war, am Bett meines Chauffeurs zu stehen.

Sie hatte ihren Lover verlassen.

»Wahrscheinlich bin ich ein typischer Pechvogel«, sagte sie traurig und bemühte sich, an dem Gläschen mit der Urinprobe vorbeizusehen. »Ich hab meinen Ex gebeten, mir mehr Geld zu geben, schließlich ist mit diesem Euro alles teurer geworden, aber er hat gesagt, er hätte im Moment Probleme.« Sie seufzte. »Er hat Probleme, dafür hat sie keine. Veronika hat den Van Cleef gesehen, den er ihr zu Neujahr geschenkt hat. Und ich hab einen Bulgari-Füller von ihm bekommen. Was glaubt er, soll ich damit machen?«

»Dafür hat er dir das Haus überlassen.« Ich verteidigte Lenas Ex-Mann.

»Ich wünsche ja niemandem etwas Böses, aber er sollte mal selbst versuchen, von diesen zweitausend Dollar zu leben, die er mir gibt«, sagte sie rachsüchtig. »So ein Ekel. Wäre ich ein Mann, würde ich ihm überhaupt nichts geben.«

Ich musste lachen.

»Auch wenn du ihn selbst verlassen hättest?«

»Natürlich.« Sie nickte überzeugt. »Wie lange hat er mir denn das Leben zur Hölle gemacht, bis ich ihn verlassen habe?«

»Du bist ungerecht«, seufzte ich.

»Na ja, ich weiß schon. Aber ich komme mit dem Geld einfach nicht aus.«

Meine Mutter kam, zusammen mit Mascha. Sie starrte mich mit weit aufgerissenen Augen an und wollte bei mir im Krankenhaus bleiben.

»Dir tut doch nichts weh?«, fragte sie rührend.

»Nein. Ich muss nur liegen.«

»Deine Filipina«, beschwerte sich meine Mutter, »verlangt lauter Lebensmittel, die man nur bei Stockmann kaufen kann.«

»Bring ihr doch bei, Pelmeni zu machen.«

»Ich habe ihr gezeigt, wie man Borschtsch macht. Mit saurer Sahne. Sie hat davon gegessen und hatte danach drei Tage lang eine Magenverstimmung. Wie empfindlich sind diese Geschöpfe eigentlich ...«

Dann erschien Katja.

Ihre Therapie gegen Unfruchtbarkeit ging dem Ende zu.

»Jeden Tag diese Fahrerei wegen der Spritzen! Ich bin es restlos leid«, schimpfte sie.

»Hauptsache, es wirkt«, sagte ich.

»Ich kann nicht lange bleiben: Ich muss noch zur Miliz, meinen Pass eintauschen. Du weißt doch, diese neuen Pässe?«

»Ja.« Ich nickte. »Eins von meinen Mädchen hatte einen Termin beim Passamt, sie haben ihr Geburtsjahr geändert.«

»So?« Katjas Augen funkelten. »Das würde ich auch gern ändern lassen. Fünf Jahre weniger. Was denkst du, was das kostet?«

»Weiß ich nicht. Gib ihnen hundert Dollar.«

»Dafür würde ich auch zweihundert hinblättern!«

Ich aß gerade meine dünne Bouillon, die zu meinem Diätplan gehörte, als die Mutter meines Chauffeurs anrief. Ich begriff nicht sofort, wer dran war. Die erste Minute waren nur Schluchzen, Schniefen und Laute von der Art zu hören, wie sie ein Sterbender von sich gibt, dem man das Sauerstoffkissen wegnimmt.

Eine böse Ahnung nistete sich irgendwo im Bereich meiner Bauchspeicheldrüse ein wie eine Krebszelle.

Letzte Nacht hatte man ihren Wagen in die Luft gesprengt. Das ausgebrannte Gerippe stand vor dem Haus.

Der Chauffeur hatte am Freitag ausgesagt. Am Montag war der Haftbefehl erlassen worden. Aber bis jetzt war Wowa Ratte noch nicht festgenommen worden – er war aus seiner Wohnung verschwunden.

»Wir sind am Telefon bedroht worden!«, schluchzte seine Mutter. »Sie haben gesagt, jeden Tag würden sie mir einen Finger brechen, bis wir die Aussage zurücknehmen!«

Sie war so verängstigt, dass dieses Gefühl sich auch auf mich übertrug. Ich krümmte mich in meinem Bett zusammen und fühlte mich so schutzlos, dass ich mir am liebsten die Decke über den Kopf gezogen hätte.

»Du musst ihm gut zureden!«, heulte sie in den Hörer.

»Wem?«, fragte ich entsetzt, denn ich konnte mir nicht vorstellen, wie ich Wowa Ratte gut zureden sollte.

»Meinem Sohn! Er will seine Aussage jetzt nicht mehr zurücknehmen!«

Die Luft in meinem winzigen Krankenzimmer schien mir mit einem Mal frischer. Ich war nicht allein. Irgendwo, umgeben von Arzneien und medizinischen Analysen, genau wie ich, war ein Mensch, der mit mir einer Meinung war. Und ohne dass er es ahnte, unterstützte er mich gerade jetzt, wo ich eine solche Hilfe mehr als alles andere brauchte. Das war mein Chauffeur.

Ich erinnerte mich, wie er sich einmal über einen außer Rand und Band geratenen Parkplatzwächter im Casino erregt hatte. Fast hätte er ihn zusammengeschlagen. Ich hatte meinen Freunden diese Geschichte erzählt, überheblich grinsend. So wie man von einem Kind erzählt, das mit den Gästen gern mit Wasser anstößt.

Jetzt konnte ich ihn deutlich vor mir sehen, wie sich seine Fäuste ballten, sein Gesicht puterrot wurde und er zu seiner Mutter sagte: »Nein. Das läuft nicht nach dem seiner Nase.« Oder so etwas Ähnliches.

»Beruhigen Sie sich«, sagte ich. »Und gehen Sie nicht aus dem Haus. Solange Sie dort sind, sind Sie in Sicherheit.«

Ich bat sie, ihren Sohn ans Telefon zu holen.

»Hallo«, sagte er ruhig.

»Soll ich die Wache verstärken?«, fragte ich.

»Nicht nötig. Ins Haus trauen sie sich nicht. Wir haben einen Mann in der Wohnung, ein zweiter steht draußen. Und einmal am Tag kommt noch einer und kontrolliert.«

Ich nickte. Obwohl er das natürlich nicht sehen konnte.

»Ich überlege mir was!«, versprach ich.

»Ich weiß«, antwortete er.

Ich stand auf und begann langsam und sehr vorsichtig zu gehen. Die Angst vor dem Schmerz krampfte mir den Rücken zusammen.

»Wo wollen Sie hin?«, schnauzte mich auf dem Flur eine überraschte Krankenschwester an.

Es war Februar. Wo sich meine Kleider befanden, wusste ich nicht.

Ich lehnte mich an die Wand und rutschte an ihr hinunter auf den Fußboden, wie ein Tropfen Himbeermarmelade an einem Glas. Nur hinterließ ich keine Spuren. Man fasste mich unter die Arme und brachte mich zurück ins Bett.

Das Telefon klingelte. Jeder neue Klingelton, hartnäckig und durchdringend, rief in meiner Fantasie ein noch schlimmeres Bild hervor. Brennende Autos; eine offene

Aufzugtür und das Krachen von Schüssen; das schmerzverzerrte Gesicht einer alten Frau, der man die Finger bricht ... Ich nahm den Hörer ab, um diesen Albtraum zu beenden.

Es war meine Buchhalterin. Unter vielen Entschuldigungen teilte sie mir mit, dass die Bank schon zwei Briefe geschrieben habe. Wir waren mit den Zahlungen erheblich in Verzug geraten, und die Bank könnte Maßnahmen ergreifen, die Hypotheken betreffend. Ob sie mir die beiden Briefe bringen solle?

»Nein.« Ich dankte ihr höflich. Ob ich noch Fragen hätte? Ich hatte.

»Wie ist die Stimmung in der Firma?«

»Alle warten auf Sie«, antwortete sie ausweichend. Und fragte, ob sie den Angestellten ihr Gehalt auszahlen dürfe.

»Natürlich.« Ich hatte völlig vergessen, wozu mich der Siebte jedes Monats verpflichtete: Die Leute mussten ihr Geld bekommen, damit sie es ihren Familien bringen, Essen und warme Sachen kaufen konnten. Und vielleicht noch ein paar Luxusgegenstände – eine echte Teflonpfanne zum Beispiel.

»Aber was ist in diesem Monat mit den Akkordarbeitern?«, fragte ich beunruhigt. »Sie hatten ja nichts zu tun. Vielleicht können Sie ihnen eine bestimmte Summe geben, die auf ihren künftigen Verdienst angerechnet wird?«

Sie wurde verlegen.

»Die Akkordarbeiter haben fast alle gekündigt. Sie müssen Geld verdienen. Und die Produktion steht ja still. Niemand weiß, was zu tun ist. Und Sergej hat gesagt, als er gegangen ist ...«

»Unwichtig«, unterbrach ich sie. »Aber Sie bleiben vorläufig noch auf Ihrem Platz, ja?«

Sie versprach es mir – allerdings ohne besonderen Optimismus.

Es sah ganz so aus, als hätte die Welt mich auf die Müllhalde gespuckt.

Am Montag konnte ich schon gehen. Immer bemüht, den Rücken abzustützen. Empfohlen wurde mir das Herumgehen allerdings nicht.

Ich musste eine Erklärung unterschreiben, dann wurde ich entlassen. Veronika holte mich ab.

»Du brauchst einen Chauffeur«, sagte sie bestimmt.

Eine Freundin von ihr hatte eine Agentur namens »Nikita« für weibliche Bodyguards eröffnet. Dort könnte ich eine finden, die auch gleich den Führerschein hatte.

»Und wieso eine Frau?«, wollte ich wissen.

»Die verpestet dir nicht die Luft in deinem Auto. Am besten, du suchst dir auch eine Nichtraucherin aus.«

Ich überlegte.

Veronika rief ihre Freundin an und sagte, sie brächte ihr gleich eine Kundin.

Die Chefin von »Nikita« hatte Stil. Ich hielt sie für lesbisch.

»Alle schimpfen auf die dusseligen Fahrer«, erläuterte sie mir ihre Geschäftsidee. »Wenn ein Mann Verstand hat, dann hat er einen eigenen Fahrer, aber bei einer Frau sieht das anders aus. Sie studiert, dann bekommt sie Kinder, zieht sie auf, dann lässt sie sich scheiden, und plötzlich ist sie schon über dreißig. Sie ist intelligent, aber wer interessiert sich für ihren Verstand? Wo soll sie ihn anwenden?«

Ich versicherte ihr, ich würde meiner Chauffeurin alle Voraussetzungen bieten, damit ihre intellektuellen Fähigkeiten nicht brachliegen mussten.

Man zeigte mir Fotos.

»Eigentlich versuchen wir, ohne Fotos auszukommen«, erklärte sie, als sie mein verdutztes Gesicht sah. »Ihr Charme liegt nicht im Aussehen ...«

Ich ließ mich schließlich überzeugen und willigte ein, eine gewisse Alexandra für eine Probezeit einzustellen.

»Kauf ihr einen Hosenanzug von Gaultier«, schlug Veronika vor, als wir wieder ins Auto stiegen. »Ich hab einen bei Italmoda gesehen – ein Hemd im Knitterlook, Schlips und weite Hosen.«

Ich hatte Veronika nicht mehr gesehen, seit sie aus Courchevel zurück war. Sie erzählte von ihrem Urlaub so, wie es üblich war, von etwas zu erzählen, was pro Tag eintausendsiebenhundert US-Dollar kostete, den Preis für den Skilift nicht inbegriffen: ein bisschen hochmütig, ein bisschen herablassend, die Namen der Stars und Oligarchen mit Schauplätzen und Umständen vermischend, wie man Pasta in der Schale mit der Soße mischt; es änderten sich nur die äußeren Umstände, der Inhalt blieb immer gleich: Empfänge, Affären, Pelze und diese Schlange Ksjuscha (Uljana, Swetlana – der Name war nicht wichtig), die so umwerfend aussah ...

Alexandra erschien am Morgen des folgenden Tages in meinem Haus. Ich musterte sie neugierig: kurzes Haar, energische Bewegungen und die seltsame Angewohnheit, mit den Absätzen zu knallen wie die Weißgardisten im Film *Der Adjutant seiner Exzellenz.*

Früher hatte Alexandra bei einem privaten Sicherheitsdienst gearbeitet. Sie war Sergeant.

»Hast du einen Waffenschein?«, fragte ich.

»Ja. Natürlich nicht für Dienstwaffen.«

Wir fuhren zum Milizrevier.

»Wenn ich in einer halben Stunde nicht zurück bin«, instruierte ich Alexandra, »dann ruf mich vom Autotelefon aus an. Wenn ich nicht abhebe, ruf diese Nummer hier an, der Mann heißt Wadim, und sag ihm, dass man mich auf der Miliz festhält.«

Ich traute der Miliz noch weniger als seinerzeit Oleg.

Als ich in Alexandras konzentriertes Gesicht blickte, fiel mir ihr Personalbogen ein, aus dem hervorging, dass sie kinderlos, ehelos und ohne Anhang war.

»Irgendwie siehst du nicht besonders aus«, wunderte sich der Einsatzbeamte, der schon vor einem halben Jahr nicht begriffen hatte, warum ich wissen wollte, ob mein Mann sofort tot gewesen war.

»Ich war im Krankenhaus«, erklärte ich und wusste nicht, wozu ich das sagte.

Der zweite – »unser Mann«, wie Wadim es nannte – betrat das Büro, und ich wandte mich sofort an ihn: »Der Mörder bedroht meinen Chauffeur. Wir haben dort eine Wache aufgestellt. Aber sie erhalten Anrufe ...«

»Eine Abhöranlage werden wir nicht installieren«, unterbrach mich der Einsatzbeamte. »Solche Idioten, die vom eigenen Telefon aus anrufen, gibt es schon lange nicht mehr. Schließlich sehen heute alle fern.«

»Unser Mann« nahm eine Schüssel vom Fußboden, die vorsorglich unter eine lecke Stelle in der Decke gestellt worden war, und ging damit in den Flur. Ich wartete, bis er zurückkam.

»Euer Wowa Ratte ist aus seiner Wohnung verschwunden. Wir haben einen Steckbrief rausgeschickt. Jetzt können wir nur warten – vielleicht taucht er ja irgendwo auf.«

Er schaltete den Wasserkocher ein. Es herrschte eine so heimelige Atmosphäre in diesem Büro, dass einem Wowa

Ratte oder gebrochene Finger ganz unwahrscheinlich und irreal vorkamen, oder wenn real, dann irgendwo in so weiter Ferne, dass sie keine ernstzunehmende Gefahr darstellen konnten.

»Obwohl ich solche Geschichten kenne.« Der Beamte, der auf unserer Seite stand, winkte träge ab. »Wir finden ihn, aber kurz vor dem Prozess springt der Zeuge ab. Oder während des Prozesses. Und die ganze Sache ist mal wieder im ...«

Er warf mir einen Seitenblick zu, offenbar ungewiss, ob er sich in meiner Anwesenheit einen Kraftausdruck erlauben durfte. Ich wollte, dass sie in diesem Fall Erfolg hatten, natürlich, aber das betonte »mal wieder« rief doch Schadenfreude in mir wach. Offenbar landeten ihre Fälle recht oft an dem Ort, den er gerade nennen wollte, dachte ich.

»Aber Sie müssen Wowa trotzdem kriegen«, unterbrach ich ihn.

Vermutlich hängt mit der genetisch bedingten Furcht vor den Sicherheitsorganen auch dieses Gefühl zusammen: die Hoffnung, wenn ihre Arbeit so oft an besagtem Ort endet, dann hätte im Zweifelsfall auch ich möglicherweise eine Chance davonzukommen ...

»Gibt es in diesem Land eigentlich noch Recht und Ordnung?«, knurrte ich im Tonfall Posners aus dem Politmagazin *Vremjena.*

Im Auto wäre ich fast eingeschlafen. Die Krankheit steckte mir noch in den Knochen. Ich bat Alexandra, mich nach Hause zu fahren, wo mich meine regelmäßige Spritze erwartete.

Galja war ohne Arbeit. Nach der Nierenbeckenentzündung durfte ich weder in die Sauna noch zur Massage. Ich schickte sie nach Hause, in Urlaub, und nahm ihr das Versprechen ab, in einem Monat wieder zurückzukommen.

Ihre Abfahrt erschien mir als Katastrophe, doch schon drei Tage später hatte ich sie vergessen.

»Aus den Augen, aus dem Sinn« – dieses dumme Sprichwort ging mir nicht aus dem Kopf. Wie es wohl jetzt in London aussah? Soll heißen, bei Wanjetschka?

Die Hände in den Taschen vergraben, trat Alexandra die vereisten Schneeklumpen auseinander, die meine Zufahrt versperrten. Ich saß im Auto und beobachtete sie durch die Windschutzscheibe. Ihren Lippenbewegungen nach zu urteilen, fluchte sie. Nicht weil es ihr widerstrebte, den Schnee mit den Füßen wegzutreten, sondern weil das zu ihrem Selbstverständnis passte. Sie ähnelte einem nicht ganz fertig gestellten Mann. Ich muss mal ein Wörtchen mit ihr reden, beschloss ich und legte mir im Geist eine komplizierte Argumentationskette zurecht, die sie am Ende dazu bringen sollte, weiblicher zu werden. Hätte ich einen Mann gebraucht, so hätte ich einen Mann genommen und nicht dich – so wollte ich anfangen. Und ein Mann, der eine Frau haben möchte, benötigt ein Wesen, das sich von ihm selbst grundlegend unterscheidet: zart, elegant, mit einem Wort – weiblich.

»Wie bist du eigentlich sexuell orientiert?«, fragte ich Alexandra, als sie ins Auto stieg und die Luft sich mit dem Geruch nach billigem Tabak füllte. Das war meine Einleitung zum geplanten Gespräch, und ich wollte schon zum nächsten Satz übergehen, als mir die Bedeutung ihrer Antwort klar wurde.

»Fifty-fifty«, sagte sie ehrlich und zog mir damit gewissermaßen den Boden unter den Füßen weg. Abwartend schaute sie mich im Rückspiegel an.

Gott sei Dank klingelte das Telefon. Ich teilte meiner Buchhalterin mit, dass ich in einer halben Stunde im Büro sein würde.

»Kann man alle unsere Schulden zusammenfassen und der Bank eine Tranche auszahlen?«, fragte ich sie, als ich in meinem Büro saß. Jetzt, wo sich die eine Hälfte meiner Mitarbeiter abgesetzt hatte und die andere mich mit teils fragenden, teils mitfühlenden Blicken betrachtete, kam mir die Einrichtung meines Büros übertrieben elegant und großspurig vor. So als hätte ich einen Skianzug von Chanel angezogen, ohne überhaupt Ski laufen zu können. Genau das war mir übrigens mal passiert. Als ich gedacht hatte, mir genügten zwanzig Minuten, um diese Sportart zu erlernen.

»Hier sind die Abrechnungen. Wir haben alles Geld zusammengekratzt. Gestern. Ich habe die Steuern bezahlt – es ist doch schon Februar.«

Na, und wenn schon. Ich machte mich daran, rasch eine Speditionskampagne zu organisieren. Zu dem Zeitpunkt, als Sergej sich verdrückt hatte, war dafür schon alles vorbereitet gewesen. Es handelte sich natürlich nicht um Gott weiß wie viel Geld, aber immerhin würde ich damit die Schulden begleichen und den Leuten Arbeit geben. Ich suchte auf dem Schreibtisch nach den Vorverträgen, die wir mit mehreren Lagerhallen geschlossen hatten.

Ich sagte meiner Sekretärin, sie solle keine Telefonate mehr durchstellen. Ich hatte beschlossen, die Firma nicht eher zu verlassen, bis ich alle meine Probleme gelöst hatte.

Aber zuerst musste ich noch einen Anruf erledigen.

In letzter Zeit fühlte ich mich zunehmend für die Familie meines Chauffeurs verantwortlich. Ich machte mir aufrichtige Sorgen, ob er die ihm verschriebenen Medikamente auch einnahm. Er musste wieder gesund werden.

Er selbst nahm den Hörer ab.

Erstattete mir kurz Bericht, wie ein Soldat.

»Wir wollten Sie nicht beunruhigen«, sagte er zum Schluss. »Wir dachten, Sie seien im Krankenhaus.«

Ich nahm ihm das Versprechen ab, mich über alle Vorkommnisse sofort zu unterrichten.

Ich legte auf. Wählte den Direktor des Wach- und Sicherheitsdienstes an. Ich riss mich zusammen, so gut ich konnte, aber trotzdem begann ich ihn anzuschreien. Es fiel mir leichter zu brüllen als mir vorzustellen, was jetzt in dieser Wohnung mit der in Flammen aufgegangenen Tür passierte.

»Man hat ihre Tür in Brand gesteckt! Du hast gesagt, deine Jungs wären die besten! Jeder Idiot wird mit deiner Wache fertig! Dort befinden sich ein kranker Mann und eine alte Frau!«

Er verteidigte sich matt. Den einen Wachmann hatte tatsächlich ein Mann überwältigt, der mit einem Hund die Treppe hochgekommen war. Der Wachmann hatte ihn für einen Nachbarn gehalten und ihn zu nahe herangelassen. So war die Tür in Brand gesetzt worden. Instruktionsgemäß durfte der zweite Wachmann nicht nach draußen kommen, um das Feuer zu löschen. Er blieb drinnen und schützte seine Klienten. Er setzte sich aber mit dem Bereitschaftsdienst in Verbindung, und man schickte ihnen bewaffnete Männer. Die Nachbarn riefen die Feuerwehr.

»Das war nur ein Einschüchterungsmanöver«, sagte er. »Schließlich ist ihnen ja nichts passiert, oder? Ich werde die Wache auf meine Kosten um zwei Mann verstärken. Einverstanden? Für zwei Tage.«

»Für drei«, sagte ich. »Und Sie kümmern sich um die Reparaturen im Treppenhaus.«

»Was denn noch! Immerhin ist einer meiner Männer zu Schaden gekommen – Gehirnerschütterung.«

Meine Sekretärin schaute herein. Erschrocken stotterte sie irgendwas wie: »Ist bei Ihnen alles gut?« Ich bedeutete ihr mit einer Geste wegzugehen.

Bei mir war alles schlecht, sehr, sehr schlecht.

Wadim sagte das Gleiche: »Einschüchtern will er euch, der Dreckskerl.«

»Ruf die Miliz an! Können sie nicht irgendwas tun? Irgendwo muss er doch stecken? Muss essen? Wohnen?«

Wadim rief an. Man gelobte hoch und heilig, Steckbriefe und Fahndungsaufrufe an alle Bahnhöfe und Flughäfen zu schicken. Man versicherte, die Maus werde nicht entkommen. Ich dachte an die Schüssel, in die es vermutlich bis jetzt monoton von der Decke tropfte.

»Glaubst du, ich bin auch in Gefahr?«, fragte ich Wadim.

»Ich denke nicht. Aber wenn du willst, schicke ich dir einen Bodyguard.«

Ich seufzte. »Genau genommen habe ich schon einen. Eine Frau. Nur ohne Pistole.«

»Eine Frau?«, Wadim gluckste spöttisch. »Kauf ihr eine ›Wespe‹. Aus ein paar Metern Entfernung macht so ein Ding jeden platt. Man braucht allerdings eine Lizenz, wie bei einer Gaspistole.«

»Sie hat sie.«

Ich hielt die Verträge mit den Lagerhallen in der Hand. Wie gern wäre ich jetzt Scarlett O'Hara gewesen – mit dem historischen Recht, darüber erst morgen nachzudenken.

Ich ging nach draußen und fühlte mich wie ein Punchingball.

Auf dem Rücksitz meines Autos rauchte ich in tiefen Zügen echtes holländisches Haschisch. Alexandra verzog keine Miene.

»Wohin fahren wir?«, fragte sie munter.

»In die ›Galerie‹. Ecke Strastnoj-Boulevard – Trubnaja-Straße.«

Ich musste unter Leute, deren Häuser nicht an die Bank verpfändet und deren Chauffeure niemand erschießen wollte, außer vielleicht sie selber.

Die Erste, die ich erblickte, war Lena. Moskau ist eine riesige Stadt, aber man trifft überall immer dieselben Leute.

»Meiner ist auf Dienstreise«, flüsterte sie so laut, dass alle ringsherum mithören konnten. »Und jetzt hauen wir auf den Putz!«

»Deiner?«, fragte ich erstaunt zurück. Es stellte sich heraus, dass sie zusammengezogen waren. Nachdem sie ihn verlassen hatte, hatte er seine Frau verlassen. Ich hatte viel verpasst, während ich im Krankenhaus lag.

Ich lud sie zu einer Haschzigarette ein. Wir inhalierten in meinem Wagen. Alexandra stieg taktvoll aus.

»Wer ist denn das?«, fragte Lena.

»Meine Chauffeurin«, antwortete ich.

»Cool.«

Im Restaurant erwarteten uns Katja, Olesja und Kira mit ihrem fliederfarbenen Pudel. Fliederfarben, weil Kira ein fliederfarbenes Kleid hatte anziehen wollen. Aber dann stellte sich heraus, dass es in der Reinigung war.

»Es ist schädlich, sie allzu oft umzufärben«, erklärte Kira ihr mit Blondi nicht harmonierendes Outfit.

Lena und ich bedauerten sie stürmisch und wortreich. Selbst dann noch, als die Rede schon längst von etwas anderem war.

»Was ist los, seid ihr bekifft?«, fragte Katja.

Zu dritt gingen wir in die Toilette, sprengten überreichlich Parfum aus drei Flakons in die Luft und nahmen jede noch einen tiefen Zug.

Kiras ganze Aufmerksamkeit galt Olesja.

»Mein Gynäkologe hat mir gesagt: Ich nähe dich einfach zu, und dann bist du wieder wie ein kleines Mädchen. Natürlich hab ich mich nicht völlig zunähen lassen.«

»Natürlich nicht«, warf Lena ein und grinste übers ganze Gesicht. »Du bist ja nicht bekloppt.«

»Ja, aber ein bisschen schon. Ihr werdet es nicht glauben, aber ich fühlte mich wirklich wie ein Schulmädchen! Aber er, dieser Schuft, kam erst spät nach Hause. Ich hatte ihm nichts davon erzählt, dachte, es soll eine Überraschung für ihn werden. Ein neues, richtig scharfes Gefühl. Aber er war betrunken! Wir sind also zusammen ins Bett, und was glaubt ihr wohl?« Sie machte eine tragische Pause.

»Was?«, fragten wir im Chor.

»Besoffen wie er war, hat er geglaubt, er hätte mich entjungfert. Hat mich umarmt und um Verzeihung angefleht. Und dann hat er mir Geschenke versprochen, bis er eingeschlafen ist.«

Wir lachten, bis uns der Bauch wehtat und die Luft wegblieb, und konnten trotzdem nicht aufhören.

»Das ist nicht komisch«, sagte Olesja.

»Du sagst es«, brachte ich mit Mühe hervor.

Der Kellner kam. Wir hielten uns die aufgeklappten Speisekarten vor die lachenden Gesichter und gestikulierten mit den Händen, er solle später wiederkommen.

»Einen Moment noch!«, presste Lena heraus, während sie sich vor Lachen krümmte.

»Nein. Bringen Sie mir gebratene Rolls«, verlangte Olesja hochmütig, als säßen wir gar nicht neben ihr.

»Für uns auch«, sagte Kira und meinte damit sich und Blondi.

Als wir uns ein wenig beruhigt hatten, bestellte ich gedünsteten Kohl. Ich musste noch mindestens einen Monat lang Diät halten. Deswegen trank ich auch keinen Wein.

Wir rauchten noch eine Zigarette und fuhren dann ins First.

Mitten im Saal, umgeben von seinen Leibwächtern, tanzte Katjas Oligarch. Die Leibwächter tanzten ebenfalls, sahen allerdings nicht so aus, als mache es ihnen Spaß.

»Darauf muss ich erst mal eine paffen!«, sagte Katja, und wir gingen wieder zur Toilette. Diesmal kamen auch Kira und Blondi mit.

»Es macht dir doch nichts aus, dass er hier ist?«, fragte ich sie in der engen Toilettenkabine.

»Sollen wir lieber ins Cabaret fahren?«, schlug Lena vor.

»Ich kann den Laden nicht ausstehen«, sagte Kira.

»Schon gut.« Katja nahm einen tiefen Zug und hielt den Rauch lange zurück.

»Vielleicht bemerkt er uns ja nicht?«, meinte Kira zuversichtlich und nahm Katja die Zigarette ab.

»Mach dir keine Hoffnungen«, sagte Lena. »Der merkt immer alles. Schließlich ist er rund um die Uhr im Dienst.«

»Feine Sache.« Aus konspirativen Gründen betätigte ich die Wasserspülung. »Ein Dienst, der sich beim Tanzen erledigt!«

»Du redest wie meine Mutter. Die arbeitet bis sechs, und wenn man sie bittet, zwanzig Minuten länger zu bleiben, regt sie sich tagelang auf. Sein Arbeitstag dauerte vierundzwanzig Stunden am Tag. Aber wenn er nach Hause kam und sagte: ›Ich bin müde‹, fragte meine Mutter: ›Hast du vielleicht Holz geschleppt?‹«

»Aber Katja verteidigt ihn«, bemerkte Kira.

»Dann wollen wir alle mal ganz viel Mitleid mit ihm haben«, regte Lena an.

»Sollen wir ihm vielleicht was schenken?«, fragte ich.

»Wir geben ihm einfach Geld«, antwortete Katja.

Im Gänsemarsch und mit möglichst neutralem Gesichtsausdruck verließen wir die Kabine. Hinter uns tauschten zwei Mädchen vielsagende Blicke.

Am ersten halbrunden Tisch saßen Bekannte von uns und tranken Sekt, und wir setzten uns ohne viele Umstände dazu. Einer der Männer machte Kira den Hof. Er nannte sie Malwina. Jedes Wort von ihm begrüßten wir mit einer solchen Lachsalve, dass manchmal sogar die Musik übertönt wurde. Als er sie zum wiederholten Mal mit Malwina ansprach und Blondi mit Artemon, verließ ich den Saal und zog Katja mit. Wir schlossen uns wieder in der Toilette ein, rauchten ein Zigarettchen, und ich rief Alexandra an.

»Ich werde dich Alex nennen, du hast doch nichts dagegen?«, fragte ich sie, während im Hintergrund die Musik lärmte.

Sie hatte nichts dagegen. Ich bat sie, mir die Dose mit schwarzem Schuhspray von »Salamander«, die in meinem Handschuhfach lag, zum Eingang zu bringen.

Zurück am Tisch, fragten wir Kira, ob wir eine Weile ihr Hündchen haben dürften. Sie überließ uns Blondi und verschwand mit ihrem Verehrer auf die Tanzfläche.

Blondi versuchte sich loszureißen, sie wollte nicht mit »Salamander« eingefärbt werden. Aber wir waren fest entschlossen, einen Artemon aus ihr zu machen.

Als nur noch eine Pfote fliederfarben geblieben war, gelang es ihr, sich zu befreien. Sie rannte quer über den Tisch auf die Tanzenden zu. Wir versuchten sie einzufangen, stießen Gläser um und kippten uns Sekt auf die Kleider. Sie sprang auf den Fußboden.

»Fang sie!«, schrie ich und schubste die Leute, die mir im Weg standen, beiseite.

»Fang den Hund!«, schrie Katja ganz im Jagdfieber.

Gefangen wurde der Hund von Katjas Oligarchen.

»Artemon!«, rief ich freudig lächelnd.

»Blondi?«, fragte Kira entsetzt.

»Hallo«, sagte Katja und blickte auf die völlig verschmutzten Hände des Oligarchen.

Wir tranken Sekt an seinem Tisch, und ich vergaß meine Diät.

»Sieht klasse aus, dein Haarschnitt.« Er berührte Katjas Igelkopf. Sie zog es vor zu schweigen, damit er nicht merkte, weshalb wir so oft auf die Toilette gegangen waren.

Er versuchte, sie zum Reden zu bringen. Sie antwortete nicht. Und so die halbe Nacht.

Nach Hause ließ er sie von seinen Bodyguards bringen. Olesja, Kira und Artemon waren schon früher gefahren.

Ich stieg zu Lena ins Auto, Alexandra fuhr in meinem Wagen voraus.

Vor der Verkehrskontrolle an der Ringstraße rief ich meine Chauffeurin an.

»Ja, ich höre«, sagte Alexandra streng.

»Wenn du die Polizei siehst, fahr ein paar Schlangenlinien. Lena hat was getrunken«, sagte ich.

Kurz vor dem Kontrollpunkt begann sie den Wagen derart wild von einer Seite zur andern zu steuern, dass die Verkehrspolizisten wie von der Tarantel gestochen angerast kamen, aus Leibeskräften auf ihren Pfeifen trillerten und mit ihren Gummiknüppeln fuchtelten.

»Und was soll ich tun?«, fragte Lena verwirrt, als sie dieses hektische Treiben beobachtete.

»Fahr du ganz ruhig weiter. Beachte niemanden.«

In Barwicha verabschiedeten wir uns, und ich stieg zu Alexandra ins Auto.

»Ich werde dich Alex nennen«, erinnerte ich sie.

20

Ich lag im Bett und dachte darüber nach, ob die Zweizimmerwohnung meiner Kindheit in mein dreißig Quadratmeter großes Schlafzimmer passen würde. Samt Küche und integrierter Nasszelle. In Gedanken skizzierte ich die Umrisse der Räume, wobei ich den Platz für Abstellraum und Garderobe unterschlug (ich erinnerte mich nicht mehr, ob es sie gegeben hatte). Das Resultat war ein recht geräumiges Häuschen für Barbie. Ich bevölkerte es mit zwei Kindern (ich hatte einen Bruder), Mutter und Vater. Es gefiel mir richtig gut, jedenfalls aus der Perspektive des Kindes. Dann stellte ich mir vor, die Mutter zu sein – ein bisschen Putzarbeit, aber nicht zu viel; dann war ich der Vater und fuhr zum Fußball. Damit war meine Lust zu fantasieren noch lange nicht erschöpft, und ich versuchte mir vorzustellen, ich sei ihr Hund. Im Barbiehäuschen – in der Zweizimmerwohnung mit Küche und Nasszelle – in meinem Schlafzimmer. Es wollte nicht klappen. Genauso wenig konnte ich mir vorstellen, eine Katze zu sein. Marihuana wirkt sich negativ auf die Fantasie aus, dachte ich.

Ich ging nach unten. Überall war aufgeräumt, im Esszimmer der Tee serviert.

»Möchtest du Frühstück?«, fragte mich Alex wohlwollend. Sie saß auf dem Sofa und blätterte in einer Zeitschrift.

»Hast du die Filipina gesehen?«, wollte ich wissen.

Alex nickte.

Offenbar war die Filipina nur für mich unsichtbar.

Ich frühstückte schweigend und ließ mich dann von Alex zur Arbeit fahren. Trotz des gestrigen diätlosen Abends taten mir die Nieren nicht weh, woraus ich den Schluss zog, dass ich absolut gesund war. Aber für alle Fälle verdoppelte ich die Tablettendosis.

Nichts wollte klappen.

Meine Idee mit der Speditionskampagne spannte und riss an allen Ecken und Enden, wie eine Damenbluse an einem Schwergewichtsboxer.

Die Lagerhallen, mit denen ich zusammenarbeiten wollte, hatten längst andere Geschäftspartner gefunden.

Die Geschäfte lösten die Verträge mit mir auf.

Ich fühlte mich wie ein kleines Mädchen, das sich die Lippen schminken wollte und sich stattdessen das ganze Gesicht verschmiert hatte.

Ich schaukelte in meinem Plüschsessel hin und her, und die Apathie machte auch mich plüschweich.

Mein Gehirn hatte sich in meinem Kopf gemütlich zusammengerollt und war offenbar eingedöst.

Mein ganzer Körper, vom Plüschhirn bis zu den lackierten Fußnägeln, war durchdrungen von stumpfer Gleichgültigkeit.

Der Arbeitstag war längst zu Ende, ich war allein im Büro.

So wie sich Exhibitionisten an ihrer Nacktheit ergötzen, ergötzte ich mich an meiner Melancholie. Das war nicht richtig, aber angenehm. Es war, als schliefe ich mit offenen Augen. Ich hatte Angst, mich zu bewegen, denn ich wusste, die kleinste Bewegung würde ausreichen – und diese Erstarrung wäre vorbei.

Ich wollte diesen Tag hinter mir lassen und daran glauben, dass morgen wieder alles gut sein würde.

Es klopfte an der Tür. Ich hatte gar nicht mehr an Alex gedacht. Sie brachte mir das Telefon: Mein Chauffeur war dran. Und sie knipste das Licht an.

Seine Mutter hatte eine Nervenkrise. Sie musste ins Krankenhaus. Aber sie hatten kein Auto mehr, um sie hinzubringen – es war verbrannt. Ob ich ihnen meinen Wagen schicken könnte?

Nein, ich konnte nicht. Das war zu gefährlich. Sie musste in der Wohnung bleiben.

»Versteh mich doch«, beschwor ich den kranken, verängstigten Mann. »Vielleicht wird eure Wohnung beobachtet. Das können wir nicht riskieren. Ich schicke euch einen Arzt. Er wird bei ihr bleiben, so lange es nötig ist.«

Er schwieg. Lieber wäre mir gewesen, er hätte gebrüllt und mich mit allen meinen Wowas und Ratten zur Hölle gewünscht.

Er schwieg. Und ich wäre am liebsten bei ihm gewesen, hätte ihn in seinem anstrengenden Kampf um Prinzipien und Ruhe unterstützt. Oder wünschte ich mir vielleicht umgekehrt, er würde mich unterstützen?

Ich rief meinen Arzt an. Er versprach, alles zu tun, was in seinen Kräften stand.

Die ganze Zeit über wartete Alex in meinem Büro.

Armes Mädchen, dachte ich. Gerade mal zwei Arbeitstage, und so viel Trouble – Drogen, Scherereien mit der Verkehrspolizei, eine kranke alte Frau in Todesgefahr und eine Chefin, die stundenlang in ihrem Plüschsessel schaukelt.

»Hast du schon was gegessen?«, fragte ich.

»Ja. Zusammen mit den anderen.« Sie machte eine Handbewegung in Richtung Sekretariat.

»Wart auf mich. Wir fahren gleich los.«

Ich beschloss, Veronika zu besuchen. Mich in ihrem dunklen, mit Stores verhängten Arbeitszimmer in einem Sessel zu verkriechen und vor der ganzen Welt zu verstecken. Vielleicht sogar zusammen mit ihr ein bisschen zu weinen. Wie das Bonushäschen in einem Spielautomaten tauchte vor meinem inneren Auge Igor auf. Natürlich, um diese Zeit war er ja schon zu Hause.

Besser, ich fuhr zu Lena. Bei ihr konnte ich vor dem Kamin sitzen, in den ausgelassenen Tanz der Flammen schauen und aus riesigen Pokalen Rotwein schlürfen. Und über die Kerle reden – wie beschissen sie alle waren. Wie das Leben überhaupt. Nur dieser Wein und dieses Feuer hätten einen Sinn.

An ihrem »Hallo« merkte ich, dass sie nicht allein war. Natürlich, ihr neuer Lover. Wie ist das doch lästig, wenn im Leben deiner Freundin ein Mann auftaucht.

Nein, bei ihr würde ich mich jetzt fühlen wie ein Schauspieler, der auf die Bühne geht, ohne vorher das Stück gelesen zu haben.

Ich legte den Hörer auf, ohne ein Wort zu sagen. Die Aussicht, mich bei Katja vor dem Fernseher in die weichen Kissen von Provasi zu vergraben, erschien mir verlockender. Ihr analytischer Verstand würde meine Sorgen wie eine Gleichung schnell in einzelne Bestandteile zerlegen; er würde multiplizieren, teilen, die Wurzel ziehen und den Prozentsatz bestimmen; als Ergebnis eine Zahl »Pi« ermitteln und mich davon überzeugen, dass wir alle Fragen gelöst hätten.

Sie wollte gerade auf eine Party von »DON-Stroj«, zusammen mit ihrem Oligarchen.

»Er hat mir nur anderthalb Stunden Zeit gegeben, um mich zurechtzumachen«, sagte sie entrüstet, und ihre

Stimme zitterte vor Aufregung. »Was glaubst du, was er von mir will?«

»Deine Liebe«, antwortete ich. »Wenn die Generäle alle Länder erobert haben, die man erobern kann, kehren sie nach Hause zurück.«

Ich versuchte erst gar nicht, ihr zu erklären, dass der Grund für diese Wende ein Mangel an Disziplin war. Je reicher jemand ist und je höher seine Stellung, desto mehr lässt er sich gehen. Nur die wenigsten schaffen es, in sich selbst einen festen Angelpunkt zu finden, der sie davor bewahrt. Auf den sie sich ihr ganzes Leben lang stützen. Bei den meisten ist das die Familie. Haus, Ehefrau, Kinder, Hund. Computer, Schwiegermutter, Sportkanal.

Ich fühlte mich vergessen. Als ob die Wege aller Menschen nach Süden führten, nur mein Weg nach Norden. Oder umgekehrt. Ich begriff nicht, warum das gerade mir passieren musste.

»Weil du stark bist«, erklärte mir Wanjetschka. Ich hatte ihn in London angerufen. »Bei uns wärst du Premierminister.«

Das hatte ich in meinem Leben schon oft gehört. Wenn andere bedauert wurden, sagte man mir: Du bist stark. Wenn andere mit Liebesschwüren versetzten Weißwein tranken, machte ich mir Gedanken darüber, wie ich meinen Chauffeur beschützen sollte. Und seine Mutter. Dass ich ihnen das Leben zurückgeben musste.

Während meine Freundinnen die Freuden der Liebe genossen, musste ich die ganze Zeit auf Mord und Totschlag sinnen. Mit einem forschen Lied auf den Lippen schloss ich mich den Reihen der Serienkiller an.

Oleg ging nicht ans Telefon, nur sein Anrufbeantworter schaltete sich ein. Ich bat ihn, mich möglichst bald zurückzurufen.

Nach Hause zu fahren hatte ich keine Lust. Meine in der nächtlichen Stille des Büros gefasste Entscheidung würde mich nur rastlos umtreiben und nicht einschlafen lassen.

Alex freute sich über die Abwechslung. Sie lenkte den Wagen sicher durch das abendliche Moskau und drückte dauernd auf den Knopf des Radios. Kaum wurde ein Lied gespielt, das mir gefiel, schaltete sie sofort auf ein anderes um. Ich schwieg und kämpfte gegen meine Gereiztheit an.

Das Bauunternehmen »DON-Stroj« gab ständig irgendwelche Partys. Das Firmenbudget für die Organisation von Freizeitvergnügungen schien nur unwesentlich geringer als das für den Ankauf von Baustoffen.

Ich hatte keine Einladung und deshalb Katja gebeten, auf mich zu warten.

Wir saßen an einem Tisch zusammen mit ihrem Oligarchen und irgendwelchen Freunden, die alle entweder schon für ihn arbeiteten oder sich sehnlichst wünschten, für ihn arbeiten zu dürfen. Alle naselang kam jemand an, um ihn ehrfürchtig zu begrüßen. Die Frauen an den Nachbartischen starrten Katja und mich neidisch an, und wir sonnten uns im Glanz seiner Größe.

»Du wolltest mich sprechen?«, flüsterte mir jemand ins Ohr. Hinter mir war plötzlich Oleg aufgetaucht. Er schüttelte allen Männern an unserem Tisch würdevoll die Hand und machte Katja ein Kompliment über ihre Frisur.

»Dich hab ich hier nicht erwartet«, sagte ich ehrlich, als wir uns in eine Ecke des Saals zurückzogen.

Er zuckte unbestimmt die Schultern. »Und ich war überzeugt, dass ich dich hier finden würde.«

Nun zuckte ich die Schultern. Geringschätzig. »Ich will Wowa Ratte töten«, sagte ich.

Unsere Schultern wippten so lebhaft auf und ab wie beim jüdischen Nationaltanz zur Musik von »Hava Nagila«.

Seine Antwort auf meine Worte war ein gleichgültiges Schulterzucken.

»Wirst du mir helfen?«, hakte ich nach.

»Ich kann nicht.« Er schüttelte nachdrücklich den Kopf, und in seinen Augen sah ich aufrichtiges Bedauern. »Ich darf zurzeit nicht mit so einer Sache in Verbindung gebracht werden.«

»Warum nicht?«

Seine Schultern wiegten sich rätselhaft. »Tja ... Ist es denn so dringend?«

»Sehr dringend.« Ich nickte ihm zu wie einem Postbeamten, der ein Telegramm aufnehmen soll.

»Ich kann nicht.«

Der Antrag der Bank auf Pfändung meines Besitzes lag bereits auf dem Schreibtisch des Gerichtsvollziehers. Man hatte mir eine entsprechende Benachrichtigung gesandt. Mit der Bitte um Quittierung. Ich durfte meine Koffer packen.

Mein Haus sollte für dreieinhalb Millionen unter den Hammer kommen, um eine Bankschuld in Höhe von hundertzwanzigtausend zu decken. Eine unglaubliche Dummheit.

Ich musste Wadim anrufen und mir dieses Geld von ihm leihen.

Aber welche Sicherheit konnte ich ihm geben?

Und wenn er nein sagte? Wie erniedrigend, eine solche Abfuhr zu bekommen!

Ich dachte an meinen Verkaufsleiter Sergej. Der Käfer, den ich nicht rechtzeitig zertreten hatte, weil ich zu faul gewesen war, das Bein zu bewegen, hatte seine Larven abgelegt. Und nun würden sie den ganzen Gemüsegarten auffressen. Ich spürte keine Wut auf ihn – nur gleichgültige Verachtung.

Veronikas Igor – ja, der hatte so viel Geld. Ich stellte mir vor, wie ich ihn aufsuchen würde und wie er mich spöttisch, die Beine auf den Tisch gelegt, betrachten würde. Nein, dann lieber das Haus verkaufen.

Es gab noch Katjas Oligarchen. An den wandten sich Leute mit derartigen Bitten vermutlich mehrmals täglich.

Es gab Wanjetschka, der sich aufgrund seiner britischen Mentalität gar nicht vorstellen konnte, dass jemand sich so viel Geld borgte.

Es gab meine Brillanten. Aber wem sollte ich sie verkaufen?

Wenn man anfängt, sich Geld zu leihen, ist das so gut wie eine Bankrotterklärung. Auch Sergejs Verrat war eine Art Bankrotterklärung gewesen. Man darf es nicht so weit kommen lassen, dass die Entscheidung aller Fragen von einem einzigen Menschen abhängt.

Ich ging von Zimmer zu Zimmer, und meine Filipina entschlüpfte mir jedes Mal mit erstaunlicher Beharrlichkeit.

Wenn Serge doch noch am Leben wäre! Ich war so müde von dem Zwang, Entscheidungen zu treffen. An seiner Seite könnte ich wie Vogel Strauß den Kopf in den Sand stecken. Und er würde sich um all diese Hypotheken kümmern.

Wenn Serge am Leben wäre, würde er jetzt seinen Sohn hätscheln und mit warmem, dankbarem Blick Swetlana anschauen. Vielleicht hatte er sie ja wirklich geliebt?

Kaum hatte ich mich angezogen, tauchte die Filipina an der Tür auf und verabschiedete sich mit einem höflichen Lächeln von mir. In dem Kleid mit der langen Schürze von »Majordomus« sah sie aus wie die Heldin einer mexikanischen Telenovela.

Ich hatte Swetlana meinen Besuch nicht angekündigt.

Zu spät fiel mir ein, dass ich ein Spielzeug für das Kind hätte kaufen sollen.

Swetlana sah zerzaust aus und kam mir ganz so vor, als hätte sie sich heute noch nicht gewaschen. Das Kind lag in Maschas Bettchen und brüllte gellend.

»Kannst du ein paar Stunden auf Serjosha aufpassen?« Sie schaute mich flehend an.

»Wieso?« Ich erschrak ein wenig über diese Aussicht.

»Seine Nase läuft, ich kann ihn nicht mit nach draußen nehmen.« Es fehlte nicht viel, und sie wäre in Tränen ausgebrochen. Ich begriff nicht, warum sie das Kind nicht beruhigte.

»Musst du einkaufen?«, fragte ich.

»Nein.« Aus ihren Augen kullerten Tränen. »Ich bin müde! Ich bin hier in diesen vier Wänden wie eingemauert!«

Sie schaute sich gehetzt um.

»Beruhige das Kind«, sagte ich.

»Nein!«, kreischte Swetlana, warf sich auf das ungemachte Bett und hämmerte auf die Kissen ein. »Soll er doch schreien! Mir ist alles egal! Er schreit ja Tag und Nacht!«

Ich hob Serjosha vorsichtig aus dem Bettchen. Sein kleiner Körper in meinen Armen fühlte sich an wie eine kostbare Puppe.

»Na, na, mein Kleiner«, säuselte ich, und meine Arme erinnerten sich wieder, wie man ein Baby halten muss. »Sei ganz ruhig, alles ist gut.«

Unter solchen Reden ging ich mit ihm im Zimmer herum.

Das Kind verstummte und legte mir zutraulich das Köpfchen auf die Schulter.

»Guck nur, die Mama ist ganz traurig. Und sie ist doch so

wunderschön. Mach dich fertig!«, wandte ich mich an Swetlana.

»Wozu?«, fragte sie unter Tränen. Die Bettdecke war auf den Fußboden gerutscht, ihr Haar völlig wirr, die Augen verschwollen. Sie bot einen erbärmlichen Anblick.

»Wir fahren zu Oma und Opa und stellen euch dort vor«, sagte ich zu meiner eigenen Überraschung.

Swetlana stöhnte auf und starrte mich ungläubig an.

»Na, los, los!«, drängte ich. »Aber bring dich vorher noch in Ordnung.«

Dafür ging eine halbe Stunde drauf.

»Ich dachte, deine Mutter hilft dir?«, fragte ich Swetlana, nachdem sie bei mir im Auto auf dem Rücksitz Platz genommen hatte, mit Serjosha in einer Babytragetasche.

»Die ist bei meinem Bruder. Von dem Geschrei kriegt sie Bluthochdruck.«

Die ganze Zeit zog und zurrte sie an der Tragetasche herum.

Du brauchst nicht nervös zu sein, wollte ich sagen, sie werden ihn schon mögen. Aber ich schwieg.

Die Tür wurde von meiner Schwiegermutter geöffnet. Als sie mich erblickte, schlug sie freudig die Hände zusammen.

»Wie geht es euch?«, fragte ich zärtlich.

»Ach ...« Sie winkte ab. Eine Träne glänzte auf ihrem Gesicht, aber sie drehte sich schnell weg. »Was haben wir denn hier für ein süßes Kerlchen?«

Während Swetlana Serjosha aus seinen Sachen schälte, zog ich meine Schwiegermutter in die Küche. Dort saß ihr Mann und sah fern. Er kam mir sofort entgegen.

»Welch hoher Besuch!«

Ich schloss die Tür fest hinter mir.

Meine Schwiegermutter sah mich verwundert an.

Mir schien, als hätte ich mein ganzes Leben für diesen Moment gelebt. Um ihnen zu sagen, hier habt ihr euren Serjosha, und dann zu sterben.

»Das ist euer Enkel. Er heißt Sergej.« Ich bin nicht sicher, ob es mir gelang, dabei zu lächeln.

Serges Vater küsste abwechselnd seinen Enkel und Swetlana ab. Seine Mutter saß neben mir auf dem Sofa, hielt meine Hand, und Glückstränen rollten ihr übers Gesicht.

»Hohoho!«, schrie der Opa und hob seinen Enkel bis zur Decke.

»Danke«, flüsterte meine Schwiegermutter mir zu und streichelte mir über den Kopf.

Ich lächelte nun doch. Sie hatten viele Fragen an Swetlana. Ich berief mich auf Geschäfte und ging.

Lena telefonierte gerade. Sie öffnete mir die Tür, ohne ihren Monolog auch nur für eine Sekunde zu unterbrechen.

»... sie können zum Beispiel Schach spielen, einmal in der Woche kommt ein Astrologe, dienstags ein Kosmetikberater, donnerstags ist Tanzstunde, und mittwochs kochen sie brasilianisch. Am Samstag ist Literaturabend, alle tragen Gedichte vor ... außerdem Gymnastik ...«

»Was ist das, ein Kindergarten?«, erkundigte ich mich, während ich ins Wohnzimmer ging.

»Hör mal, ich ruf dich noch mal an, aber denk schon mal drüber nach. Sie trinken Tee und tratschen. Eine kultivierte Version der Bank vorm Haus. Man kauft ein Jahresabo, und damit hat sich's. Tschüs, überleg es dir.«

»Katja ist ja jetzt wieder mit ihrem Oligarchen zusammen«, erklärte mir Lena noch im selben Atemzug. »Aber ihre Mutter mag ihn nicht besonders. Und deshalb habe ich ihr vorgeschlagen, einen Club für Eltern zu organisieren.

Wir schmeißen unser Geld zusammen, dann reicht das schon. Meine Mutter weiß auch nie, was sie tun soll. Dort können sie sich dann treffen und kümmern sich weniger um uns.«

»Super«, lobte ich und dachte, das wäre auch was für meine Mutter. »Also Katja und der Oligarch – das ist jetzt was Festes?«

»Ja, sie zieht zu ihm!«

Den umherliegenden Männerklamotten nach zu urteilen, war bei Lena offenbar auch jemand eingezogen. Sie fing meinen Blick auf.

»Wir gedenken zu heiraten«, verkündete sie feierlich.

»Super«, sagte ich noch einmal.

Wenn ich jetzt erzählen würde, dass mein Haus verkauft wird, würde Lena mich bemitleiden. Und mir wäre leichter. Vielleicht würden wir sogar zusammen weinen.

Aber das würde auch bedeuten, dass Katja es erfährt. Und von Katja – Kira. Dann Olesja. Dann die ganze Rubljowka. Ich würde umhergehen und denken: Alle schauen mich an und bedauern mich – die vom Pech verfolgte *business woman.*

Schweigend guckte ich die CDs durch. Entschied mich für PINK.

»Wir werden ein Haus bauen müssen! Er hat ja nichts mehr, alles musste er seiner Frau überlassen. Ein fürchterlicher Raffzahn! Nur gut, dass sie wenigstens das Auto nicht gekriegt hat.«

»Hat er dir schon einen Antrag gemacht?«

»Nein, aber er hat mich gefragt, ob ich was dagegen hätte.«

»Und was hast du gesagt?«

»Ich hab gesagt, ich denke drüber nach. Stell dir vor, er frühstückt morgens nicht. Hab ich ein Glück!«

Geschmeidig wie eine Katze bewegte sie sich zur Musik.

»Die Hochzeit feiern wir im Metropol. Ich möchte ihm irgendwas Ausgefallenes schenken! Weißt du etwas?«

Ich zuckte die Schultern: »Gewöhnlich macht der Bräutigam die Geschenke ...«

»Na und? Ich schenke ihm eben auch etwas.« Sie schüttelte eigensinnig den Kopf. »Weißt du, er will nicht, dass ich Geld von meinem Ex annehme ...«

»Super.«

»Wieso sagst du eigentlich ständig ›super, super‹ ...«

Da klingelte das Telefon.

»Hallo«, sagte Lena kapriziös. Aber sogleich änderte sich ihr Tonfall und wurde gönnerhaft. »Den Papa? Willst du nicht erst mal mich begrüßen?«

Es dauerte nicht lange, und sie war schon weniger wohlwollend gestimmt.

»Nein, solange du nicht wenigstens Hallo sagst ... Also wirklich.« Sie legte auf. »Das war seine Tochter. Sie ist zwölf.«

Wieder klingelte es.

»Hallo. Nein, ich habe dir doch gesagt ...« Wieder legte sie auf. Vermutlich war sein Handy abgeschaltet.

»Nun lass gut sein, sag doch einfach, er ist nicht da«, nahm ich das Mädchen in Schutz. »Sie ist doch noch ein Kind.«

»Ein Kind?«, empörte sich Lena. »Ich konnte ja im Hörer ihre Mutter atmen hören! Die sagt ihr doch alles vor! Diese Göre keift mich an: ›Dir sag ich nicht guten Tag, gib mir den Papa!‹«

Das Telefon klingelte erneut. Lena brüllte wütend hinein: »Ja, bitte!«

Ihr Gesichtsausdruck änderte sich, ihre Augen füllten sich mit Tränen. Sie nickte gehorsam, aber dann begann sie wieder zu schreien: »Ich lasse mir die Unverschämtheiten deiner Tochter nicht gefallen! Ich habe sie nicht angeschnauzt, sie lügt! Ich habe sie sehr höflich gebeten! Aber du, du brüllst mich an! Wag es nicht, mich anzubrüllen!« Lena schleuderte das Telefon weg und begann zu schluchzen. »Ich hab's satt, so satt! Für alles muss man kämpfen! Sogar für eine respektvolle Behandlung muss man kämpfen! Erinnerst du dich, wie er mich im Restaurant nicht gegrüßt hat?« Ihre Augen funkelten wie Scheinwerfer auf einer unbeleuchteten, unwegsamen Straße. »Wenn ein Mann sich einmal so benommen hat, wird er dich auch später anbrüllen und erniedrigen, wie es ihm passt!«

Ich wollte gerade den Mund öffnen, um ihr zu sagen, dass mein Haus von der Bank verkauft würde, als wieder das Telefon klingelte.

»Geh du dran«, bat mich Lena, »das ist er. Sag ihm, ich weine und will nicht mit ihm sprechen.«

Es war Katja. Sie lud uns zu sich nach Hause zu einem Abendessen im Kreis der Familie ein.

Lena zog sich lange an, ich schminkte mich vor dem Spiegel. Schließlich isst man nicht jeden Tag mit einem Oligarchen.

Katjas sich jugendlich gebende sechzigjährige Mutter empfing uns in Jeans, mit riesigen Buchstaben aus Swarovski-Kristallen auf dem Hintern: *RICH*.

»Habt ihr euer Foto in der letzten *Vogue* gesehen?«, fragte sie vorwurfsvoll.

In der Rubrik »VIP-Nachrichten« waren Katja und Lena abgebildet, wie sie Arm in Arm auf einer Party von Moët & Chandon standen und direkt ins Objektiv lächelten. Die Unterschrift unter dem Foto lautete: »Society-Löwinnen«.

»Gar nicht übel«, meinte Lena zufrieden.

»Und ich finde, es wäre nicht übel, wenn sie auch deinen Vor- und Nachnamen erwähnen würden. Und was du beruflich machst«, protestierte Katjas Mutter.

Aber Katja war ebenfalls zufrieden.

»Sieh dir diese blöde Kuh an.« Sie reichte mir die Zeitschrift mit dem Foto eines Mädchens, mit dem vor kurzem der Ehemann einer Freundin von uns durchgebrannt war. »Die trägt ein Kleid aus der vorvorletzten Vivienne Westwood-Kollektion. Ich hatte auch mal so eins.«

»Danach habe ich es bekommen«, sagte Katjas Mutter betont demütig. »Ich trage alle ihre Sachen auf ...«

Ich warf einen Seitenblick auf ihre 600-Dollar-Jeans, und die mitfühlenden Worte blieben mir im Halse stecken.

Neugierig blätterten wir durch die Society-Seiten in der neuen *Vogue*.

»Rustam mit irgendeiner Neuen«, kommentierte Lena, während sie weiter nach bekannten Gesichtern suchte.

»Was hat die Kurbatskaja denn da für einen Pelz an?« Katja beugte sich so tief über das Foto, dass ich ihr am liebsten eine Lupe angeboten hätte.

»Den hat ihr Marussja genäht. Seht mal, Uljanas Titten fallen einem ja fast ins Gesicht«, amüsierte sich Lena. »Stellt euch mal so eine Werbekampagne vor: Man schlägt die Zeitung auf, und Uljanas Titten rollen heraus – direkt auf deinen Schoß!«

Das Abendessen mit Katjas Oligarchen verlief erfolgreich. Wir waren bezaubert von seinem scharfen Verstand und seinem ungezwungenen Benehmen. Nur einmal war die freundschaftliche Atmosphäre des Abends in Gefahr – schuld daran war Katjas Mutter.

»Ist das nicht dein Mädchen? Deine Ex?«, fragte sie mit geheuchelter Naivität und zeigte auf den Fernseher. Dort lief gerade eine Seifenoper mit der Schauspielerin, wegen der vor vielen Jahren die Beziehung zwischen Katja und dem Oligarchen in die Brüche gegangen war.

»Aber woher denn, ich hatte immer nur ein Mädchen – Ihre Tochter«, antwortete er mit breitem Lächeln.

Ich überlegte, dass Schauspielerinnen und überhaupt all diese Stars und Sternchen für Oligarchen tatsächlich interessanter sein mussten. Denn sie waren ebenso von sich eingenommen, wie die Oligarchen es von sich waren. Um diese Frauen zu beeindrucken, musste sich ein Mann etwas mehr anstrengen als bei uns, den einfachen Mädchen von der Rubljowo-Uspenskoje-Chaussee.

Katja blickte ihre Mutter an und überschlug vermutlich im Geiste, wie viel der Elternclub sie kosten würde. Wirklich, keine schlechte Idee. Man darf es nur nicht mit einem Altenheim verwechseln.

»Weißt du«, sagte Lena mir am Telefon, als wir über den Abend bei Katja sprachen, »als ich meiner Mutter zum Geburtstag Ohrringe geschenkt habe, hat sie auch gesagt: ›Wie wunderschön! Aber wenn du mir nicht gesagt hättest, dass da Brillanten drin sind, hätte ich sie gar nicht bemerkt!‹«

»Na, sie sind ja nicht zufällig unsere Eltern!«, verteidigte ich die Mini-Brillanten-Hasserin.

»Ja«, seufzte Lena. »Aber manchmal möchte man einfach nur ein ›Dankeschön‹ hören.«

Irgendwer hatte schon zweimal angerufen und beide Male aufgelegt. Ich war gerade damit beschäftigt, Ordnung in Maschas Zimmer zu machen. Die Kinderfrau war krank geworden, und ich musste zu Hause bleiben. Ich ging Maschas Spielsachen durch, ihre Hefte, Alben, Handtaschen, Radiergummis, Notizblöcke und Bücher. Die Hälfte davon beförderte ich sofort in eine Plastiktüte für den Müll. Kinder trennen sich nie selbst von ihren Sachen.

Wie würde sie sich wohl von diesem Haus trennen?

Ich versuchte, möglichst sachlich daran zu denken. Aber es wollte mir einfach nicht in den Kopf, dass ich mein Haus verlieren sollte, dass dies nicht mehr mein Hof, meine Zimmer, meine Adresse sein würden. Ich fühlte mich eher so, als wollte sich jemand mein Auto ausleihen. Für einen Tag. Natürlich ist man sehr besorgt: Vielleicht bekommt es Kratzer oder Banditen stehlen es. Aber schließlich ist es nur für einen Tag. Danach wird alles wieder normal sein.

Wieder klingelte das Telefon, und nach meinem »Hallo« wurde sofort aufgelegt.

Wer konnte das sein?

Vielleicht Wowa Ratte?

Angst ist, wenn du darauf pfeifst, wie du aussiehst. Wenn deine Hände feucht werden. Angst ist, wenn du nur noch eins willst: einen Schutzschild zwischen dir und der Gefahr. Und dir ist völlig egal, woraus dieser Schutz besteht. Oder aus wem. Jedenfalls im ersten Moment. In solchen Momenten werden Verbrechen begangen. Erst danach reißt man sich mit Gewalt zusammen und ist wieder imstande, vernünftig zu denken.

Wowa Ratte will nichts von mir. Es sei denn, er wäre ein schizophrener Irrer oder ein Serienkiller.

Ich rief Wadim an.

»Wann wird dieser Wowa endlich geschnappt?«, fragte ich ärgerlich. »Ich habe Angst um die Familie meines Chauffeurs. Ihr Auto ist schon in Brand gesteckt worden!«

»Ein Druckmittel habe ich noch. Ich werde versuchen, ihnen Dampf unterm Hintern zu machen«, versprach Wadim.

»Sonst zieht die ganze Familie aufs Milizrevier um und wohnt dort!«, versprach ich.

»Du brauchst Ablenkung«, folgerte der Freund meines Mannes.

Gott im Himmel! Nimm mir mein Haus nicht weg!

Es sah ganz so aus, als sei diese bescheuerte Bank Gott im Himmel.

Gott, gib mir die Kraft, das alles zu überstehen!

Nein, das passte auch nicht. Jeder trägt das Kreuz, das er tragen kann. Besser wäre es, ich hätte diese Kraft nicht.

Gott, tu ein Wunder!

21

In den Geschäften tauchten die Sommerkollektionen auf. Es duftete nach Frühling. Alle begannen abzunehmen und Sport zu treiben.

Ich saß im Café des Fitnessclubs World Class in Shukowka und überlegte, wohin ich gehen sollte. Nach links in den Whirlpool oder nach rechts in den Gerätesaal. Ich beschloss, mein Fitnessprogramm im Schwimmbassin zu beginnen.

Dort hatte auch Olesja mit ihrem begonnen. Sie saß am Beckenrand und grübelte darüber nach, wie sie ihren Mann dazu bringen könnte, kirchlich zu heiraten. Sie glaubte nämlich, nach einer kirchlichen Trauung würde er sie auf keinen Fall mehr wegen einer anderen verlassen.

»Vielleicht könnte ich sagen, dass mich der Priester in der Kirche heftig getadelt hat, weil wir in Sünde leben?«, fragte sie, als ich an ihr vorbeischwamm und dabei mein rhythmisches Ein- und Ausatmen kontrollierte.

»Mach das«, antwortete ich und passte die beiden Wörter genau in ein Ausatmen ein.

»Oder soll ich vielleicht sagen, dass unsere Kinder einmal für unsere Sünden werden bezahlen müssen? So ist es doch?« Das fiel ihr ein, als ich meine vierte Runde drehte.

»Nicht schlecht!« Es gelang mir, nicht aus dem Rhythmus zu kommen. Aber langsam wurde ich müde.

»Oder soll ich ein Hochzeitskleid für zehntausend Dollar kaufen, das kann ich ja nicht einfach wieder wegwerfen? Dann müssen wir kirchlich heiraten!«

»Ich glaube, sobald er merkt, dass er nur deswegen heiraten soll, verliert dieses Vorhaben für ihn jeden Sinn.« Ich beschloss, eine Weile zu verschnaufen und danach weiterzuschwimmen.

Olesja ließ sich vorsichtig, sich mit den Händen auf dem Beckenrand abstützend, ins Wasser gleiten. Sie drehte sich auf den Rücken und blieb so liegen, nur mit den Beinen leicht paddelnd.

»Geht Kira auch ins Bassin?«, fragte ich Olesja.

»Ja«, antwortete sie und bewegte ihre Zehen im Wasser.

»Und was macht in dieser Zeit ihr Hund?«

»Keine Ahnung.« Olesja starrte mich verdutzt an.

»Dann will ich mal wieder los«, sagte ich.

»Na, ordentlich trainiert?«, fragte Alex mich im Auto munter.

»Bestens«, presste ich durch die Zähne.

Katja empfing mich mit weit ausgebreiteten Armen.

»Ich traue mich kaum, es dir zu erzählen.« Sie lächelte glücklich. »Aber wir sind ja so-o-o-o verliebt! Und er möchte Kinder.«

»Und ich möchte was essen. Ich komme gerade vom Sport.«

»Toll.« In ihrer Stimme schwang Respekt. »Aber ich darf das jetzt nicht. Ich versuche aktiv, schwanger zu werden. Ich hab mir schon zwanzig Tests gekauft. Damit ich später nicht dauernd rennen muss.«

Katjas Hausangestellte servierte uns einen Kartoffelauflauf. Bei der Filipina hatte ich gelernt, schlichte Hausmannskost zu schätzen.

»Nach dem Sex halte ich immer zehn Minuten lang die Beine in die Luft«, erzählte Katja. »Und überhaupt tun wir es nur, wenn der Arzt es erlaubt. Ich werde mit Ultraschall untersucht, und da kann man sehen, wann eine Empfängnis wahrscheinlich ist. Die Romantik geht dabei natürlich flöten«, sagte sie betrübt. »Aber ich glaube, Romantik hat er auch ohne mich schon genug gehabt.«

Ich bekam plötzlich Zweifel, ob ich nach meiner Nierenbeckenentzündung schwimmen gehen durfte.

»Du hast nicht zufällig hundertzwanzigtausend?«, fragte ich Katja beim Nachtisch.

»In Dollar?«, erkundigte sie sich. Ich nickte.

»Nein, hab ich nicht.«

»Schade.«

»Das finde ich ehrlich gesagt auch. Aber ich denke, bald wird sich das alles ändern.«

Zum Nachtisch gab es Waffeltorte »Caprice«.

Olegs Klassenkamerad war bei einem Flugzeugabsturz tödlich verunglückt. Zusammen mit ihm war auch der Pilot ums Leben gekommen. Das Privatflugzeug war zehn Minuten nach dem Start zu Boden gestürzt.

Dem einen klaut man den Kassettenrecorder, dem anderen das Medaillon, schwirrte mir ein Satz aus dem Film *Iwan Wassiljewitsch wechselt seinen Beruf* durch den Kopf. Ich hatte früher kein Vertrauen zu Oleg gehabt. Sogar meine Brillanten hatte ich vorher im Auto abgenommen. Warum glaubte ich, er müsse sich geändert haben, seitdem er nicht mehr arm war? Denn trotzdem gibt es ja immer Geld, das einem nicht selber gehört. Noch nicht.

Wie hatte er gesagt? »Ich darf zurzeit nicht mit so einer Sache in Verbindung gebracht werden.«

Ich wählte seine Nummer. Der Anrufbeantworter.

»Oleg, ich möchte dir mein Beileid aussprechen. Aber

Gott sei Dank natürlich, dass du nicht mit ihm zusammen im Flugzeug warst. Bis bald.«

Könnte ich mich doch in meinem Haus verbarrikadieren! Mit Büchern und Fernseher! Und ringsherum ein Wassergraben. Mit einer Zugbrücke. Damit man mir zum Frühstück frischen Kaviar bringen kann. Und Maracujas. Na, lange würde das auch nicht mehr gehen. Bis die Bank mir das Haus wegnimmt.

Katja hatte einen Jeep Cayenne bekommen. Und zum Frauentag am achten März erwartete sie Blumen von Van Cleef. Für die Ohren und auf den Finger.

Lena hatte sich von ihrem Lover getrennt. Und hatte doch die Hoffnung nicht verloren, irgendwann zu heiraten. Wenn sie jetzt eine Frau näher beschreiben wollte, verkündete sie einfach ehrfürchtig, wie viele Jahre diese schon verheiratet war. Zum Beispiel: »Da vorn geht Olja. Seht euch ihren Rock an. Sie ist schon neun Jahre verheiratet und hat zwei Kinder.« Das bedeutete, dass der Rock schön war.

Veronikas Mann war um neun Uhr morgens nach Hause gekommen. Um sieben Uhr morgens hätten sie zum Flughafen fahren müssen. Sie wollten nach Ägypten fliegen, zum Sporttauchen. Um halb neun sagte Veronika dem Hausmädchen, es solle die Koffer wieder auspacken. Und schickte die Kinder zurück ins Bett.

Olesja fiel einfach nicht ein, wie sie ihren Mann zu einer kirchlichen Trauung bewegen könnte. Ihre neueste Idee war, so zu tun, als sei sie sterbenskrank, sich ins Krankenhaus zu begeben und zu sagen, nur die Trauung würde helfen. Wir lehnten es ab, über diese Version zu diskutieren.

Kiras Mann war zu einer anderen Frau gezogen. Seltsam, dass sie Blondi nicht schwarz färbte. Sie hatten elf

Jahre zusammengelebt. Und all diese Jahre hatte er Kiras Liebhaber ebenso geduldig ertragen wie Kiras Hunde. Bis er die innere Kraft fand, sich in eine andere zu verlieben.

Wir saßen auf der verglasten Veranda des Mario und aßen Pasta mit weißen Trüffeln (das Gramm zu dreißig Dollar), tranken dazu Martini auf Eis aus Gläsern, die aussahen wie auf den Kopf gestellte Ballettröckchen.

»Ich könnte ja jemanden anheuern, der sie überfällt und übel zurichtet«, überlegte Kira nach dem vierten Martini.

»Seht mal, da ist Iskander! Es heißt, er hat sich scheiden lassen.« Olesja holte schnell ihr Kosmetiktäschchen aus der Handtasche und zog sich die Lippen nach.

»Ja, aber in der *Harper's-Bazaar*-Liste der zehn begehrenswertesten Junggesellen Moskaus stand er nicht«, erklärte Lena mit Nachdruck.

»Er hat seinen Platz an Sorkin abgetreten. ›Wer kann sich mit meiner Mathi-i-ilda vergleichen‹«, sang Katja.

»Er hat das einfach nicht nötig«, meinte ich seufzend. »Er könnte jede hier im Restaurant und in dieser Stadt heiraten. Ach, er brauchte sie gar nicht zu heiraten.«

»Doch, natürlich!«, widersprach Kira entschieden.

»Natürlich! Wenn man dir morgens einen Bentley mit offenem Verdeck und lauter Rosengirlanden vor die Tür stellt, kannst du dann widerstehen? Und für ihn ist das ein Leichtes. Sagst du trotzdem nein, kauft er dir am nächsten Tag ein Haus in Marbella. Na, und dann?«

Kira seufzte träumerisch. Ihr Lächeln zeigte mir, sie gab mir Recht.

»Und so sind alle Frauen«, sagte ich. »Man kann ihn nur bemitleiden. Könnt ihr euch vorstellen, wie fürchterlich langweilig unsere Gesellschaft für ihn sein muss?«

»Mädels, lasst uns dieser Schlampe eine Lehre erteilen.« Kira kehrte wieder zum realen Leben zurück.

»Wie?«, fragte Lena.

»Man könnte sie einschüchtern«, schlug Katja vor.

»Man könnte ihr Schwefelsäure ins Gesicht spritzen«, sagte Olesja.

»Nein, dann weiß er gleich, dass ich das war«, widersprach Kira.

»Na, und wenn schon.« Veronika bestellte noch eine Runde Martini für alle. »Hauptsache, sie hält sich von ihm fern.«

»Mädels«, Lena schaute sich im Restaurant um, »wir sollten uns höchstens zu dritt treffen, sonst kriegen die Männer Angst vor uns. Nicht mal Sekt spendiert uns heute einer.«

»Man müsste nach New York fahren«, regte Lena an. »Habt ihr *Sex and the City* gesehen?«

»Ja, aber das ist New York«, seufzte Kira. »Wir haben hier *No Sex and the City*. Es wird Zeit, eine Fernsehserie daraus zu machen. Die Hauptrollen übernehmen alle im Restaurant Anwesenden.«

»Mädels, wisst ihr noch, vor fünfzehn Jahren ...« Olesja verdrehte schwärmerisch die Augen.

»Vor fünfzehn Jahren gab es noch Sex«, sagte Lena fest.

»Aber kein Geld«, bemerkte Katja.

»Wen könnte man denn bitten, bei ihr anzurufen und sie ein bisschen zu erschrecken?« Kira bestellte sich Tiramisu. Bei Mario gibt es das beste Tiramisu von ganz Moskau. Und das beste Publikum.

»Ich rufe gleich mal Borissytsch an.« Veronika suchte nach ihrem Handy, konnte es aber nirgends finden. Lena bot ihr an, ihres zu nehmen, und Veronika wühlte im Innern von Lenas Handtasche herum.

»Oh«, schrie sie und hielt inne. »Wie aufregend – Präservative in der Handtasche. Ein längst vergessenes Gefühl.«

»Such lieber nach dem Handy«, drängte Kira.

»Hallo! Borissytsch! Also hör mal, mein Lieber: Entweder erfährt Igor, dass ich nicht zu diesem Treffen fahren konnte, weil du betrunken warst, oder du tust einer Freundin von mir einen Gefallen.«

Sie erklärte ihm, worum es ging, und bat ihn, möglichst furchterregend aufzutreten.

»Was würdest du zum Beispiel sagen?«, fragte sie ihn probeweise.

Dann verzog sie das Gesicht und hielt den Hörer weit vom Ohr weg.

»Was bist du ordinär, Borissytsch. Doch nicht so – ganz normal. Und sobald du sie erreicht hast, rufst du mich an.«

Wir bestellten uns noch einen Martini.

»Ich verkaufe mein Haus«, sagte ich.

»Sag bloß!«, wunderte sich Veronika.

»Ich bin's leid, in der Rubljowka zu wohnen.« Es kam nicht ganz so heraus, wie ich es eigentlich beabsichtigt hatte, aber ich bemühte mich, das wiedergutzumachen, und schlug einen herablassenden, trägen Tonfall an. »Diese ewigen Staus! Und Putin zieht ja doch nicht weg von hier. Außerdem hat man mir einen sehr guten Preis geboten.«

»Wie viel?«, fragte Kira.

»Dreieinhalb.«

»Ich würde mein Haus um nichts in der Welt verkaufen«, sagte Olesja.

»Ich auch nicht«, seufzte Katja.

»Für mich ist das einfach nur eine Immobilie – wenn man mir gutes Geld dafür gibt, verkaufe ich es und kaufe mir ein anderes.«

»Aber dann unbedingt auch in der Rubljowka«, empfahl mir Olesja. »Anderswo kannst du nämlich inzwischen gar nicht mehr wohnen.«

Borissytsch rief zurück. Er sagte, sie habe schweigend zugehört und dann aufgelegt.

»Na, von mir aus. In Zukunft wird sie es sich gut überlegen, bevor sie sich an fremde Ehemänner heranmacht«, äußerte Kira drohend.

»Diese dumme Kuh!«, sagte Olesja und lachte vergnügt.

Ob wir das alles am nächsten Morgen wohl auch noch so lustig finden würden?

Lenas Telefon klingelte.

»Das ist er«, sagte sie mit einem Blick auf die Nummer. »Ob ich drangehen soll? Ach, zum Teufel mit ihm ... Soll er doch seine Frau anrufen.«

Dann nahm sie ab und sagte mit arrogant hochgerecktem Kinn: »Hallo ... Natürlich bin ich nicht zu Hause ... Ich wurde zu einer dringenden Operation gerufen ... Habe ich dir nicht gesagt, dass ich Chirurgin geworden bin?«

An der Tür stieß ich mit Oleg zusammen. Er betrat das Restaurant, umringt von seinen Bodyguards wie der Zwerg Tschernomor von seinen Recken.

»So ein bekloppter Lackaffe!«, sagte ich böse und wusste selbst nicht, warum.

»Wer ist das denn?«, fragte Katja.

»Ich glaube, er hat eine Nickelfirma. Oder irgendeine Fabrik im Ural. Drunter tut er's nicht, so viel ist sicher«, antwortete ich.

Oleg lächelte mir wie einer alten Bekannten zu. Ich winkte huldvoll zurück.

»Wir verkaufen das Haus«, sagte ich beim Abendessen zu Mascha.

»Warum?« Sie blickte verwundert zu mir hoch.

»Es hat sich so ergeben.«

»Hurra!«, schrie sie und warf die Serviette in die Luft.

»Worüber freust du dich?«, fragte ich nun meinerseits verwundert.

»Das heißt, wir ziehen von hier weg und ich muss nicht jeden Tag mit Nikita zur Schule fahren.«

»Ich wusste nicht, dass das für dich ein Problem ist.«

Mascha schwieg einen Augenblick.

»Die Lehrerin hat uns das beigebracht. Wenn etwas Schlimmes passiert, muss man sich bemühen, darin etwas Gutes zu finden.« Mascha sah mich aufmerksam an.

»Wie kommst du denn darauf, dass es etwas Schlimmes ist, wenn das Haus verkauft wird?«

Ich nahm mir noch etwas Kohlsalat und wollte auch ihr davon geben. Sie wehrte ab.

»Weil du so traurige Augen hast.« Mascha war noch zu klein, sie konnte nicht gleichzeitig essen und über ernste Themen reden. Die Speisen auf ihrem Teller blieben unberührt liegen.

»Aber du darfst dich nicht aufregen«, flüsterte sie. »Alles wird gut. Das habe ich mir auch von Väterchen Frost gewünscht. Nicht das Service aus echtem Porzellan für Barbie, sondern dass alles wieder gut wird. Und wir alle gesund sind.«

Ich wusste gar nichts von dem Service. Ich hatte ihr im Namen von Väterchen Frost einen neuen Kassettenrecorder gekauft, weil ich dachte, sie wünschte sich einen.

»Davon hast du mir ja gar nichts gesagt.« Ich konnte mir nicht einmal vorstellen, dass Mascha sich von Väterchen

Frost ein Service wünschen könnte und er würde es ihr nicht schenken.

»Ich hab es bei ›Winnie‹ gesehen. Aber ich habe mir sofort verboten, daran zu denken. Ich wusste, worum ich Väterchen Frost bitten wollte.«

»Soll ich es dir vielleicht zum achten März schenken?«

Maschas Augen begannen zu funkeln.

»Ein komplettes oder nur eins für Tee?«

Ich tat so, als müsse ich überlegen.

»Na, sagen wir – ein komplettes!«

»Hurra!«, schrie Mascha wieder. »Ich hab doch gesagt, alles wird gut! Eine richtige Tischlampe gehört auch dazu«, fiel ihr ein. »Eine ganz süße kleine.«

»Ich bin sicher, da gehört noch viel mehr dazu«, lächelte ich.

Ich brachte Mascha zur Schule. Durch die riesigen Wohnzimmerfenster schien die Sonne. Es war der erste Frühlingstag.

Merkwürdig, dass sich die Menschen mit dem gleichen Enthusiasmus zum ersten Schnee wie zum ersten Frühlingstag gratulieren. Wahrscheinlich freuen sie sich darüber, dass das Leben nicht stillsteht. Obwohl ja alle wissen, wohin sie diese Bewegung am Ende führt.

Ich ließ über die starken Lautsprecher der Stereoanlage laute Rap-Musik laufen.

He, Filipina, wo versteckst du dich?

Ich tanzte mit den Sonnenstrahlen, dann mit meinem Spiegelbild in den Fensterscheiben, dann mit dem Beat des Schlagzeugs, dann mit der Stimme des Sängers. Dann tanzte ich nur für mich selbst, ohne einen Partner zu brauchen.

Ich fühlte mich absolut frei. Ich war allein in dem riesigen, leeren Haus. Ich konnte über die Sofas hüpfen. Was ich auch tat.

Ich konnte das T-Shirt ausziehen und oben ohne herumlaufen.

Nein, das war vielleicht doch ... Ach, Blödsinn! Ich zog das T-Shirt aus, schwenkte es in der Luft und stellte mir vor, ich sei ein Popstar und stünde auf der Bühne.

Thank you very much, liebe Filipina, für das absolut berauschende Gefühl, dass dich niemand anstarrt und dir unter den Füßen herumwuselt, dass dir niemand Schüsseln in den Weg stellt und dich mit Kochrezepten belästigt.

Ich stellte die Musik leiser und beschloss, ein Bad zu nehmen.

Auf dem Anrufbeantworter waren drei Anrufe registriert. Alle von meinem Arzt.

»Ich rufe schon den ganzen Vormittag bei Ihnen an ...«

»Ich hatte die Musik so laut ...«

Sie müsse unbedingt ins Krankenhaus. Die Nervenkrise sei überstanden, aber sie brauche eine richtige stationäre Rehabilitation. Oder er könne sich für nichts verbürgen.

»Danke«, sagte ich.

Im Frühling trifft man leichter Entscheidungen. Wahrscheinlich, weil es hell ist. Und wenn es hell ist, fürchtet man sich nicht.

Von meiner Badewanne aus konnte ich die Bäume sehen. Mein Gott, ich will nicht weg von hier!

Dieser Wowa hat kein Recht, über die Erde zu gehen. Er hat kein Recht, die Bäume zu sehen. Diese Bäume sind nur für Auserwählte. Ich hasse ihn.

Und ich hasse es, wenn ich in der Badewanne sitze und das Telefon klingelt. Veronika. Igor hatte ihr eine Riesenszene gemacht. Kiras Mann hatte ihn angerufen.

»Stell dir bloß vor«, schluchzte Veronika, »diese blöde Olesja hat alles ihrem Mann erzählt. Da siehst du mal, hat sie gesagt, was du an mir hast – ich ertrage alles. Andere Frauen engagieren Banditen und spritzen ihren Rivalinnen Schwefelsäure ins Gesicht.«

»Und er hat natürlich sofort Kiras Mann angerufen«, erriet ich. »Männliche Solidarität ...«

»Natürlich. Und der hat meinen angerufen. Getobt hat er. Aber ich werde Borissytsch nicht verraten, der kann uns noch nützlich sein.«

»Eine blöde Gans, diese Olesja«, stimmte ich zu.

Alex, dachte ich. Alex könnte Wowa töten. Sie hat so ein energisches Gesicht. Für Geld.

Oder der Bruder meines Chauffeurs. Eine absolut käufliche Kreatur. Nein, danach fängt er an, mich zu erpressen.

Alex hat eine »Wespe«. Ich hatte ihr selbst diese Pistole gekauft. Aus drei Metern Distanz tötet die jeden. Man könnte es als Notwehr ausgeben.

Nachdem ich mir die Haare gewaschen hatte, sah ich ein, dass Alex niemanden töten würde.

Mir wurde klar, was für eine wichtige Rolle Oleg in meinem Leben gespielt hatte. Ohne ihn war ich jetzt völlig hilflos.

»Gesetzt den Fall, ich wollte jemanden umbringen, was würdest du mir raten?«, fragte ich Katja, als sie mich anrief, um mit mir über Olesjas Benehmen zu sprechen.

»Ich würde dir raten, zum Psychiater zu gehen«, sagte Katja. »Sagst du das wegen Olesja?«

»Nein. Ich ärgere mich über den amerikanischen Präsidenten.« Was redete ich da?

»Ah ...« Katja schwieg einen Moment. »Ich mich auch, ehrlich gesagt.«

Selbstständig schwanger zu werden, wollte ihr nicht gelingen. Nun hatte Katja beschlossen, eine IVF zu machen – eine In-Vitro-Fertilisation.

»Das ist natürlich eine fürchterliche Prozedur«, erzählte sie. »Jeden zweiten Tag muss ich zum Arzt zur Untersuchung (ich gehe zur Torganowa, die ist die Beste), jeden Tag bekommt man Spritzen in den Bauch; außerdem endlose Spritzen in den Po, bis irgendwas mit dem Gelbkörper passiert. Ich war schon drauf und dran, mir eine Leihmutter zu nehmen«, seufzte Katja. »Dann kann die diese ganzen Prozeduren machen. Interessentinnen gibt es mehr als genug. Du zahlst ihr zehntausend Dollar, mietest eine kleine Wohnung für sie und stellst noch einen Bodyguard davor. Und bringst ihr regelmäßig Obst und was zu lesen. Und klassische Musik. Ist doch bequem, oder? Aber meiner war nicht einverstanden. War strikt dagegen. Hat gesagt, ich will nicht, dass mein Kind die Gene irgendeiner mir völlig unbekannten Kolchosbäuerin mitbekommt. Obwohl doch längst bewiesen ist, dass über das Blut der Mutter gar nichts an das Kind weitergegeben wird. Aber das kann man ihm nicht plausibel machen.«

Katja seufzte.

»Mach dir nichts draus.« Ich versuchte sie zu trösten. »Dafür wirst du mit einem niedlichen Bäuchlein herumlaufen. Und ein Baby haben. Was möchtest du, einen Jungen oder ein Mädchen?«

»Weiß ich nicht. Eher ein Mädchen. Das kann man hübsch herausputzen.«

»Ein Junge wäre auch gut. Was möchte dein Mann?«

»Dem ist es ganz egal, er will nur einfach ein Kind. Kannst du dir vorstellen, er war sogar einverstanden, ein Spermiogramm machen zu lassen!«

»Und wie geht das?«

»Ich habe so gelacht! Wir sind dorthin gefahren, dort waren alle diese schwangeren Frauen, standen Schlange, an den Wänden lauter Babyfotos. Ich hatte ihm versprochen, dass ihn keiner beachten würde, aber er hatte ja seine Bodyguards dabei, verstehst du? Alle starren ihn also an, und ich gebe ihm den Schlüssel und zeige ihm die Tür: Da musst du rein. Ich dachte, jetzt erschlägt er mich. Aber er bleibt ganz cool, grinst nur und zieht mich hinter sich her. Das ist ein Raum von zwei mal zwei Quadratmetern und einem Tischchen, auf dem der *Playboy* liegt. Anschließend kommt man mit einem Reagenzglas raus, und wieder starren dich alle an. Überhaupt keine Intimsphäre!«

»Und nun?«

»Warten wir auf das Ergebnis. Es hängt viel von der Beweglichkeit der Spermatozoiden ab.«

Ich fuhr zu »Winnie«. Das Porzellanservice für Barbie kostete nur unwesentlich weniger als mein echtes Meißener.

Unschlüssig stand ich eine Weile vor den zwei Zentimeter kleinen Tischlampen. Mit Schirmen aus reiner Seide und elektrischen Kabeln und Steckern. Kaufte schließlich auch sie.

Der Unterhalt einer Barbiepuppe ist teurer als der eines Kindes.

In der Babyabteilung erstand ich einige Höschen und einen Strampelanzug für Serjosha.

Hoffentlich reißt Swetlana sich von jetzt an zusammen, dachte ich. Sie hatte doch gesagt, sie habe große Pläne. Ja, reden können sie alle viel. Das arme Kind hatte sogar Schluckauf vom Schreien bekommen.

Swetlana hatte mir gesagt, sie wolle zu Serges Eltern ziehen, und mich gebeten, ihr beim Transport ihrer Sachen zu helfen.

Natürlich helfe ich ihr.

Bald ist es ein Jahr her, dass Serge umgekommen ist. Unsere Freunde werden sich versammeln. Swetlana und ich werden rechts und links von seinen Eltern sitzen. Neben uns unsere Kinder. Ich glaube, ich fahre besser nicht hin. Oder ... Ich bitte alle ins Restaurant, aber Swetlana lade ich nicht ein.

Meine Schwiegereltern waren freudig erregt. Sie rüsteten sich für den Einzug des Enkels.

Ich betrachtete ihre geschäftigen Vorbereitungen und ihre glücklichen Gesichter und dachte, dass meine ganze Wut auf Swetlana nur gewöhnliche Weibereifersucht sei. Und dass Serjosha vielleicht nur deswegen auf die Welt kommen musste, damit diese vor lauter Weinen ausgetrockneten alten Leutchen wieder auflebten.

»Du siehst ja, was bei uns los ist«, sagte die Mutter von Serge gleichsam entschuldigend.

Ich nickte.

»Ja ... Sie sollte heiraten – sie ist ja noch ganz jung.«

Ich schaute meine Schwiegermutter erstaunt an. Sie antwortete mir mit dem weisen Blick einer siebzigjährigen Frau.

»Und wir würden Serjosha großziehen. Unseren Enkel.« Sie konnte ein Lächeln der Rührung nicht unterdrücken. »Ach ja, wir haben für Maschenka zum achten März eine Puppe gekauft. Gibst du sie ihr?«

Ich wäre ihnen auch nicht böse gewesen, wenn sie nichts gekauft hätten.

Das Glück befreit die Menschen von Verpflichtungen.

»Sobald ich mir was für Mascha ausgedacht habe, wie ich ihr das alles erkläre ... mit Serjosha ... bringe ich sie her ...«

Meine Schwiegermutter lächelte mir zum Abschied liebevoll zu.

Ich muss meinen Nachbarn, den Anwalt, anrufen, dachte ich. Irgendjemand muss schließlich meine Interessen beim Prozess mit der Bank vertreten.

Ich fuhr ins Baltschug zum Abendessen mit Wanjetschka. Ich freute mich, ihn wiederzusehen. Unsere Freundschaft hatte die ernste Prüfung, genannt »schlechter Sex«, mit Würde bestanden.

Er überschüttete mich mit Komplimenten. Ich lächelte rätselhaft.

»Könntest du einen Menschen töten?«, fragte ich und stellte einen riesigen Teller auf den Tisch, auf dem sämtliche Salate vom Buffet aufgehäuft waren.

Seltsam, dass so wenig Leute im Restaurant waren. Bei dieser außergewöhnlichen Auswahl an billigen Gerichten.

»Nein.« Vor ihm lag gekochter Brokkoli, den er schon einige Minuten lang so eifrig mit Gewürzen bestreute, als wolle er ihn düngen. Als hoffe er, dass er auf diesem Teller blühte. Oder zumindest keimte. »Ich bin zu gut erzogen. Aber du scheinst mir zu vielem imstande zu sein.«

Ich zog in scherzhafter Entrüstung eine Braue hoch.

»Spielst du auf die Duschkabine in der Männergarderobe an?«

»Darauf auch.« Er lächelte listig. Ich bewarf ihn mit meiner Serviette.

Auf diese Weise hatten wir unseren Standpunkt zu dem, was passiert war, geklärt. Die Befangenheit verschwand.

»Ich habe morgen Geburtstag und gebe einen kleinen Cocktailempfang für meine Freunde. Kommst du?«

»Ich komme. Danke.« Ich neigte feierlich den Kopf.

In der Tür erschien Wika. Sie erblickte mich und kam mit einem strahlenden Lächeln, das an Wanjetschka gerichtet war, auf uns zu.

»Bist du allein?«, fragte ich, in Anspielung auf ihren Schwimmlehrer.

»Nicht gerade allein«, flötete sie nebulös.

Ich stellte ihr Wanjetschka vor. Er verstand es, Eindruck zu machen. Wika lächelte geziert und gab einige Allgemeinplätze über London und englische Designer von sich.

Sie verabschiedete sich, verließ uns und rief mich gleich darauf auf dem Handy an.

»Sag ihm aber nicht, dass ich das bin«, bat sie mich. »Hör mal, die anderen Mädels und ich haben hier ein Zimmer gemietet, eine Suite mit Schiebetür, wenn du willst, komm doch auch!«

»Und was gibt's da zu sehen?«, erkundigte ich mich. Wika lachte laut. »Nicht was, sondern wen! Jungs! Die Besten der Besten. Du wirst es nicht bereuen. Alle durch die Bank sehen fantastisch aus! Und keiner älter als zweiundzwanzig. Schwarze sind nicht dabei, keine Sorge.«

Ich weiß nicht, warum sie glaubte, ich sei eine Rassistin.

»Danke, ja, vielleicht komme ich auch ...«, antwortete ich unbestimmt und lächelte Wanjetschka zu: »Eine Freundin, die mich zum Tee einlädt.«

»Weißt du was, wir bestellen uns hier Piroggen. Nicht die Ecken schmücken das Bauernhaus, sondern die Piroggen.« Er sprach das mit einiger Mühe aus, offensichtlich hatte er es erst vor kurzem gelernt.

»Sag mal, wie viele Sprichwörter kennst du eigentlich?«

»Ein ganzes Buch. Wenn ich in Moskau bin, lese ich immer vorm Einschlafen darin. Und was mir gefällt, lerne ich auswendig.«

Zu Wika in die Suite ging ich doch nicht mehr. Obwohl es mich schon interessiert hätte, was sich dort abspielte.

Ich stellte mir Kokainlinien auf einem Spiegel vor, vielleicht auch einfach auf dem Couchtisch, schöne, sonnengebräunte nackte Männer, die auf dem Bett Cancan tanzten. Oder besser noch den Tanz der kleinen Schwäne.

Als ich am Steuer meines Wagens saß, fühlte ich mich wie eine langweilige, einsame Spießerin. Außerdem musste ich endlich mal wieder zur Epilation.

Ich trat entschlossen aufs Gaspedal. Vor meinen Augen standen Bilder von Bacchanalien aus irgendeinem Film über das römische Imperium.

Wie alt mochte Wika wohl sein?

Bestimmt schon über vierzig, dachte ich respektvoll. Das muss ich Lena erzählen.

In der Schule war Elternsprechtag. Eine ältere Lehrerin teilte Sponsorentätigkeiten unter den Eltern auf. Mir bot man wahlweise entweder die Reinigung der Fenster oder den Kauf von didaktischen Materialien an.

Im ersten Moment hatte ich nicht übel Lust, aufs Fensterbrett zu klettern, ein Kopftuch umzubinden und einen Putzlappen zu ergreifen. In den wärmenden Strahlen der Frühlingssonne der Reihe nach alle Fenster in der Klasse zu putzen. Aber nach kurzem Nachdenken entschied ich mich für den Kauf der Unterrichtsmaterialien. Ich würde Alex losschicken.

»Nun, und jetzt möchte ich Ihnen berichten, wie Ihre Kinder in den ersten drei Quartalen gearbeitet haben.«

Die Lehrerin ergriff das Klassenbuch. Mir fiel ein, dass sie den Kindern beigebracht hatte, auch in den schlimmsten Ereignissen das Gute zu finden, und ich schaute sie aufmerksamer an.

»Insgesamt gesehen gar nicht schlecht«, sagte sie und klappte das Klassenbuch mit den Noten wieder zu.

Wahrscheinlich meinte Mascha die Sportlehrerin, dachte ich und nahm mir fest vor, meine Tochter im nächsten Jahr auf die British School zu schicken.

Vor der Versammlung hatte ich mein Handy auf Vibration umgestellt. Und nun begann es in meiner Tasche wohlig zu zittern.

Die Nummer kannte ich nicht.

Die Lehrerin diktierte uns eine Liste von Gedichten, die die Kinder in den Ferien auswendig lernen sollten.

»Hallo«, meldete ich mich gedämpft. Und notierte: »Borodino.«

Merkwürdig, soweit ich mich erinnerte, hatten wir das früher im vierten Schuljahr gelernt.

Ich erkannte die Stimme meines ehemaligen Verkaufsleiters. »Störe ich?«, fragte Sergej.

»Nein.«

»Man hat mich gebeten, Sie anzurufen und Ihnen ein Angebot von der Firma ...«

»Ich höre.«

Das hatte ich zu laut gesagt. Die Lehrerin blickte mich über ihre Brille hinweg an und wiederholte langsam und deutlich: »Eine Eiche steht am Meeresstrand ...«

»Passt es Ihnen jetzt gleich am Telefon?«

Ich lächelte dankbar die Lehrerin an und beugte mich über mein Blatt Papier.

»Also dann.« Sergej sprach wie immer sehr schnell. »Wir

sind bereit, den Markennamen Ihrer Firma zu kaufen. Wir glauben, dass es erfolgversprechender ist, einen bereits eingeführten Namen zu übernehmen, als wieder von vorn zu beginnen. Wir bieten Ihnen für Ihre Marke einhunderttausend.«

»Dreihundert«, sagte ich, bemüht, nicht die Lippen zu bewegen, weil die Lehrerin mich anblickte.

»Borodino«, schrieb ich schon zum dritten Mal, und die Mama, die in der Bank neben mir saß, sah mich misstrauisch von der Seite an.

»Ich denke, die Einzelheiten besprechen wir am besten bei einem Treffen mit der Firmenleitung. Ich sollte nur Ihr prinzipielles Einverständnis einholen.« Ich hätte gern gewusst, warum sie ausgerechnet Sergej mit diesem Anruf beauftragt hatten. Hatte er gesagt, er kenne mich und habe Einfluss auf mich? Wahrscheinlich irgendwas in dieser Richtung.

Ich hob die Hand und hätte um ein Haar gesagt: »Darf ich mal kurz raus?« In Klassenzimmern fühle ich mich immer wie ein kleines Mädchen. Mit einem entschuldigenden Lächeln ging ich hinaus und schloss die Tür hinter mir.

Mascha spielte mit ihren Freundinnen auf dem Schulhof.

Ich hob sie hoch und schwenkte sie im Kreis herum. Sie lachte laut und fröhlich.

»Mascha«, sagte ich, als ich wieder zu Atem gekommen war, »dein Väterchen Frost hat nicht gelogen. Es geht uns einfach blendend. Wir verkaufen nichts. Stattdessen kaufen wir alles!«

Sie hüpfte auf einem Bein, und ich lächelte ihr zu und der Sonne und dem Leben. Jetzt wusste ich, was der Ausdruck »aus voller Brust atmen« bedeutet. Obwohl die Redewendung in der heutigen Zeit eher lauten müsste: »Sie war so glücklich, dass sogar das Implantat Nr. 4 zu atmen begann.«

Der Frühling tropfte mir von den Hausdächern auf den Kopf, die frisch dekorierten Schaufenster der Geschäfte lockten mich, meine Garderobe aufzufrischen.

Katja, Lena und ich, mit Alex am Steuer, fuhren los, um die neue Frühjahrs- und Sommerkollektion in Augenschein zu nehmen.

In den Geschäften herrschte Gewühl.

Alle gängigen Größen von Blumarine waren bei Italmoda schon seit Ende Februar ausverkauft. Lena schaute allen Verkäufern einschmeichelnd in die Augen und bettelte, ihr etwas »von nebenan« zu bringen. Die besten Sachen legten die Verkäufer nämlich für »ihre« Kunden beiseite.

Ich schnappte mir ein paar geblümte Sarafane und schaute mich bei den Jeans um.

Katja probierte ein Jäckchen von Valentino an.

Ich ging erst mal nicht in die Umkleidekabine, weil ich hoffte, dass die Jacke Katja nicht stand, und ich mich dann beeilen musste, damit niemand anderer sie mir wegschnappte.

»Gar nicht schlecht, oder?«, fragte Katja und drehte sich vor dem Spiegel.

»Ja«, erwiderte ich ziemlich kühl. Dafür aber ehrlich.

»Ich nehme sie«, entschied Katja.

Lena und ich bezahlten unsere Einkäufe mit Katjas Kundenkarte – fünfundzwanzig Prozent Rabatt. Dank sei der Chefin von Italmoda. Katja sagte immer, wenn es liebenswürdige Haie gäbe, dann wäre sie ein solcher.

Anschließend fuhren wir zum Kaufhaus Moskwa.

Lena probierte schon das zehnte Paar Schuhe von Chanel an, Katja und ich guckten uns die Handtaschen an.

»Wir haben neue Haarspangen bekommen«, sagte die Verkäuferin. »Und Kosmetika aus den Cruise-Collections. Sehr interessante Sachen.«

Katja hatte gerade eine Sonnenbrille aufgesetzt und drehte sich zu mir um.

»Nicht schlecht«, lobte ich. Mir stand diese Form gewöhnlich nicht.

»Stell dir vor, die Beweglichkeit seiner Spermatozoiden ist gleich null.«

Ohne die Brille abzunehmen, spazierte Katja zwischen den Regalen mit Handtaschen herum.

»Was bedeutet das?« Ich verstand nicht.

»Das bedeutet, dass er keine Kinder haben kann.«

Ich ächzte auf. Katja legte den Finger an die Lippen, und ich begriff, dass Lena nichts davon wusste.

»Und jetzt?« Ich nahm eine schwarze gesteppte Tasche aus dem Regal, mehr der Konspiration wegen.

»Wenn wir keine Kinder kriegen, wird er mich verlassen«, sagte Katja bitter und nahm die Sonnenbrille ab. »Zum zweiten Mal.«

»Passen die zu meinem Dolce&Gabbana?« Lena kam in getupften hochhackigen Sandaletten angestöckelt. »Lagerfeld ist übergeschnappt« taufte ich das Modell in Gedanken.

»Sehr hübsch.« Katja lächelte höflich.

»Ehrlich gesagt, die hier finde ich besser.« Ich zeigte auf ein schwarzes Paar Schuhe mit dünnen Riemchen.

»Kann man sich dagegen behandeln lassen?«, fragte ich, als Lena wieder weg war.

»Kann man. Das ganze Leben lang.« Katja seufzte. »Ich nehme diese Tasche hier.« Sie reichte sie der Verkäuferin, die zufrieden nickte.

»Und was willst du machen?«

Ich lief rasch zum anderen Ende des Raums, wo ich Slipper aus den neuen Cruise-Collections entdeckt hatte.

»Ein Kind bekommen«, sagte Katja, als ich zurückkehrte.

»Wie?«

»Von einer Samenbank. Ich habe mir schon einen Termin geben lassen. Er wird niemals etwas davon erfahren.«

Ich nickte nachdenklich: Niemals.

»Sehen wir uns noch bei Gucci um?«, fragte Lena fröhlich.

»Alles, was du willst, bloß nicht Gucci«, antwortete Katja, und ich stimmte ihr zu.

Nachdem wir für uns drei zwölftausend Dollar ausgegeben hatten, fuhren wir zum Mittagessen in die Villa.

Ich blickte Katja an und dachte, ich müsse ihr irgendwas sagen. Aber ich wusste nicht, was. Leicht war es ihr bestimmt nicht gefallen, diese Entscheidung zu treffen. Für die Familie. Für sich selbst. Für ihn. Ich versuchte, mich in seine Lage zu versetzen. Was ist besser? Niemals Kinder zu haben oder eins zu haben, aber niemals zu erfahren, dass es nicht das eigene ist? Und was bedeutet »nicht das eigene«? Wenn du es erzogen hast und es bei dir groß geworden ist? Wenn du bereit bist, für dieses Kind alles herzugeben, was du hast? Alles, wofür du gelebt hast?

Könnte ich wohl genauso handeln wie Katja?, fragte ich mich.

Um das zu verstehen, müsste ich mich in jemanden verlieben, der keine Kinder haben kann. Ich hoffe, das wird mir nie passieren. Zumindest war es bisher eher umgekehrt gewesen. Ich erzählte den Mädels von Swetlana.

»Ich habe sie den Eltern von Serge vorgestellt«, sagte ich seufzend.

»Wozu hast du das getan?«, fragte Lena erstaunt.

Wir bestellten Ravioli. Die Kellner in diesem Restaurant trugen Livreen von Armani. Das rechtfertigte zumindest teilweise die Preise.

»Für sie ist das ein großes Glück, sie waren allein übrig geblieben, und nun haben sie plötzlich einen Enkel.« Ich hob die Arme. »Damit fängt für sie ein neues Leben an.«

»Und Swetlana?«, fragte Katja.

»Zuerst hat sie das Kind gekriegt und anschließend nachgedacht. Aber im Grunde genommen tut sie mir Leid.«

»Leid?«, fragte Katja spöttisch zurück.

»Ach, eigentlich ist sie ja ganz nett. Sie zieht jetzt bei Serges Eltern ein.«

Ich stritt nicht mit ihnen. Ich stritt mit mir selbst.

»Nett?«, empörte sich Lena. »Wärest du an ihrer Stelle zur Ehefrau deines Geliebten gegangen? Und hättest sie um Geld gebeten?« Lena schrie beinahe.

»Um nichts in der Welt!«, antwortete Katja für mich. »Sie hätte Büros geschrubbt oder noch wahrscheinlicher sich etwas ganz Cleveres einfallen lassen.«

Ich schüttelte den Kopf.

»Ihr wisst noch nicht, dass ich ihr eine Wohnung kaufe. Die erste Rate habe ich schon bezahlt.«

»Wieso das?« Lena starrte mich an, als sei ich irre.

»Weiß ich selbst nicht.«

»Da ist das Mädel ja weich gefallen. Und jetzt auch noch zu den Großeltern. Die haben bestimmt einen Swimmingpool und einen Fitnessraum? Und verkehren in den richtigen Kreisen?«, fragte Katja spöttisch und verzichtete auf den Nachtisch.

Ich bestellte Ananas.

»Und wenn sie sich einfach verliebt hat? Und schwanger

geworden ist? Aber er wurde ermordet. Und sie hatten doch von einem Kind geträumt ...«

Dann hätte sie sich eben aufhängen sollen, wollte ich fortfahren, schwieg aber.

Mir gefällt die Villa. Da die Kellner dort schon Armani tragen, heißt das, die Gäste müssten eigentlich in zerrissenen Jeans kommen. Aber niemand tut das. Alle wollen die Kellner an Eleganz noch übertreffen. Schafft aber niemand – sie sehen immer am stilvollsten aus.

Ich ließ mich zu Brioni ins Slawjanskaja fahren, auf der Suche nach einem Geburtstagsgeschenk für Wanjetschka.

Es gab ganz hübsche Pyjamas für tausendzweihundert Dollar. Sollte ich einen Engländer mit echt russischer Freigebigkeit beeindrucken? Er würde es nicht verstehen.

»Haben Sie Berlocken?«, fragte ich, aber die Verkäuferin würdigte mich keiner Antwort. Wahrscheinlich dachte sie, ich mache einen Witz.

Im Laden nebenan wurden außer Zeitschriften auch Matrjoschkas verkauft. Wenn ich mich recht erinnerte, hatte ich ihm vor zehn Jahren schon mal welche mitgebracht.

»Sie haben nicht zufällig eine Geschenkausgabe russischer Sprichwörter und Redensarten?«

»Leider nein. Viele fragen danach.«

Viele? Vielleicht könnte ich eine solche Ausgabe selbst organisieren, überlegte ich. Allerdings wäre es blöd, wenn ich später erfahren müsste, dass die Verkäuferin das nur aus Höflichkeit gesagt hatte.

Ich aß eine Portion Unagi im besten japanischen Restaurant von Moskau, das sich im Slawjanskaja befindet. Dazu trank ich ein Panaché – das ist ein Mixgetränk, halb Bier, halb Sprite. Löscht hervorragend den Durst. Zufällig hatte der Wirt (er hat einen anstößigen Spitznamen) genau so ein Restaurant auch in London eröffnet. Ich versuchte, eine logische Verbindung zwischen den beiden Etablissements, Wanjetschka und irgendeiner japanischen Nippsache herzustellen, die ich hier erstehen könnte. Es gelang mir nicht.

Da beschloss ich, ihm Swetlana zu schenken. Sie müsste ihm gefallen, wenn man bedachte, dass sie Serge gefallen hatte. Denn das bedeutete ja wohl, sie und ich waren uns vom Typ her ähnlich, obwohl ich selber zwischen uns keine Gemeinsamkeiten entdecken konnte.

»Kannst du das Baby bei irgendwem lassen?« Ich rief sie an, während ich mein Panaché austrank.

Swetlana war noch nicht umgezogen, aber es stellte sich heraus, dass ihre Mutter gerade bei ihr war. Der Blutdruck hatte sich normalisiert.

»Ausgezeichnet. Ich hole dich in einer halben Stunde ab. Zieh dir was Nettes an.«

Warum gehorchte sie mir eigentlich immer? Vielleicht, weil ich ihr Geld gab? Oder weil ich Serges Frau war? Oder weil ich einfach ich war? Schließlich war sie nicht die Einzige, die mein Recht zu kommandieren anerkannte.

Wanjetschka hatte einen kleinen Saal mit einem riesigen Balkon und einer Bartheke im fünften Stock des Hotels Baltschug gemietet. Vom Balkon aus hatte man eine überwältigende Aussicht auf die Moskwa, und so war es nicht erstaunlich, dass es alle Gäste dorthin zog. Die Kellner beeilten sich, hochprozentige Cocktails zu servieren, deshalb musste niemand Angst haben zu frieren.

Das Buffet war entlang der Wand aufgebaut. Neben der Theke war noch genügend Platz zum Tanzen.

Die Gäste waren hauptsächlich Ausländer, die in Moskau arbeiteten. Viele von ihnen waren mit russischen Mädchen gekommen.

Ich wählte einige leichte Vorspeisen und ging mit meinem Teller auf den Balkon, um das Geburtstagskind zu suchen.

»Ich kann nicht mit nach draußen«, flüsterte Swetlana mir zu. »Ich erkälte mir die Brust, und dann habe ich keine Milch mehr.«

Wanjetschka war über sein Geschenk nicht erstaunt.

»Ist das eine Prostituierte?«, raunte er mir ins Ohr.

»Nein, eine anständige Frau«, antwortete ich.

»Seltsam, in Moskau hat man mir immer Prostituierte geschenkt.«

»Wie der Herr, so's Gscherr«, erklärte ich stolz. Nicht umsonst hatte ich gestern Nacht im Bett noch lange gelesen.

»Wie-wie?«, wollte Wanjetschka wissen. Aber ich ließ ihn mit Swetlana allein und ging an die frische Luft.

Ich beschloss, meinen Geburtstag auch irgendwann mal in diesem Saal zu feiern. Es müssten dann aber überall noch mehr Kerzen brennen. Und an der Theke ein Geiger stehen. Und den schwarzen Kaviar würde ich in etwas größeren Portionen servieren. Dann ein paar Stars aus dem Fernsehen einladen, die sich unter die Gäste mischten, das gehörte einfach dazu; VIPs natürlich (die Bodyguards müssten draußen vor der Tür bleiben); meine Freundinnen, von denen die Hälfte einander nicht grüßt ... Ich hielt inne. Die Aufzählung reichte, um mir diesen Ort plötzlich absolut reizlos erscheinen zu lassen.

Wanjetschka fragte, ob er Swetlana nach Hause bringen müsse.

»Nur, wenn du selber es möchtest.«

Ich gab ihm einen Schmatz auf die Wange und verließ die Party, ohne seine Entscheidung bezüglich Swetlana erfahren zu haben.

Es war ein wirklich netter Abend gewesen.

Mir war klar geworden, warum Swetlana sich mir unterordnete. Weil ich andernfalls den Kontakt zu ihr abgebrochen hätte: In dem Fall wäre sie für mich nur die Rivalin gewesen. Und ich verstand nun auch, warum ich ihr half. Weil ich Serge beweisen wollte, dass ich besser war und höher stand. Aber das würde sie mir nicht verzeihen.

Es war ein trüber Vormittag. Aber ich hatte mich an das schlechte Winterwetter schon so gewöhnt, dass ich es gar nicht mehr bemerkte.

Mein Auto war derart schmutzig, als hätte man es absichtlich mit Dreck beschmiert, beispielsweise für Filmaufnahmen zu einem Thriller mit einer Verfolgungsjagd durchs Gelände.

Alex hatte ich freigegeben, deshalb beschloss ich, zuerst einmal in die Waschanlage zu fahren.

Wie üblich arbeitete man in Moskau wie wild, als sollte alles Geld auf einmal verdient werden. Vor allen Waschanlagen standen lange Schlangen. Auf allen Straßen – Staus.

Ich gab mein Vorhaben auf und fuhr zu Swetlana, doch als ich endlich bei ihr angekommen war, hatte ich schon vergessen, was ich eigentlich wollte.

Sie war im Begriff, zu Serges Eltern umzuziehen. Ich hatte versprochen, ihr zu helfen.

Für sich selbst hatte sie zwei Taschen gepackt, für den kleinen Serjosha fünf. Jede davon so schwer wie ihre beiden zusammen.

Sie schlenderte durch die Wohnung, sammelte mal hier ein Cremetöpfchen, mal dort eine Vase ein.

»Die brauchst du doch gar nicht«, sagte ich rasch, als sie ihren Blick auf die riesige Wanduhr richtete.

Die Atmosphäre in der Wohnung erinnerte an ein Hotelzimmer, das man morgens um sechs verlassen muss. Und in dem man um vier Uhr früh zu Bett gegangen ist, ohne vorher die Koffer gepackt zu haben.

Das Kind schlief in seinem Bettchen.

Wir mussten warten, bis es aufwachte.

Swetlana trug schon die Taschen nach unten in mein Auto. Ich streifte ziellos durchs Zimmer. Sehnte mich nach meinem Bett.

»Hat Wanjetschka dich gestern nach Hause gebracht?«, fragte ich, als sie zurückkam, um die nächste Tasche zu holen.

»Ja«, antwortete sie in einem Ton, als ginge mich das nichts an.

Ich wollte sie anschreien, ich hätte ihn vor Jahren sitzen gelassen. Damit sie sich nichts einbildete. Aber ich ließ es.

Mein Blick fiel auf ein Fotoalbum, das in einem offen stehenden Schrank lag. Ich konnte die Augen nicht abwenden. Bestimmt war Serge darin. Szenen aus einem anderen, mir verschlossenen Leben.

Die Tür schlug hinter Swetlana zu.

Ich steckte das Album in meine neue Handtasche und zog sorgfältig den Reißverschluss zu.

Aus dem Zimmer von Serge hatten sie ein Kinderzimmer gemacht. Swetlana wurde im Arbeitszimmer einquartiert.

Die gemütliche Wohnung mit den dunklen Portieren füllte sich mit Töpfchen und bunten Spielsachen. Sie passten überhaupt nicht zur Einrichtung, aber das störte niemanden, im Gegenteil, es rief Rührung hervor.

Ich wollte meine Schwiegermutter vor irgendwas warnen, wusste aber selbst nicht, wovor. Ihre Rente brauchte sie vor Swetlana ja wohl nicht zu verstecken.

Im Auto griff meine Hand unwillkürlich nach der Tasche.

Aber ich beschloss, erst nach Hause zu fahren und mir das Album dort anzusehen. Ich wollte es gründlich und ohne Hast betrachten.

Ohne Rücksicht auf meine Gefühle wollte ich jedes Detail, jedes Lächeln genau prüfen. Wie ein Henker würde ich alles in mein Gedächtnis, mein Bewusstsein, meine Albträume treiben. Was für eine schreckliche Folter.

Ich gab Gas, und auf dem Kutusowski-Prospekt scherte ich auf die Gegenfahrbahn aus.

Ich bin eine Masochistin, dachte ich. So zerreißt es einem wahrscheinlich im Vorgefühl des Schmerzes das Herz; wenn man im Begriff ist, die Tür zu öffnen, hinter der der eigene Mann mit einer anderen im Bett liegt. Aber es gibt auf der Welt keine Frau, die imstande wäre, an dieser Tür vorbeizugehen.

Es waren gar keine Fotos von Serge im Album. Ich war fast schon enttäuscht. Es gab überhaupt nur vier Bilder. Ein Mann darauf kam mir bekannt vor, aber obwohl ich ihn eingehend musterte, fiel mir nicht ein, woher.

Einige Tage vergingen damit, alle Fragen zu regeln, die mit der Übertragung der Urheberrechte auf den Markennamen meiner Molke zusammenhingen.

Wir einigten uns auf zweihundertfünfzigtausend, und ich hatte den Verdacht, das war zu billig. Aber ich wollte rasch zu einem Abschluss kommen, bevor sie es sich vielleicht anders überlegten.

Ich musste mir einen Anwalt nehmen, der den Gerichtsprozess abschloss und meine Hypotheken von der Bank zurückkaufte.

Ich schwor mir, nie wieder Geld gegen Hypotheken aufzunehmen.

Für meine Büroräume hatte ich nur einen kurzfristigen Mietvertrag abgeschlossen, den ich nicht einmal aufzulösen brauchte.

Alles fügte sich günstig, wenn ich einmal davon absah, dass ich bei der ganzen Sache nicht allzu reich geworden war.

Aber ich hatte es ja nicht deswegen getan. Ich brauchte Ablenkung. Und musste lernen, nicht an Serge zu denken. Beinahe war mir das gelungen.

Jetzt dachte ich mehr an seinen Chauffeur und an seinen Sohn.

Ich musste den einen retten und für den anderen sorgen. Und mich danach um mein eigenes Leben kümmern.

In diesem Jahr fand der Frühling ohne mich statt. Seine Blüte rief in meiner Seele kein Echo hervor. Es war ein bisschen kränkend und seltsam. Ich dachte sogar: Ist das vielleicht das Alter? Man sagt ja, es kommt unbemerkt, auf leisen Sohlen. Dieser Gedanke schreckte mich nicht. Wenn es das Alter war, so war ich bereit, es anzunehmen, weil man bestimmt auch im Alter etwas Gutes finden konnte, wie meine Tochter gesagt hätte.

Zum Beispiel braucht man nicht mehr zu kauen. – Nein, heute haben alle schon längst ein Gebiss. – Die Enkel kümmern sich um einen. – Ich habe keine Enkel. – Man braucht sich nicht zu schminken. – Ich schminke mich sowieso nicht.

Es gibt nichts Gutes am Alter. Ich nahm ein buntes Kleid aus der neuesten Kollektion von Dolce&Gabbana vom

Bügel. Das muss ich mir aufheben, dachte ich. Wenn ich alt werde und Lust bekomme, auf den Putz zu hauen, ziehe ich das an.

Ich fuhr zu einer Präsentation von Chopard-Uhren in die Tretjakowski-Gasse. Dort musste ich auf Lena und Olesja warten. Die Einladung hatten sie.

Katja war schwanger geworden und lag mit schwerem Östrogenmangel zu Hause im Bett. Ihr Oligarch war bei ihr. Ihre Mutter auch.

Lena und Olesja verspäteten sich, und ich stand vorm Eingang und fühlte mich ziemlich unbehaglich.

In Sommersandaletten kam durch den tiefen Schnee mit raschen Schritten meine Bekannte Marjana auf mich zu. In der einen Hand hatte sie die Einladung, mit der anderen hielt sie sich an einem Mann fest, dessen Gesicht mir bekannt vorkam.

»Was ist, hast du keine Einladung?«, fragte Marjana.

Ihr Begleiter taxierte mich ganz offen. »Doch«, lächelte ich, »ich bin nur rausgegangen, um zu rauchen.«

»Ich wusste gar nicht, dass du rauchst«, murmelte Marjana und schritt am Schutzwall der Wache vorbei.

Wenn Lena sich noch mehr verspätete, würde ich bestimmt wieder damit anfangen.

Die Kellner servierten Toast und Champagner, in den Vitrinen funkelten die Brillanten. Ich rief Marjana an.

»Sag mal, wer ist dein Begleiter?«

»Weiß ich selbst nicht, wir haben uns erst gestern an der Tankstelle kennen gelernt. Aber ich glaube, er hat nur ein Auto und sonst nichts. Wieso, gefällt er dir?«

»Sein Gesicht kommt mir bekannt vor.«

Wo hatte ich es nur gesehen? Wahrscheinlich auch an irgendeiner Tankstelle.

»Ja?! Vielleicht ist es irgendein berühmter Macho, und ich schicke ihn in die Wüste?«

Wir standen vor einer Vitrine und taten, als würden wir eine mit Smaragden besetzte Uhr betrachten.

»Schau mal, was für ein Collier die Sobtschatschka trägt!« Lena stieß mich mit dem Ellbogen an.

Neben uns blieb ein Kellner mit Sekt stehen.

Sofort streckten sich von allen Seiten die Hände nach den Gläsern aus.

»Ich finde, wir könnten wieder gehen«, meinte Olesja.

Sie hatte ihrem Mann erzählt, sie habe geträumt, dass er zur Jagd gefahren sei und ein Bär ihn angefallen und getötet hätte.

Olesjas Mann war ein begeisterter Jäger.

Sie hatte ihm von den blutigen Körperteilen erzählt, die sie im Traum ganz deutlich gesehen hatte. »Das deutet auf eine sehr, sehr schwere Krankheit hin«, hatte sie ihm gesagt.

Olesjas Mann war genauso wehleidig wie alle Männer. Ihm wurde auf der Stelle schlecht, er legte sich ins Bett und ging nicht zur Arbeit.

»Ich bin weggefahren«, erzählte Olesja, als wir nach draußen gingen, »und abends bin ich zurückgekommen und habe gesagt, ich sei bei einer berühmten Wahrsagerin gewesen. Zu diesem Zeitpunkt war er schon ganz grün im Gesicht. Und die Wahrsagerin hätte gesagt: Um dem Tod zu entkommen, müsse er sich trauen lassen. Er hätte in dem Moment alles geglaubt. Und nun werden wir uns trauen lassen.«

»Du bist verrückt«, sagte Lena.

»Ich liebe ihn eben. Das versteht ihr nicht, Mädels«, sagte Olesja beleidigt. »Übrigens hat er mir zum achten März ein Armband von Cartier geschenkt. Und was habt ihr bekommen?«

»Wir haben keinen, der uns was schenkt«, antwortete Lena betrübt für uns beide. »Unsere Schenker hat der Bär gefressen.«

»Er hat sie mit Olesjas Mann verwechselt«, konnte ich mir nicht verkneifen.

Wir riefen bei Katja an.

»Brauchst du irgendwas?«, fragte Lena. »Dann schauen wir bei dir vorbei.«

»Danke, aber wir kommen hier zu zweit gut zurecht.«

Ich wäre auch gern mal ein bisschen schwanger gewesen. Damit der geliebte Mann sich zusammenriss und mir mit fürsorglichem Lächeln mal einen Apfel, mal was zu trinken, mal Weintrauben, mal alles wieder zurückbrachte.

»Bald ist es wieder warm«, sagte Lena. »Dann kann man in die Türkei fahren.«

»Ich mag die Türkei nicht.«

»Du hast dort einfach noch nicht richtig Urlaub gemacht.«

»Und wie macht man es richtig?«, wollte Olesja wissen.

»Man muss mit den Animateuren anbandeln«, erklärte Lena.

Ich erinnerte mich an eine Geschichte, die im letzten Sommer für Aufsehen gesorgt hatte. Mehrere Frauen waren zum Urlaub mit Animateuren in die Türkei gefahren. Anschließend hatte eine von ihnen ihren Animateur mit nach Moskau gebracht. Hatte ihm eine Wohnung gemietet. Ihr Mann erfuhr davon. Sie schob alle Schuld auf ihre Freundin. Die Freundin wieder auf eine andere Freundin. Die Ehemänner, die ihre Frauen voreinander in Schutz nahmen (schließlich war das Ganze ziemlich peinlich für sie!), zerstritten sich alle. Die Frauen lachten sich nur ins Fäustchen! Aber in die Türkei durften sie nun wohl nicht mehr fahren.

»Ich muss euch noch was über Wika sagen.« Ich erzählte vom Baltschug.

»Wie, wusstet ihr das denn nicht?«, staunte Olesja. »Sie mieten sich dort jeden Mittwoch ein Zimmer.«

Wir waren es leid, auf der Straße zu stehen. Obwohl wir in unseren eleganten Kleidern zwischen hohen Schneewehen sicher sehr malerisch aussahen.

»Was ist, machen wir noch einen drauf?«, fragte Lena gähnend.

»Wie wär's mit der Galerie?«, schlug Olesja vor.

Aus dem Augenwinkel erblickte ich ein auf uns gerichtetes Objektiv und schaffte es gerade noch zu lächeln. Es war der Fotograf von *Harper's Bazaar.* Er notierte sich unsere Namen für die VIP-Chronik. Lena gab an, sie sei Designerin.

»Damit Katjas Mutter sich nicht wieder aufregt«, erklärte sie.

»Glaubt ihr, sie drucken unsere Fotos?«, fragte Olesja verträumt. »Ich werd's meinem Mann zeigen, soll er ruhig ein bisschen eifersüchtig werden.«

Fotos ... Irgendeine Assoziation tauchte in meinem Kopf auf, aber ich kam nicht darauf, was es war ...

Wir beschlossen, an diesem Abend nichts mehr zu unternehmen. In der Galerie war ohne Reservierung ohnehin kein Tisch zu bekommen, und sonst gab es nichts, wohin wir noch hätten gehen können.

Bei mir im Auto lag *Der Strand* von Alex Garland, und ich fuhr nach Hause, um zu lesen.

Es war riesig gemütlich, mit einem Buch ins Bett zu kriechen; eine große Schüssel mit Plätzchen und Schokoladenstückchen daneben zu stellen; die Stehlampe anzuknipsen; von unten noch eine Cola zu holen, die ich in der Küche vergessen hatte; wieder unter die Decke zu kriechen und ruhig, ohne Hast, die erste Seite aufzuschlagen.

Hat Marjana mich eigentlich drinnen noch gesehen? überlegte ich. Wenn nicht, glaubt sie bestimmt, ich hätte keine Einladung gehabt.

Nicht dass mich das besonders beunruhigt hätte, aber trotzdem ...

Wo hatte ich ihren Verehrer schon gesehen?

Eine plötzliche Eingebung trieb mich aus dem Bett und zerstörte die Ruhe dieses Abends.

Meine Finger zitterten so, dass sie nur mit Mühe die Knöpfchen des Telefons trafen.

»Marjana? Hör mal, wie heißt der Mann, mit dem du heute bei Chopard warst?«

»Oh!«, lachte Marjana. »Ich sehe, er hat Eindruck auf dich gemacht! Aber ehrlich gesagt – vergiss ihn, das ist nur irgend so ein Windhund ...«

»Wie ist sein Name?« Ich verlor die Geduld.

»Wladimir«, erwiderte Marjana etwas konsterniert. »Nach seinem Familiennamen mochte ich ihn nicht fragen. Vermutlich irgend so ein Allerweltsname, Petrow oder Koslow.«

Ich fegte die Klamotten von den Regalen, stülpte meine Handtaschen um, eine Vase ging zu Bruch, ohne dass ich darauf achtete – ich suchte Swetlanas Fotoalbum.

Da war es.

Es öffnete sich ganz von selbst an der richtigen Stelle. Mir schien, als bestehe mein ganzer Körper nur aus Augen. Riesigen, entsetzten Augen. Sie blickten in das lächelnde Gesicht eines rotwangigen Mannes. Das Computerbild hatte sein Gesicht nicht in diesem Schweinchenrosa wiedergegeben, deshalb hatte ich ihn nicht sofort erkannt. »Wladimir«, hatte Marjana gesagt. Wowa. Alles rückte plötzlich an seinen Platz.

Wie von Sinnen rannte ich zurück ins Schlafzimmer, sprang über das Bett und griff nach dem Telefon.

Meine Schwiegermutter meldete sich.

»Wie geht es euch?« Ich hörte meine eigene Stimme, als sei sie die einer Fremden. Ich konnte kaum glauben, dass ich in einer solchen Erregung noch imstande war, ruhig zu sprechen.

»Serjosha hat Bauchschmerzen. Wie er sich quält! Wahrscheinlich Blähungen, wir haben ihm schon einen Einlauf gemacht und ihn massiert.«

»Und was macht Swetlana?«

»Swetotschka ist weggefahren. Mit einer Freundin. Vater und ich kümmern uns allein um den Kleinen.«

Ich konnte nicht ruhig sitzen und warten, bis Swetotschka zurückkam. Ich rief Wadim an.

»Wo bist du?« Meine Stimme kippte.

»Was ist passiert?« Er war ganz ruhig.

»Ich komme gleich zu dir! Ich muss dir ein Foto zeigen! Es ist Wowa Ratte! Hat er einen weißblonden Igelschnitt? Rote Backen?«

»Ich glaube, ja ...«

»Wo bist du jetzt?«

»Ich ...« Er wurde verlegen. »In der Sauna ... Ich komme selbst zu dir ...«

»Nein! Ich kann nicht warten! Sag mir die Adresse!«

Die Sauna war in Gorki-10. Ich warf meinen langen Pelzmantel direkt über den Pyjama und war zehn Minuten später an Ort und Stelle.

Ein schweigsamer Wachmann in einer Militärjacke führte mich in den Umkleideraum. Dort wartete Wadim bereits.

»Entschuldige meinen Aufzug.« Er trug einen langen Frotteemantel.

Ich entschuldigte mich für mein Aussehen erst gar nicht. Obwohl ich den Pelz ausziehen musste – es war zu stark geheizt.

»Ist er das?« Ich hielt ihm das Foto aus Swetlanas Album vor die Nase.

»Ja«, nickte Wadim.

Ich begann laut zu weinen. Wadim war ganz verstört. Ich saß auf meinem Pelzmantel, direkt auf dem Fußboden, und heulte wie ein Rudel hungriger Wölfe, bloß noch jämmerlicher.

Ich bin sicher, so sah Wadim mich zum ersten Mal.

»Er hat mich angeschaut ... verstehst du ... der Mörder von Serge ... Er läuft seelenruhig in der Gegend herum ... Vielleicht wollte er mich sogar noch kennen lernen ...«

Ich schämte mich. Vor einem Außenstehenden wurde ich hysterisch. Ich saß hier im Pyjama und wusste kaum, wie ich hierher gekommen war. Aber ich konnte mich nicht bremsen. Es kam mir vor, als weinte ich zum ersten Mal in meinem Leben.

Hinter der geschlossenen Holztür hörte man gedämpft eine Frau kreischen, und im selben Moment tauchte der Kopf eines Mannes hinter der Tür auf und verschwand wieder.

»Beruhige dich«, bat Wadim mich verlegen. Es war ihm peinlich. Sowohl mein hysterisches Benehmen wie auch die Schreie der Frau.

Der Besitzer des Kopfes erschien in der Tür und schlug seinen weißen Bademantel übereinander.

Man wird mich für eine Prostituierte halten, dachte ich gleichgültig und bedeckte mechanisch mein verweintes Gesicht mit der Hand.

»Reginotschka«, sagte der Mann betrunken – offenbar glaubte er, ich sei Wadims Frau –, »ich war gerade mit meiner Schwester hier im Dampfbad und habe Wadik eingeladen ...«

Wadim stand auf und schob den sich sträubenden Freund wieder hinter die Tür zurück.

»Bitte entschuldige«, sagte er sehr ernst zu mir.

Ich nickte. Zog den Pelzmantel an. Ich wollte weinen. Aber nicht hier.

»Soll ich dich nach Hause bringen?«

»Nicht nötig«, flüsterte ich.

Die Tür fiel krachend hinter mir zu. Ich legte die Hände aufs Lenkrad und schaute zu, wie meine Tränen darauf tropften und sich zu kleinen Pfützen sammelten. Der Wachmann musterte mich gleichmütig durch die Windschutzscheibe. Ich stellte Musik an. Sehr laut. Ich weiß nicht, wie viel Zeit verging. Mir wurde nicht leichter.

Ich ließ den Motor an. Natürlich ist es etwas unpassend, im Pyjama durch die Gegend zu fahren, aber wenn ich den Pelz übereinander zog, sah man es nicht.

Ich fuhr zum Haus meiner Schwiegermutter und klingelte. Das Baby hatte sich beruhigt und war eingeschlafen. Swetlana war noch nicht zurück.

Ich setzte mich wieder ins Auto, um auf sie zu warten.

Swetlana wurde von Wanjetschka gebracht.

Ein unangenehmes Gefühl regte sich in meiner Brust.

Aber schließlich hatte ich es selbst so gewollt.

Er hätte sie ja nicht auch noch nach Hause bringen müssen, dachte ich.

Swetlana stieg aus und winkte dem Auto so lange nach, bis es um die Ecke gebogen und verschwunden war.

Am Hauseingang trafen wir uns.

»Hallo!«, sagte Swetlana erstaunt. Die Aufzugtüren schlossen sich hinter uns.

»Wer ist das?« Ich zog das Foto heraus.

Ich war überzeugt, dass er irgendein Liebhaber von ihr war. Vielleicht war sogar das Kind von ihm.

Ich war darauf gefasst, dass Swetlana sich winden würde. Und schon im Voraus wütend.

»Mein Bruder.« Sie starrte mich erneut erstaunt an. »Wieso?«

»Dein Bruder?« Ich dachte, ich hätte diese Worte nur in Gedanken gesprochen, aber so entsetzt, wie Swetlana vor mir zurückwich, hatte ich sie offenbar aus vollem Halse geschrien. »Dein Bruder?«

Ich drückte sie gegen die Wand. Der Boden des Aufzugs schwankte.

»Verdammte Sippschaft!«

Sie stieß mich zurück.

»Was hast du denn?«

Ich holte aus und gab ihr eine schallende Ohrfeige. Mein Pelzmantel sprang auf, Swetlana starrte eine Sekunde lang auf meinen Pyjama, dann stürzte sie sich mit geballten Fäusten auf mich.

»Was willst du von mir? Du bist ja verrückt!«, schrie sie.

Ich hatte mich schon lange mit niemandem mehr geprügelt. Vielleicht sogar noch nie. Aber in dieser Kabine, mit dem riesigen, bis zum Boden reichenden Spiegel, verdrosch ich Swetlana und konnte gar nicht mehr aufhören. Wir sprachen kein Wort, rissen uns nur erbittert an den Haaren, bis der Lift anhielt und die Tür sich öffnete. Swetlana wandte sich zum Ausgang, ich legte all meine Wut in meine manikürte Faust und schlug ihr aufs Auge.

»Rede! Erzähl mir alles!«, krächzte ich.

»Was soll ich denn erzählen?« Sie bekam kaum noch Luft.

»Kannten sie sich?«

»Er und Serge? Ja. Sie haben sogar zusammen gearbeitet.«

»Hast du sie miteinander bekannt gemacht?«

»Ja, wer denn sonst.«

»Und?«

»Was, und?«, schrie Swetlana und fing an zu weinen.

»Was ist mit der Zusammenarbeit?«

»Woher soll ich das denn wissen? Ich glaube, es ist gar nichts dabei rausgekommen! Zuerst hatte er viel Geld, aber jetzt nicht mehr. Zuerst hat er mir sogar eine Nerzjacke geschenkt ...«

Ich hasste Swetlana dafür, dass ich ihr nicht glaubte. Seit dieser allerersten Minute im Restaurant. Aber der gesunde Menschenverstand sagte mir, dass sie nicht log. Sie hatte kein Motiv. Ihr Bruder aber schon.

»Gib mir seine Adresse.«

»Wozu?« Sie wich noch weiter vor mir zurück.

»Gib mir die Adresse!«, schrie ich wieder.

»Er wohnt jetzt in meiner alten Wohnung ... Kannst du mir erklären, was hier los ist?«

»Dein Sohn hat Bauchschmerzen. Blähungen. Und das sind alte Leute. Also hilf ihnen, kapiert?«

Wir holten den Lift zurück, weil wir beide einen Spiegel brauchten.

Mein Seidenpyjama war zerrissen, aber ich hüllte mich fest in meinen Pelz. Die Haare band ich mir zum Pferdeschwanz.

»Sag ihnen, du seist hingefallen.« Ich betrachtete ihre völlig derangierte Erscheinung. »Und beinahe unters Auto gekommen.«

Swetlana wischte sich die verschmierte Wimperntusche unter den Augen ab.

»Wie war's denn mit Wanjetschka?«, fragte ich spöttisch. Sie reckte ihr Kinn in die Luft und gab keine Antwort.

Ich schlief ein, kaum dass ich mein Bett erreicht hatte. Nur den Pyjama zog ich noch aus. Als ich am nächsten Morgen aufwachte, fühlte ich mich, als hätte ich die ganze Nacht kein Auge zugetan.

Auf dem Fußboden lag das Foto von Ratte.

»Ich bringe ihn um«, sagte ich mir ruhig und gleichmütig.

Wadim rief an.

»Das ist Swetlanas Bruder«, teilte ich ihm mit.

»Ihr Bruder?«, fragte er verblüfft zurück.

»Ja, ihr Bruder, ihr Bruder!« Wieder erstickten Tränen meine Stimme. »Du kennst Swetlana doch auch, oder?«

Er schwieg.

»Aha!«, schrie ich triumphierend. »Du kennst sie! Erst schlaft ihr mit irgendwelchen dahergelaufenen Schlampen, und dann bringen euch deren dreckige Verwandte um die Ecke! Genauso dreckige und erbärmliche Kreaturen wie eure Huren auch!«

»Möchtest du, dass ich komme?«

»Nein, das möchte ich nicht! Fahr lieber zu dieser Tussi in die Sauna und sieh dir ihren Pass an! Hat sie vielleicht auch noch einen Bruder? Oder einen Vater? Oder hat sie selber eine Pistole im Handtäschchen? Allein deine Armbanduhr ist mehr wert als ihr ganzes Leben! Hast du keine Angst?«

Er legte auf.

Ich warf das Telefon gegen die Wand.

Hob es auf – es funktionierte noch.

Wadim rief zehn Minuten später zurück.

»Du musst die Bullen informieren. Kennst du seine Adresse? Er muss nicht unbedingt dort wohnen, wo er registriert ist.«

»Ja, und dann? Das haben wir doch alles schon gehabt. Vor Gericht nimmt mein Chauffeur alle seine Aussagen wieder zurück. Und außer dem Chauffeur haben sie niemanden, der gegen ihn auftreten kann.«

Wadim erkundigte sich nach seinem Gesundheitszustand.

»Wieder in Ordnung. Er kann laufen, alles bewegen, alles funktioniert. Allerdings bewegt er sich nur in den Grenzen seiner Wohnung. Ich kann ihm schließlich keine Hundertschaft von Bodyguards geben, die ihn und seine Familie durch ganz Moskau begleiten.«

»Du willst die Miliz also nicht benachrichtigen?«, vergewisserte Wadim sich.

»Nein.«

Ich rief meinen Chauffeur an.

»Ich habe Wowa Ratte gefunden«, sagte ich hart anstelle einer Begrüßung.

Offenbar hatte er diesen Anruf erwartet.

»Was soll ich tun?«

»Nichts. Nur noch ein wenig aushalten.«

»Mir macht das ja nichts aus. Aber meine Mutter ...«

»Nur ein ganz klein bisschen«, versprach ich ihm.

Ich werde die »Wespe« von Alex nehmen. Aus drei Schritt Entfernung erledigt die jeden.

Ich ging nach unten ins Esszimmer. Alex saß wie immer mit einer Zeitschrift auf dem Sofa.

»Hast du deine Pistole dabei?«, fragte ich beiläufig und schaute in die Teekanne.

»Grüner mit Erdbeeren. Frisch aufgebrüht. Ja, habe ich.«

Ich nickte. »Lass sie mir hier. Und ... Du hast heute wieder frei.«

Alex blickte mich forschend an. »Danke ... Ich wollte nur den Wagen noch zum Waschen bringen. Bist du heute Nacht irgendwohin gefahren?«

Ich brummte etwas Unverständliches und ging hinaus.

Aus irgendeinem Grund schien es mir angebracht, mich ganz in Schwarz zu kleiden: schwarze Jeans, schwarzer Pullover, schwarze Jacke und schwarze Turnschuhe.

Ich sagte Alex, ich würde den Wagen selber zum Waschen bringen.

Sie schaute mir beunruhigt hinterher.

Ich fuhr über die sonnenüberflutete Straße und war zutiefst verbittert. Und tat mir gleichzeitig unendlich Leid. Weil alle anderen zur Arbeit fuhren, zu einer Verabredung, ins Restaurant, zu Besuch. Zumindest hatte es von außen den Anschein.

Ich spürte jeden Quadratmillimeter der »Wespe« in meiner Tasche. Jeder einzelne Quadratmillimeter drückte mich mit seinem Gewicht. An jeder Ampel fasste ich mit der Hand nach der Waffe.

Ich muss vorher noch etwas üben, dachte ich.

Der Strand bei Nikolskaja Gora war ein geeigneter Platz dafür. Zumindest im März.

Nicht eine einzige leere Flasche im Umkreis von fünfzig Metern war zu finden. Ich holte aus meinem Kofferraum den Kanister mit dem Frostschutzmittel. Vorsichtshalber goss ich die Flüssigkeit aus. Aus Schnee baute ich ein kleines Postament. Stellte den Kanister drauf. Mit froststarren Fingern ergriff ich die Pistole. Ihr rundlicher Bauch und ihr kurzer Schaft lagen angenehm in meiner Hand.

Ich schoss.

Der Rückstoß riss meinen Arm nach hinten. Die Eisenkugel durchschlug den Kanister, schleuderte ihn weit zur Seite und zersplitterte die Ecke einer Holzbude, in der im Sommer Eintrittskarten für den Strand verkauft wurden.

Meine Schulter schmerzte. Wahrscheinlich hatte ich sie mir verrenkt.

Das Testschießen verlief erfolgreich.

Ich schlitterte noch eine Weile auf dem Eis herum und fuhr zurück auf die Rubljowo-Uspenskoje-Chaussee.

Immer und immer wieder tötete ich kaltblütig Wowa Ratte.

Er steht vor mir und mustert mich, so wie gestern bei Chopard. Ich hebe langsam meinen ausgestreckten Arm. In der Hand halte ich die Pistole. Ich schätze die Entfernung – und drücke auf den Abzug. Eine Sekunde lang koste ich aus, was geschehen ist, und dann wieder: Er steht vor mir; ich hebe langsam den ausgestreckten Arm ...

Mein Handy klingelte.

Ich wollte nicht drangehen, bevor ich nicht den Kontrollschuss abgegeben hatte, aber das Klingeln brachte mich aus dem Konzept, ich warf die »Wespe« auf den Beifahrersitz und nahm das Handy aus der Tasche.

Es war Katja.

»Wo bist du?«, fragte sie traurig.

»Im Auto.«

»Fährst du irgendwohin?«

»In die Babuschkinskaja ...« Wir schwiegen beide.

»Und was treibst du so?«, fragte ich und bemühte mich, natürlich zu wirken.

»Meine Mutter hat Krebs.«

»Was sagst du da?«

Katja weinte leise ins Telefon.

»Beruhige dich, du darfst dich jetzt nicht aufregen, du erwartest doch ein Kind.« Ich merkte, dass ich dummes Zeug redete. Wer sagt, dass ein sechs Wochen alter Embryo wichtiger ist als eine siebzigjährige Mutter?

»Wo ist dein Mann?«

»Auf Geschäftsreise.«

Das Leben ist wichtiger als der Tod. Freunde sind wichtiger als Feinde.

Er wird mir nicht entkommen, dieser Wowa Ratte. Er ist so gut wie tot. Sein Schicksal war besiegelt in dem Augenblick, in dem er beschloss, meinen Mann zu ermorden. Wegen irgendwelcher räudiger Aktien. Sie hat gesagt, er habe kein Geld. Das heißt, aus diesem Geschäft ist nichts geworden. Aber Serge ist tot, und Bastarde wie dieser Wowa werden jetzt erst mal Bekanntschaft mit der Ehefrau ihres Opfers machen.

Katjas Mutter lag im Sterben.

Das Einzige, was Katja für sie tun konnte, war, ihr Schmerzmittel ins Krankenhaus zu bringen. Aber genau das war problematisch. Man bekam die Mittel nur auf Rezept und nur in einer Menge, die bei weitem nicht ausreichte. Alles Geld der Welt nützte nichts.

»Wirklich nicht?« Ich wollte es nicht glauben. Katja hob hilflos die Arme.

»Ich kann nichts machen. Ein Albtraum.«

»Und zum dreifachen Preis?«

»Selbst zum zehnfachen geht es nicht.«

Ich bekam Angst.

»Weißt du, was sie gesagt hat? Eine Woche, bevor sie erfahren hat ... dass sie Krebs hat?«

»Was?«

»Mit dem Leben ist es wie mit einem schlechten Buch, nur der Anfang und das Ende sind wichtig.«

Unter anderen Umständen wären diese pathetischen Worte mir peinlich gewesen. Katja begann zu weinen.

»Ihr Ende ist schrecklich! Du bist nicht dort gewesen! Du hast das nicht gesehen ... Und ich kann überhaupt nichts tun, verstehst du? Ich kann ihr die ganze Etage kaufen, das ganze Krankenhaus, alle Ärzte und Schwestern für ein Jahr, für zehn Jahre! Verstehst du?! Aber ich kann nichts gegen ihre Schmerzen tun!«

Ich träufelte etwas Baldrian für Katja auf einen Löffel und schluckte es dann selbst.

»Für mich nicht«, sagte Katja. »Ich habe in den letzten Tagen schon zwei ganze Fläschchen eingenommen.«

»Was macht deine Schwangerschaft?«

»Hormonmangel. Aber Bauchschmerzen habe ich keine mehr, und das ist ein gutes Zeichen.«

Wieder begann sie zu weinen.

»Aber sie hat Schmerzen ... Vielleicht hat sie gerade in diesem Moment Schmerzen ...«

Ich fuhr nach Hause, als Katja ins Bett ging. Es war vier Uhr morgens.

Ich schlief im Badezimmer ein, zusammengerollt auf dem rosa gefliesten Fußboden.

Nach drei Stunden öffnete ich die Augen.

Am liebsten hätte ich gebetet.

Schicksalsergeben dachte ich, dass ich aufstehen, die Pistole nehmen, in die Babuschkinskaja-Straße fahren und

Ratte erschießen musste. Dieser Gedanke hatte sich in meinem Bewusstsein festgesetzt, er schwebte in der Luft, er erfüllte den ganzen Raum wie eine hochkonzentrierte Substanz und trennte mich von der übrigen Welt. Er war wie eine Wand, und ich rannte mit dem Kopf gegen diese Wand.

Mir war übel, der Bauch tat mir weh, Nacken, Arme und Beine. Auch die Nieren taten weh, die Leber und die Milz. Mein Herz klopfte nicht, es kratzte. Mit messerscharfen Harken.

Ich betete zu Gott, er möge mir Serge zurückgeben. Meinetwegen mit Swetlana. Und mit Baby. Mit Zwillingen, Drillingen, einem homosexuellen Liebhaber, mit ... Ganz egal, womit. Wenn er nur da wäre. Und mir manchmal, vielleicht einmal im Jahr, einen Tag seines Lebens schenkte – zum Beispiel den achten März –, und ich würde ihn an diesem Tag ganz fest umarmen und nicht weglassen, nirgendwohin.

Und würde seinen Geruch einatmen. Und einmal im Jahr vor Glück sterben.

Ich nahm mechanisch irgendwelche Sachen aus dem Schrank. Zog mich an. Hätte man mich gefragt, was, ich hätte keine Antwort geben können.

Ich nahm die »Wespe« vom Beifahrersitz und steckte sie in meine Handtasche.

Dann fuhr ich vom Hof und schaltete die Scheibenwischer ein. Schaltete sie wieder aus.

Tränen verschleierten mir den Blick, ich wischte sie mit den Händen ab, fasste nach dem Lenkrad, wischte wieder Tränen ab.

Ich wollte ein kleines Mädchen sein. Ich wollte zu meiner Mama. Mein Gott, wie sehr wünschte ich mir, nirgends hinfahren zu müssen! Ich war müde. Wenn dieser Albtraum doch nur schon zu Ende wäre!

Ich hielt an den Ampeln, ohne sie zu bemerken. Ich überholte routiniert die anderen Autos und nahm mir nicht einmal die Zeit, einen Blick in den Rückspiegel zu werfen.

Ich weinte bittere Tränen, und die Passanten starrten mich durch die Scheiben neugierig an. Und ich starrte zurück – ob unter ihnen nicht ein rotwangiges Gesicht und ein weißblonder Stoppelschnitt waren. Dann wäre diese Folter schneller vorbei.

In einem Zustand, der nicht weit vom Wahnsinn entfernt war, bog ich in Swetlanas Hof ein.

Vor ihrem Hauseingang standen ein Krankenwagen und zwei Polizeiautos.

Ich stieg nach oben und wagte nicht, meiner Vorahnung zu trauen.

Die Wohnung war voller Leute, die meisten in Uniform oder in weißen Kitteln. An der Stelle, wo früher Maschas beziehungsweise Serjoshas Bettchen gestanden hatte, war mit weißer Kreide eine menschliche Silhouette in bizarrer Verrenkung auf den Teppichboden gezeichnet. Gleich daneben war klumpiges Tomatenmark zu sehen, wie in der Werbung von »Baltimor«. Blut, natürlich.

»Wer ist ermordet worden?«, fragte ich alle gleichzeitig, und alle drehten sich gleichzeitig zu mir um. Ich musste meinen Ausweis zeigen.

»Wer ist ermordet worden?«, wiederholte ich hartnäckig.

»Laut Führerschein heißt er Wladimir Moltschalin. Wie stehen Sie zu ihm?«

»Ich bin seine Frau.« Ich begann laut zu schluchzen. Man reichte mir Wasser. Ich schniefte und heulte. Aber langsam wurde mir leichter.

Es war mir vollkommen egal, wie ich aussah.

Das war ein hysterischer Anfall. Ich wusste es, konnte aber nichts dagegen tun.

Eine Frau in Uniform mit scheußlicher Haarfarbe versuchte mich zu beruhigen. Sie streichelte mir über den Rücken, und ich umarmte sie und weinte weiter.

»Alles kommt wieder in Ordnung«, sagte sie müde. »Die Zeit heilt alle Wunden, glaub mir. Eines Tages wird es dir wieder gut gehen.«

Ich hörte ihr zu und beruhigte mich allmählich.

»Hast du jemanden, zu dem du fahren kannst?«, fragte sie. Ich nickte.

»Dann fahr. Und wir laden dich später vor, einverstanden? In ein paar Tagen.«

»Einverstanden«, stimmte ich gehorsam zu. Mein Handy klingelte.

»Geh dran«, riet mir die Frau. »Du bleibst jetzt besser nicht allein.«

»Hallo.« Meine Stimme klang dumpf und gleichgültig.

Es war Wadim.

»Wo bist du?«, fragte er beunruhigt.

»In der Babuschkinskaja.«

Ich nickte der Frau in Uniform zu und ging mit dem Handy nach draußen.

»Was zum Teufel tust du da?«, schrie er mich an – wohl zum ersten Mal im Leben.

Im Unterschied zu ihm legte ich nicht einfach auf.

»Hat dich irgendwer gesehen?«, fragte er mich nach einer Pause in seinem gewohnten Tonfall.

»Ja. Alle«, antwortete ich ein wenig kapriziös. Es hatte sich schon so lange niemand mehr Sorgen um mich gemacht, dass ich ihn absichtlich neckte.

»Lass uns zusammen essen gehen, ja? Wir müssen miteinander reden.«

Ich willigte ein. In zwei Stunden in der Veranda.

Wir aßen Tartar aus Tunfisch und Lachs. Anschließend bestellte ich Boeuf Stroganoff mit Kartoffelpüree. Zum Nachtisch nahm ich Torte »Napoleon«, die die Mutter oder das Hausmädchen eines Gründungsmitglieds der Veranda u Datschi gebacken hatte.

»Und wer hat ihn umgebracht?«, fragte ich Wadim.

Er zuckte die Schultern. »Ein Killer.« In einem Ton, als antworte er auf die Frage: Wie viel macht zwei mal zwei?

Ich blickte ihn aufmerksam an und schwieg. Natürlich, Wadim würde mir nichts erzählen. Auch gut.

»Ich konnte ja nicht ahnen, dass du in solcher Herrgottsfrühe dort auftauchen würdest.«

»Ich habe gesagt, ich sei seine Frau.«

Er zog erstaunt die Augenbrauen hoch.

»Ich weiß nicht.« Ich lächelte. »Es hat sich so ergeben.«

»Sie werden dich suchen. Ich werde das natürlich alles regeln, aber dafür brauche ich Zeit.«

»Oje! Schon wieder?« Ich hätte mich fast an meinem Kartoffelpüree verschluckt.

»Du solltest besser wegfahren. Für einen Monat oder zwei ...«

»Wie schrecklich!«, sagte ich deshalb, weil ich solche Szenen schon oft im Film gesehen hatte: Binnen vierundzwanzig Stunden müssen Sie die Stadt verlassen haben ...

Eigentlich fand ich es gar nicht schrecklich. Ich rief beim Wach- und Sicherheitsdienst an, während Wadim mit irgendwelchen Bekannten telefonierte.

»Zieht die Wache ab!«, verkündete ich vergnügt.

»Haben sie ihn erwischt?«

Ich brummte etwas und legte auf.

»Hast du Geld?«, wollte Wadim wissen.

»Habe ich.«

»Ruf die Dudina an. Heute ist Freitag, spätestens Montag musst du weg sein.«

Die Dudina organisierte für die ganze Rubljowo-Uspenskoje-Chaussee die Urlaubsreisen.

»Muss das wirklich sein, Wadim?«, nörgelte ich. Er lächelte liebevoll.

»Wenn es dir zu langweilig wird, ruf mich an, dann komme ich angeflogen und leiste dir Gesellschaft.«

Die Dudina sagte, am Wochenende ein Visum zu bekommen sei praktisch unmöglich, und ohne Visum könne ich nur auf die Kanarischen Inseln fliegen. Oder in die Türkei.

Ich erinnerte mich an die türkischen Animateure und verzichtete.

»Und am Montag? Montagmorgen wird man doch wohl ein Visum bekommen?«

»Aber nicht nach Europa. Liebste, das ist einfach unmöglich. Gib mir wenigstens drei Tage.«

»Natascha, ich muss am Montag fliegen. Erster Klasse und in eine Gegend, wo es warm ist.«

»Weiter nichts? Keine anderen Bedingungen?«

Ich zuckte die Schultern. »Weiter nichts.«

»Dann wirst du fliegen. Pack deine Koffer. Heute Abend rufe ich dich an und sage dir, wohin.«

Wadim blickte auf seine Uhr und entschuldigte sich. »Ich muss los.«

Ich beschloss zu bleiben. Mir noch ein Glas Rotwein zu bestellen und in Ruhe über alles nachzudenken.

Wir küssten uns und vermieden es dabei, einander in die Augen zu sehen. Ich wollte ihm noch etwas Nettes sagen, wenigstens ein schlichtes »Danke«, aber er gab mir keine Gelegenheit dazu, drehte sich rasch um und ging hinaus, ohne mir zum Abschied noch einmal zuzuwinken.

Ich rief meinen Chauffeur an. Sagte, sie bräuchten jetzt keine Wache mehr. Er wollte mich noch etwas fragen, aber an meinem trockenen Ton merkte er, dass ich keine Lust hatte, am Telefon über Einzelheiten zu reden. Ich bedankte mich herzlich bei ihm und entschuldigte mich für alle Unannehmlichkeiten, die wir ihm bereitet hatten.

Ich hatte schon um die Rechnung gebeten, als ich durch die gläserne Eingangstür Lena am Arm von Oleg erblickte.

»Ich hoffe, wir machen uns keine Konkurrenz?«, flüsterte Lena mir ins Ohr.

»Nur, wenn du Anspruch auf den Titel ›Miss Moskau 2004‹ erhebst«, antwortete ich, und Lena brach in vergnügtes Gelächter aus.

Oleg erbot sich, mich nach Hause zu bringen.

»Ich hab mich in deine Freundin verliebt«, teilte er mir mit. Ich lächelte gezwungen.

»Keine Angst«, sagte er und schaute mir gerade in die Augen. »Von dir erzähle ich ihr nichts.«

Ich nickte. Wahrscheinlich erwartete er von mir eine entsprechende Reaktion als Antwort, aber ich schwieg.

Wo die beiden sich wohl kennen gelernt hatten?

Der Bruder meines Chauffeurs rief an. Sagte, er wolle mit mir reden und käme am Montag zu mir ins Büro.

»Worüber?«, fragte ich höflich.

»Also, das ...« Er wurde verlegen. »Sie verstehen doch ...«

»Ich verstehe nicht.«

»Unsere Mutter ... sie ...«

»Ich fliege am Montag weg. Das Geld wird Ihnen eine Frau namens Alex bringen. Alles Gute.«

»Ich fliege weg«, sagte ich zu Alex. »Für längere Zeit.«

»Nimm mich mit.« Sie schaute mich flehend an.

»Ich überlege es mir«, versprach ich.

Sie schlug auf ihre alberne Art die Hacken zusammen und lächelte freudig.

Ich fliege weg, dachte ich und merkte, dass der Gedanke mir gefiel.

Man gab mir eine rauschende Abschiedsparty.

Alle kamen, außer der schwangeren Katja. Der Zustand ihrer Mutter hatte sich nicht verbessert. Sie lag im Sterben.

Olesja lud alle feierlich zu ihrer Hochzeit ein. In Jerusalem. Natürlich in einer russisch-orthodoxen Kirche.

Kira war ohne Hund, weil Blondi sich vom vielen Färben schuppte und sie ihn nicht mehr auf den Arm nehmen konnte.

Ihr Mann war nun doch nicht zurückgekommen. Kira träumte von dem Augenblick, in dem er wieder in ihrem Haus auftauchen würde.

»Ich haue ihm eins in die Fresse«, verhieß sie, »und trete ihm in die Eier.«

Lena war glücklich über ihre neue Beziehung zu Oleg. In ihren Ohren funkelten Herzen von Chopard – sein Geschenk zur Feier der ersten Woche ihrer Bekanntschaft.

Veronika hatte ihren Mann endlich so akzeptiert, wie er war, und aufgehört, sich über seine häufige Abwesenheit zu ärgern. Sie drohte ihm auch nicht mehr mit Scheidung oder der Polizei. Er seinerseits hatte aufgehört, sich mit ihr zu prügeln.

Wir tranken Champagner im Green am Kutusowski-Prospekt. Ein teureres Restaurant findet man in ganz Moskau nicht, aber dafür ist auch das Publikum auf höchstem

Niveau. Ich hatte eine goldene Diskontkarte (zwanzig Prozent Rabatt).

»Mädels, wer von euch kennt jemanden in der Duma?«, fragte Veronika mit schwerer Zunge. »Wir brauchen eine Gesetzesvorlage für eine Fahrerlaubnis ab sechzehn. In Begleitung von Erwachsenen.«

»Wieso?«, fragte Olesja erstaunt.

»Igor schenkt unserer Tochter zum sechzehnten Geburtstag ein Auto, und sie hat doch noch keinen Führerschein ...«

»Mädels, wer ist der Typ bei Olja?« Lena schnitt Veronika das Wort ab und deutete mit dem Kopf auf die Chefin eines Sportwarengeschäfts und leidenschaftliche Anhängerin plastischer Chirurgie.

Nach der letzten Operation hatten ihre Brüste sich so zur Seite verschoben, dass ihre Arme nicht mehr ungehindert herabhängen konnten. Sie ähnelte nun ein wenig einem Gewichtheber im Mittelgewicht vor dem Auftritt.

Sie wurde vom Ehemann einer Freundin von uns begleitet.

»Was heißt hier Ehemann«, widersprach Olesja. »Die sind gar nicht verheiratet.«

»Was macht das für einen Unterschied!«, empörte sich Kira. »Schließlich haben sie ein Kind! Mädels, die schneiden wir!«

Wir begannen uns angeregt zu unterhalten, und als Olja an unserem Tisch vorbeikam, taten wir so, als bemerkten wir sie nicht. Nur Olesja nickte ihr verstohlen zu und lächelte.

Um neun wurden wir hektisch. In zwei Stunden ging mein Flugzeug. Nach Indien.

»Ich habe einen tollen Ort für dich gefunden«, hatte die Dudina mir am Freitagabend mitgeteilt. »Boeing, erste

Klasse, der Flug dauert nur sechs Stunden, das Wetter ist wunderbar – heiß, aber nicht unerträglich, ein ausgezeichnetes Hotel mit Swimmingpool, und das alles gar nicht teuer.«

Ich lauschte mit klopfendem Herzen.

»Indien«, sagte die Dudina mit einem tiefen Seufzer. »Das Visum bekomme ich Montag früh. Gute Reise.«

Ich hatte Angst vorm Fliegen, und Lena gab mir Imovan – ein Spezialmedikament gegen Flugangst.

»Allerdings verträgt es sich nicht mit Alkohol«, sagte sie. »Es beeinträchtigt das Erinnerungsvermögen. Man erzählt dann eventuell ein und dasselbe mehrmals. Aber du wirst ja sowieso schlafen?«

Lena zog mich am Ärmel, weil ich in die VIP-Zone strebte. Das Boarding für meinen Flieger hatte bereits begonnen.

»VIP hat niemand für dich bestellt.« Lena hatte Mühe, die Worte deutlich auszusprechen, und schaute immer wieder zu dem Laden mit alkoholischen Getränken. Wir fanden, es sei noch genug Zeit, an der Bar ein Glas Wein zu trinken. Und danach noch ein Glas.

Als ich endlich zu meinem Schalter ging, wurde mein Name schon über Lautsprecher ausgerufen.

Die erste Klasse war voll.

Mein Nachbar bestellte sich Kognak, noch bevor wir gestartet waren.

Ich schaute aus dem Fenster auf die vorbeisausenden Lichter der Startbahn, und alles, was mit Moskau zusammenhing, wurde fern und unwichtig.

Die Erlaubnis, sich abzuschnallen, wurde durchgegeben, und ich stellte meinen Sitz in Horizontallage.

»Möchten Sie einen Kognak?«, bot mir mein Nachbar an.

Ich überlegte eine Sekunde und stellte meinen Sitz wieder zurück.

Wir tranken Kognak und plauderten nett. Ich erzählte ihm alles, was ich am Wochenende in meinem Reiseführer über Indien gelesen hatte.

Die Stewardess weckte mich, eine halbe Stunde ehe das Flugzeug zur Landung ansetzte.

»Guten Morgen«, sagte ich zu meinem Nachbarn, bemüht, ihm nicht meinen Alkoholatem ins Gesicht zu blasen.

Er nickte und lächelte.

»Ich bin schon gespannt auf Indien«, sagte er.

»Ja. Wissen Sie, die Inder haben eine sehr interessante Sitte ...« Und ich schickte mich an, ihm zu erzählen, dass die Zahl der Armbänder, die indische Frauen tragen, Auskunft darüber gibt, wie viele Jahre sie verheiratet sind.

»Ich weiß.« Er stoppte mich sanft. »Diese Geschichte habe ich gestern siebenmal gehört.«

Genau im passenden Moment erschien die Stewardess mit dem Frühstückstablett.

Wir stiegen aus.

Die Luft Indiens ist erfüllt mit dem Duft nach Gewürzen und Abenteuern. Von der hohen Luftfeuchtigkeit bekommt man in Sekundenschnelle feuchte Hände.

Der Flughafen von Delhi ähnelte dem Flughafen von Scheremetjewo aus dem Jahr 1988. Oder sogar aus dem Jahr 1990.

Auf manchen Taxis prangte stolz die Aufschrift »Air Condition«. Ich wählte eines von ihnen.

»Haben Sie Ihre Route geändert?«, fragte mein Reisegefährte mich höflich. Er hieß Kostja, aber das hatte ich schon wieder vergessen.

Es stellte sich heraus, dass wir im selben Hotel wohnten und am Vorabend verabredet hatten, gemeinsam dorthin zu fahren. Er wurde von einem Mercedes mit Chauffeur abgeholt.

Auf dem Weg zum Hotel sah ich keinen anderen Mercedes mehr.

Dafür stachen mir ins Auge: ein Elefant, der zusammen mit einem weiß gekleideten Mann über den Gehsteig schritt; eine Schar von Äffchen an der Leine (keine schlechte Idee für Kira, statt ihrer Blondi); ein vollständig nackter Bürger, der mit gelangweilter Miene spazieren ging; Unmengen von Bettlern und Bettlerinnen in gebügelten Hosen und bunten, strassbestickten Saris. In so einem Sari hätte ich in Moskau zu jedem Empfang gehen können. Außerdem gab es Kühe, mager und würdevoll, die mitten auf der Fahrbahn lagen und so taten, als würden die Autos sie nicht stören.

Die Straßen waren erheblich sauberer als in Moskau, was mich angenehm überraschte. Allerdings erklärte mir Kostja, dass das Zentrum von Delhi sich vom Umland stark unterscheide. Und er versprach mir, mich auf einen Ausflug dorthin mitzunehmen.

Das Hotel Oberoi befand sich abseits vom Zentrum und gehörte zur Kategorie *Resort Hotels.*

Ich packte meine Sachen aus und überlegte, wie ich mich hier beschäftigen könnte. Und beschloss, mit Stadtrundfahrten anzufangen.

Ich fuhr mit einem Taxi, das unseren alten Wolgas ähnelte, und fühlte mich wie die Frau eines Kolonialbeamten. Die Inder behandelten mich als Weiße sehr respektvoll, und zusammen mit all der übrigen Exotik war jeder Tag für mich ein neues Abenteuer.

Manchmal telefonierte ich mit Moskau. Dort war ein neues Restaurant namens Shatush eröffnet worden, das jetzt der Treffpunkt für alle war.

Ich vermisste niemanden. Höchstens meine Mutter und meine Tochter.

Kostja war die meiste Zeit unterwegs, mal nach Jaipur, mal nach Bombay. Er kümmerte sich um den Export von Shigulis nach Indien. Als er einmal von einer dieser Reisen zurückkam, lud er mich zu einem Abendessen ein.

»Zwei indische Prinzessinnen werden kommen. Aber es gibt keine Kleidungsvorschriften, *casual* ist erlaubt. Sprichst du gut Englisch?«, fragte er vergnügt.

Zum Abendessen mit den Prinzessinnen wollte ich dann doch nicht mitgehen. Ich stellte mir vor, wie wir uns anfreunden würden: Sie würden mich mit ihren Kreisen bekannt machen, wir würden gemeinsam ins Restaurant gehen, ins Grüne fahren, Partys veranstalten und Geburtstage feiern. Mit einem Wort, wir würden all das tun, was ich aus Moskau gewohnt war. Ich erschrak. Schließlich war ich hergekommen, um allein zu sein und ein völlig anderes Leben zu führen.

»Wenn du nicht willst, brauchst du nicht zu kommen«, kam Kostja mir zu Hilfe. »Aber du irrst dich, wenn du glaubst, es sei leicht, die Freundin indischer Prinzessinnen zu werden.«

Ich lächelte vielsagend.

In Indien gibt es sehr viele Bettler. Aber die Inder sind dem Komfort gegenüber nicht gleichgültig. Deshalb hat jeder Bettler einen noch ärmeren Bettler, der ihn bedient.

Eines Tages verirrte ich mich in eine riesige Straße, in der Nägel verkauft wurden. Nur Nägel, sonst nichts. Aber sehr viele. Das ist überhaupt typisch für Indien. Es scheint von allem sehr viel zu geben. Menschen, Elefanten, Blumen, alles. Und Nägel. Neben einem dieser Läden saß ein älterer Inder, bekleidet nur mit einer weiten hellen Hose, und rasierte sich. Der Inder sah sehr arm aus. Sehr arm sah auch der Laden neben ihm aus, seine verwaschene Hose, seine schmutzigen Füße, sein ausgezehrtes Gesicht, das halb verrostete gefährliche Rasiermesser, der in den Ecken gesprungene Spiegel, in dem er sich betrachtete. Diesen Spiegel hielt ihm ein anderer Inder. Und dessen Hose war noch verwaschener und sein Gesicht noch ausgemergelter. In respektvoller Entfernung von diesem Pärchen stand ein weiterer Inder, der eine Schüssel mit Wasser hielt. Nur schwer konnte man sich einen Bettler vorstellen, der noch ärmer war als dieser Inder. Hätte man nicht den vierten gesehen, der den Rasierpinsel hielt. Er übergab ihn an den, der die Schüssel hielt, und der nickte ihm hochmütig zu. Dann tunkte er den Pinsel ins Wasser und reichte ihn mit unterwürfigem Lächeln dem Halter des Spiegels. Der Spiegelhalter würdigte seinen Gehilfen keines Blickes. Er schaute voller Ergebenheit dem in die Augen, der sich gerade rasierte. Dieser ganze Kreis schloss sich bei einem armen Krüppel, der das Handtuch hielt. Das Weiß des Handtuchs unterstrich das Schwarz im Gesicht des Krüppels. Es war ganz verbrannt und mit einer Art Schorf bedeckt. Ich schaute hinter den Krüppel, in der Erwartung, noch irgendwen oder irgendwas zu sehen. Aber ich erblickte nur einen Welpen, der faul in einer schmutzigen Pfütze lag.

Ich bedauerte, keinen Fotoapparat mitgenommen zu haben. Und freute mich, nicht als Tochter eines Nagelhändlers in Delhi geboren zu sein. Ich versuchte mir vorzustellen, wie ich aus dem Laden trete und meinem frisch rasierten Papa sage, dass er hervorragend aussieht. Und er sagt mir, ich solle die Schüssel spülen. Ich nicke einer jungen Inderin zu, die hinter mir steht. In einem verschossenen

Sari. Obwohl man den Inderinnen eins lassen muss: Ich habe nie eine von ihnen in einem verschossenen Sari gesehen. Selbst die allerletzte Bettlerin würde noch dem *dress code* in jedem Moskauer Club genügen.

Wenn man Indien mit Amerika vergleicht, so entspricht Delhi Washington. Aber alles wirklich Prunkvolle und Fröhliche befindet sich in Bombay. Wie in New York.

In Delhi verlief das Leben in gemäßigten Bahnen, die Morgensonne ging in die Hitze des Tages über und dann in die Frische des Abends. Ich entdeckte meine Liebe zur indischen Küche, lernte drei Worte: aga (gut), chandschi (ja), nandschi (nein) – und begann jeden Tag gut gelaunt mit einem Gang zum Whirlpool des Hotels.

Die vierhändige ayurvedische Massage auf einem riesigen Holzblock mit einer Vertiefung für den menschlichen Körper endete jedes Mal mit einigen Tropfen heißem Kokosöl auf die Stirn. Danach fühlte man sich, als sei der alte, erschöpfte Körper in dieser hölzernen Mulde geblieben, und nur die Seele habe sich erhoben, rein wie die eines Babys, aber mit Armen, Beinen, Bauch. Du schaust deinen Körper an, als sähest du ihn zum ersten Mal, und wunderst dich, dass es ihn gibt. Zwei höfliche Masseure in Lendentüchern kämmen dir die Haare, waschen dir das Öl vom Körper und geleiten dich hinaus, wobei sie sich tief verbeugen und irgendwelche Worte sprechen, die wie eine Zauberformel klingen, aber übersetzt vermutlich nur bedeuten: »Danke, dass Sie uns besucht haben.«

Sehr gut gefiel mir auch die Kopfmassage mit heißem Öl. Im ersten Moment meint man, es verbrennt einen, aber dann strömt eine angenehme Mattigkeit durch den ganzen Körper, und man glaubt wirklich, dass unter den fürsorglichen Händen des Masseurs alle negative Energie und überhaupt alles Schlechte durch die Haare fließt, vom Scheitel bis zu den Haarspitzen, hinunterfällt und sich spurlos im Raum auflöst. So lehrt es nämlich die Ayurveda.

Kostja nahm mich mit nach Agra. Ein prächtiger, majestätischer Ort. In einem antiken Palast aßen wir zu Abend, die Tische standen direkt auf der Wiese, und ich versuchte, die bizarren Bewegungen der indischen Tänzerinnen, die uns ihre Nationaltänze vorführten, nachzuahmen. Sie umringten mich, und ich bewegte mit halb geschlossenen Augen fließend meine Handgelenke, wiegte die Hüften zum Takt der Musik, und mir schien, als hätte ich nie ein anderes Leben gehabt.

»In meinem früheren Leben war ich bestimmt eine Tänzerin«, sagte ich zu Kostja, als ich mich mit tänzelnden Schritten wieder unserem Tisch näherte.

»Eine Chansonette«, stimmte Kostja zu.

»Keine Chansonette!«, rief ich in demonstrativer Entrüstung. »Im Gegenteil, mehr so eine Art Isadora Duncan.«

»Nein. Sie ist zu früh gestorben.«

»Dann Charlie Chaplin! Genau. Ich war Charlie Chaplin.«

Ich watschelte im Gang des großen Komikers über die Wiese.

»Ein Mann?« Kostja schaute mich ungläubig an.

Ich musste lachen. »Du warst damals eine Frau.«

»Ich? Nein, wohl kaum.«

»Wieso, bist du ein Frauenhasser?«

»Selbst wenn ich das früher mal gewesen sein sollte, dann hätte sich das spätestens jetzt geändert. Aber ehrlich, ich war es nie.«

Ich lächelte kokett.

Kostja rauchte eine Zigarre und schaute mich mit jenem Blick an, der das Leben einer Frau mit tiefstem Sinn erfüllt.

Wenn sie sich wie die Schönste und Begehrenswerteste vorkommt.

So fühlte ich mich jetzt.

Wenn Kostja sprach, begleiteten die Gesten seiner Hände immer seine Worte. Mir war es angenehm zu sehen, dass er schöne Handgelenke und schmale lange Finger hatte. Ich begann sogar unwillkürlich, die Bewegungen seiner Hände zu kopieren.

Er sprach immer mit einem leichten Lächeln. Sogar über sehr ernste Dinge. Ganz wie ein großer Junge.

Und nicht zuletzt gefiel mir an ihm etwas, was nur wenige können: Im Hier und Jetzt leben. Wenn er mit mir zusammen war, dann nur mit mir. Alles andere war unwichtig. Und deswegen kam es einem vor, als ob alles andere gar nicht existierte. Ich fühlte mich mit ihm wie der wichtigste Mensch im ganzen Universum.

Kostja kaufte mir einen roten Sari, und wir brauchten einige Stunden, bis ich gelernt hatte, mich darin einzuwickeln. Zufällig erfuhren wir dann, dass ein roter Sari als Hochzeitskleid getragen wird.

»Du bist doch nicht zufällig verheiratet?«, fragte ich Kostja mit gespieltem Entsetzen in der Stimme. »Sonst komme ich in diesem Aufzug vielleicht noch in eine kitzlige Situation.«

Kostja versicherte mir, er sei frei von Bindungen jeglicher Art, und machte sich daran herauszufinden, was der Bräutigam bei der Hochzeit trägt. Aber die Inder lächelten nur in ihre buschigen Schnurrbärte und schwiegen geheimnisvoll. Was uns natürlich sehr neugierig machte.

In Agra hatte ich begonnen, dekorative Kissenbezüge zu sammeln: mit Strass besetzte, mit lustigen Tieren bestickte, mit Glasperlen und winzigen Spiegelchen verzierte, aus bunten Flicken und wunderbarem changierendem Taft. Ich widmete meiner Kollektion drei Tage. Als die Zahl der Bezüge zweihundertzwölf erreicht hatte, ging ich nahtlos zum Sammeln von Ketten aus Halbedelsteinen über.

Das Leben hier war so sonnig und ruhig, dass es meine Seele mit einem Frieden erfüllte, wie ich ihn schon lange nicht mehr gespürt hatte. Mir schien, dass ich in dieser seltsamen, ein wenig märchenhaften Stadt absolut sicher vor Erschütterungen und Unglück sei. Ich wünschte mir, jeder Tag möge dem gestrigen gleichen und der gestrige dem morgigen. Ich wollte sicher sein, dass weiter nichts mehr in meinem Leben geschehen würde. Bereitwillig akzeptierte ich, dass mein größtes Problem die Auswahl eines neuen Sari sein würde. Die bunten Saris aus Seide kosteten fünf Dollar das Stück, und man konnte jeden Tag neue kaufen, wenn man wollte.

Ich begann ernsthaft in Erwägung zu ziehen, für immer hier zu bleiben. Mein alter Traum von einem großen weißen Haus, durch das der Südwind bläst und wo ein braunhäutiger Jüngling mit Turban mir ehrerbietig ein Klappstühlchen hinterherträgt, konnte in Delhi durchaus Realität werden. Allerdings dachte ich, das ständige Stuhlgeschleppe würde mich sicher nervös machen, aber alles Übrige war genau das, wonach ich mich sehnte.

Ich beschloss, mir den Immobilienmarkt in Delhi genauer anzusehen. Das verpflichtete mich schließlich vorläufig zu nichts. Ich wollte nur Bescheid wissen, was zum Verkauf stand und zu welchem Preis. Nicht kaufen, aber wissen, dass es diese Möglichkeit gab. Oder vielleicht doch kaufen? Und sich ein wenig als Abenteurerin fühlen, als Konquistador. So wie in dem Gedicht von Gumiljow: »Fröhlich beschreit' ich meinen Weg, verweile bald in einem schönen Garten, bald beug' ich mich hinab zu Kratern und zu Schluchten ...« Wenn es nun wirklich das war, was ich immer gesucht hatte? Nicht die »Krater und Schluchten«, sondern der »schöne Garten« ...

Ich setzte mich mit Immobilienfirmen in Verbindung und ließ mir einige reizende kleine Villen zeigen. Aber keine von ihnen sah aus wie das Haus in meinem Traum.

Ich kaufte gerade Perlen für meine neue Sammlung ein – eine Halskette aus leuchtend orangenen Steinen namens Chantsch oder Amtsch –, als Wanjetschka mich anrief. Und mir mitteilte, der Vater von Swetlanas Kind sei gar nicht Serge.

Ich legte die Kette auf den Ladentisch zurück und ging aus dem kleinen Laden hinaus auf die Straße. Die Sonne blendete mich und brannte auf meinen Schultern.

»Was hast du gesagt?«, fragte ich und ertappte mich dabei, dass ich mich überhaupt nicht wunderte. Es war, als hätte ich es schon immer gewusst.

»Der Vater des Kindes hat sie sitzen lassen. Das hat mir die Freundin von Swetlana erzählt.« Wanjetschka gluckste schuldbewusst in den Hörer. »Wir haben uns verliebt. Vielleicht heirate ich sie sogar.«

Ein Bettler kam auf mich zugehüpft. Er bewegte sich mit Hilfe eines Beins und eines Arms vorwärts, mehr Gliedmaßen hatte er nicht. Ich wandte mich angeekelt ab.

»Wen?«

»Swetlanas Freundin. Aber das steht noch nicht fest.«

Ich legte nicht auf, weil ich noch irgendeine Volksweisheit erwartete, aber es kam nichts mehr.

Ich ging in den Laden zurück und kaufte die orangefarbene Kette, nachdem ich sie verbissen von vier Dollar auf einen heruntergehandelt hatte.

Was für eine miese Type diese Swetlana ist, dachte ich, als ich im Schatten der Palmen am Swimmingpool lag. Ich ärgerte mich stellvertretend für Serge. Und verspürte lebhafte Genugtuung darüber, dass mein Mann außer Mascha keine weiteren Kinder hatte.

Mir fiel die Wohnung in Krylatskoje ein und Serges Eltern. Am liebsten wäre ich in Moskau gewesen und hätte Swetlana mit irgendeinem schweren Gegenstand verdroschen. Aber dann stellte ich mir vor, was sein würde, wenn man ihnen Serjosha wegnähme. Noch so einen Verlust würden sie einfach nicht verkraften. Das würde ich nicht zulassen.

Ich rief sie an. Meine Schwiegermutter meldete sich.

Nach einer detaillierten Schilderung der Fortschritte, die der Kleine auf dem Gebiet »mit Beinchen und Ärmchen strampeln« gemacht hatte, teilte sie mir mit, Swetlana sei weggefahren.

»Sie hat gesagt, sie könne es mir nicht so richtig erklären, aber es handele sich um eine Art Expedition«, sagte meine Schwiegermutter ohne Bedauern. »Und du, kommst du bald zurück?«

»Ich weiß nicht.« Das war die reine Wahrheit. »Vielleicht könnt ihr mit Serjosha zu mir kommen ...«

An diesem Tag ging ich nicht mit Kostja essen, schwamm nicht im nächtlichen Swimmingpool und legte mich früh schlafen.

Kostja schickte mir Blumen aufs Zimmer und ein Buch in russischer Sprache, was hier eine Seltenheit war. Alex Garland, *Manila*. Der Satz »Über den Boden lief eine Schabe, die aussah wie ein winziges Skateboard«, hob meine Stimmung, und ich schlief ein, ohne an Swetlana oder Moskau zu denken.

Am nächsten Morgen beschloss ich, antike Musikinstrumente zu sammeln. Wie alles andere gab es auch diese im Überfluss. Ich gedachte sie an den Wänden meines indischen Hauses aufzuhängen, das ich irgendwann hoffentlich finden würde.

Kostja unterstützte mein Vorhaben und schleppte, während ich noch frühstückte, eine gigantische abgewetzte Trommel an, die locker die Hälfte meines Hotelzimmers einnahm. Ich beschloss, sie in Kostjas Zimmer aufzubewahren. Ich bot ihm auch einen Teil meiner Kissensammlung an, aber er lehnte ab. Die Halsketten erwähnte ich lieber gar nicht mehr.

Ich fuhr mit Kostja in die Altstadt, wo er geschäftlich zu tun hatte. Dort lernten wir einen alten, runzligen Inder namens Shiam kennen. Aus einem riesigen Stück Marmor meißelte er eine Kugel, in deren Innerem Dutzende kleiner, aber in der Form ebenso vollkommener Kugeln in allen Farben des Regenbogens schillern sollten. Diese Arbeit würde noch fünf Jahre in Anspruch nehmen.

Shiam war dreiundsiebzig. Er war nicht sicher, ob er sein Werk noch bis zu seinem Tod vollenden könne. Deshalb kamen jeden Tag Schüler zu ihm. Und jeden Tag schickte Shiam sie wieder zurück.

»Wofür braucht man diese Kugel?«, fragte ich Kostja.

Kostja übersetzte meine Frage ins Hindi.

»Sie ist schön«, erwiderte Shiam und sah mir lange in die Augen.

Ich lächelte verstehend.

»Er fragt dich, ob du nicht seine Schülerin werden willst«, übersetzte mir Kostja seine abgerissenen, zischenden Sätze.

»Ich?« Ich wurde ganz verlegen.

»Er sagt, du würdest es schaffen.«

Ich stellte mir vor, wie ich die nächsten fünf Jahre in dieser Gluthitze sitzen und monoton mit einem Hammer den Marmor bearbeiten würde.

»Danke, dass Sie mir das zutrauen ...« Ich schielte zu Kostja hinüber, aber er dachte nicht daran, mir zu helfen, und amüsierte sich köstlich über die Situation.

Shiam reichte mir bereits ein Werkzeug, das ein wenig einer Brechstange glich. Ich wollte den alten Mann nicht kränken, und so nahm ich die Brechstange aus seiner Hand entgegen.

»Na, nun lass uns aber besser gehen«, meinte Kostja lachend und sagte etwas auf Hindi. »Sonst findest du vielleicht noch Gefallen daran. Und wo sollte ich mit der Kugel hin? Mein Hotelzimmer ist auch so schon voll mit deinen Trommeln.«

Shiam lächelte uns mit einem wunderbaren, strahlend weißen Lächeln nach, wie es allen Indern zu eigen ist, unabhängig vom Alter.

»Er ist doch nicht beleidigt?«, fragte ich beunruhigt.

»Nein. Ich habe ihm gesagt, du kannst nicht, weil du schwanger bist.«

»Aber ich bin doch gar nicht schwanger ...« Ich geriet in Verwirrung.

»Dann wirst du es eben noch werden«, verhieß Kostja ungerührt, ohne mich anzusehen.

Mir gefällt es, wenn Männer ihre Sätze als klare Aussage formulieren. Ohne untertänige Fragezeichen.

Ich widersprach Kostja nicht. Wandte mich nur ab, um ein Lächeln zu verbergen.

Einen Tag später erhielt ich einen Anruf von der Immobilienfirma.

Wir fuhren zum Haus meiner Träume und mussten uns

einen Weg durch dichte Scharen von Fußgängern und Fahrradrikschas bahnen.

Ich erkannte es sofort. An der Ruhe und Zufriedenheit, die mich in dem riesigen sonnigen Wohnzimmer erfüllte. Die weit geöffneten Glastüren gingen auf einen gepflegten Garten hinaus. Mit bebendem Herzen wählte ich die Zimmer für Mascha und meine Mutter aus. Mutter würde bestimmt das geräumige Schlafzimmer gefallen, das durch eine große Schiebetür aus Glas mit der Terrasse verbunden war, und Mascha ...

Zum x-ten Mal lief ich durch das Haus und hörte schon die Stimmen meiner Lieben darin, stellte mir vor, wie wir auf der Veranda frühstücken und im Garten einen Empfang für unsere Nachbarn geben würden.

Ich sagte dem Makler, ich wolle mir die Papiere ansehen. Kostja versprach, mir dabei zu helfen.

Ich dachte daran, dass es in meinem Leben Glück und Freuden gegeben hatte. Und Liebe. Und Freunde. Und Träume, die in Erfüllung gingen, und Hoffnungen, die sich bewahrheiteten. Und ich war meinem Schicksal dankbar dafür, dass es all das gegeben hatte.

Welch ein Glück, dass ich eine Tochter und eine Mutter hatte. Ich wollte mein Leben ihnen widmen. Ich würde Mascha erziehen, und sie würde ein besserer Mensch werden als ich, schöner und edler. Ich würde meine Mutter in dieses Haus holen, und sie würde nicht mehr für sich selbst sorgen müssen. Sie könnte exotische Blumen ziehen und Pflanzen züchten.

Ich schritt durch die bunten Straßen von Delhi und war glücklich.

Kostja flog für ein paar Tage nach Goa, und deshalb wurde der Vertragsabschluss verschoben.

Zu Hause wollte ich erst dann anrufen, wenn das Haus gekauft und möbliert war. Ich beabsichtigte es mit einem Bankkredit zu erwerben, den ich mit dem Verkauf meines Hauses in Barwicha tilgen würde. Wenn ich Lust auf einen Besuch in Moskau bekam, konnte ich ja im Baltschug absteigen. Aber ich war überzeugt, ich würde dazu keine Lust haben.

Ich dachte unablässig an das Haus.

Beim Lunch im Taj-Hotel fiel mir ein, dass ich auch ein Gästezimmer brauchte. Bis zum Nachtisch überlegte ich, welches Zimmer ich dafür nehmen sollte und in welchem Stil ich es einrichten könnte. Zuerst schwebte mir der altrussische Stil vor, aber dann blieb ich doch an der geliebten Pop-Art aus den achtziger Jahren hängen. Die bunten Collagen mit dem Bild von Marilyn Monroe würden ausgezeichnet zum indischen Stil der übrigen Räume passen. Und dem Haus einen besonderen Charme geben.

Sehr kritisch suchte ich die Einrichtung für das Kinderzimmer aus. Von allem nur das Schönste und Fröhlichste. Für Mutters Schlafzimmer fand ich einen eleganten Bettüberwurf mit Goldspitze.

Ich entdeckte eine ganze Straße mit Möbelgeschäften. Sie überwältigten mich. Solche Möbel hatte ich noch nie in meinem Leben gesehen. Riesige antike Bänke und Truhen, schwere Tische und Kommoden aus Teakholz. Mit Einfassungen aus Messing und feinen, verschnörkelten Schnitzereien. Man spürte den Geist der Zeit in ihnen so deutlich, als könne man ihn anfassen.

Wie verzaubert betrachtete ich die ungewöhnlichen Stücke. Ging von Geschäft zu Geschäft und mochte kaum glauben, dass das einmal mir gehören könnte.

Unwillkürlich stellte ich mir diese schwarze schmiedeeiserne Truhe im Wohnzimmer meines Moskauer Hauses vor. Und den antiken Mörser in meiner Diele. Man könnte ihn als Schirmständer benutzen.

Solche Möbel würden in Moskau Furore machen. Ich könnte eine Galerie eröffnen. Ich brauchte nicht einmal viel Geld für einen Umbau auszugeben – diese Sachen würden auch in einer ganz gewöhnlichen Umgebung umwerfend aussehen.

Ich erkundigte mich nach den Großhandelspreisen: »*Could you show me the wholesale prices?*«

Ich hatte keine Lust mehr auf ein Haus in Delhi. Ich hatte keine Lust mehr auf Ruhe. Ich begriff – mein Paradies sah anders aus.

Ich würde ein Geschäft in Moskau eröffnen. Wunderschön und extravagant. Die Leute würden kommen und meine Sachen bewundern. Kaufen würden sie wahrscheinlich nicht sofort. Oder nur die ganz Modebewussten und Progressiven. Bald jedoch würde es die Mode für alle sein. Aber ich wäre als Erste da gewesen.

Die Hitze in Delhi kam mir viel zu heiß, die Sonne viel zu grell vor. Zum ersten Mal dachte ich mit Nostalgie an Moskau.

Am Flughafen würde Alex mich abholen. Ich stellte mir ihr zufriedenes Gesicht vor.

Aber vorher würde ich sie noch anrufen und beauftragen, passende Räumlichkeiten für eine Galerie zu suchen. Irgendwo im Zentrum. In einem schönen Haus. Etwa vierhundert Quadratmeter.

Was Veronika jetzt wohl machte? Und Katja? Und was war das für ein neues Restaurant – Shatush?

Der Verkäufer sah mich mit den feucht glänzenden Augen an, die alle Inder haben.

»Hi! This is wholesale prices.«

Ich lächelte ihm innig zu.

Wir werden Freunde werden, gelobte ich mir in Gedanken, aber deine Großhandelspreise musst du noch korrigieren. Und zwar nach unten.

Offenbar hatte er das verstanden. Und lächelte strahlend zurück.

Schließlich, dachte ich, kann ich hier auch in ein paar Jahren noch ein Haus kaufen. Dann, wenn mir der nette Jüngling mit Turban, der mir den Klappstuhl nachträgt, mit seiner Anwesenheit nicht mehr auf die Nerven geht.

22

Kostja erklärte sich einverstanden, mein Projekt zu finanzieren. Und alle anderen Projekte in meinem Leben auch ...